CB139122

Copyright © 2014 by Tim Lebbon
Alien™ Copyright © 2016 Twentieth Century Fox Film Corporation
Copyright © 2016 Casa da Palavra/ LeYa
© 2019 Casa dos Mundos/ LeYa Brasil

A tradução de *Alien™ – Surgido das Sombras*, publicado originalmente em 2014, é comercializada sob acordo com a Titan Publishing Group Ltd. – 144 Southwark Street, Londres SE1 0UP, Inglaterra.

Todos os direitos reservados e protegidos pela Lei 9.610, de 19.2.1998.
É proibida a reprodução total ou parcial sem a expressa anuência da editora.

Este livro foi revisado segundo o
Novo Acordo Ortográfico da Língua Portuguesa.

Título original
Alien™ - Out of the Shadows

Copidesque
Carolina Vaz
Mariana Oliveira

Revisão
Rachel Rimas

Capa
Leandro Dittz

Projeto gráfico
Victor Mayrinck

Criação de lettering de capa
Adilson Gonsalez de Oliveira Junior

Ilustração de capa e miolo
Ralph Damiani

Diagramação
Abreu's System

Curadoria
Affonso Solano

Dados Internacionais de Catalogação na Publicação
(CIP) Angélica Ilacqua CRB-8/7057

Lebbon, Tim
Alien™ - Surgido das Sombras / Tim Lebbon; tradução de Camila Fernandes. – São Paulo: LeYa Brasil, 2019.
288p.

ISBN: 978-85-441-0395-1
Título original: Alien™ – Out of The Shadows

1. Literatura norte-americana 2. Ficção científica I. Título II. Fernandes, Camila

16-0185 CDD: 813

Índices para catálogo sistemático:
1.Literatura norte-americana

LeYa Brasil é um selo editorial da empresa Casa dos Mundos.

Todos os direitos reservados à
CASA DOS MUNDOS PRODUÇÃO EDITORIAL E GAMES LTDA. Rua Frei Caneca, 91 | Sala 11 – Consolação
01307-001 – São Paulo – SP
www.leyabrasil.com.br

ALIEN™

SURGIDO DAS SOMBRAS

TIM LEBBON

TRADUÇÃO DE
CAMILA FERNANDES

LeYa

“O universo não parece nem benigno nem hostil,
apenas indiferente.”

CARL SAGAN

RELATÓRIO DE PROGRESSO ANUAL:
PARA: CORPORAÇÃO WEYLAND-YUTANI, ÁREA DE CIÊNCIAS
[REF: CÓDIGO 937]
DATA [NÃO ESPECIFICADA]
TRANSMISSÃO [PENDENTE]

MINHA BUSCA CONTINUA.

PARTE 1

SONHANDO COM MONSTROS

1
MARION

Chris Hooper sonhava com monstros.

Quando era mais novo, eles o fascinavam, como a todas as crianças. Mas, ao contrário das gerações anteriores, havia lugares aonde ele poderia ir, destinos que poderia explorar, regiões onde poderia encontrá-los. Não mais restritas às páginas dos contos de fada ou ao imaginário digital de cineastas criativos, as incursões da humanidade pelo espaço haviam aberto toda uma galáxia de possibilidades.

Então, desde a mais tenra idade, Chris observava as estrelas, e tais sonhos persistiram. Com vinte e poucos anos, trabalhara por um ano em Calisto, uma das luas de Júpiter. Eles estavam extraindo minérios vários quilômetros abaixo da superfície, e, em uma mina próxima, uma equipe chinesa havia descoberto um mar subterrâneo. Havia crustáceos e camarões, peixes-piloto minúsculos e criaturas delicadas que se assemelhavam a folhas de palmeira com trinta metros de comprimento. Mas nenhum monstro para estimular sua imaginação.

Quando deixara o sistema solar para trabalhar no espaço sideral, na função de engenheiro a bordo de várias naves de transporte, exploração e mineração, ele pesquisava avidamente as formas de vida extraterrestre encontradas em asteroides, planetas e luas distantes. Embora a idade adulta houvesse diluído a imaginação vívida do jovem com preocupações mais mundanas – a distância da família, o dinheiro e o bem-estar –, ele ainda contava histórias para si mesmo. Mas, ao longo dos anos, nada do que havia encontrado estava à altura das ficções que criara.

Com o tempo, ele havia se conformado que monstros só eram monstros até serem encontrados, e que talvez o universo não fosse tão notável quanto ele esperava.

Certamente não ali.

Trabalhando em uma das quatro baias da *Marion*, ele fez um intervalo para observar o planeta lá embaixo com uma mistura de desgosto e tédio. LV178. Era uma maldita rocha tão inóspita – açoitada o tempo todo por tempestades e rajadas de areia – que eles nem se deram ao trabalho de lhe dar um nome adequado. Chris havia passado três longos anos ali, ganhando rios de dinheiro que não tinha como gastar.

A trimonita era o material mais forte e resistente conhecido pelo homem, e quando se encontrava uma jazida tão rica como aquela, era lucro certo explorá-la. Um dia voltaria para casa, ele prometia a si mesmo a cada fim de turno de cinquenta dias. Para os dois meninos e para a esposa, de quem tinha fugido havia sete anos. Um dia voltaria. Mas estava começando a temer que essa vida tivesse se tornado um hábito, e que, quanto mais ficasse nela, mais difícil seria abandoná-la.

– Hoop! – A voz o assustou, e, quando ele se virou, Jordan já estava rindo.

Ele e a capitã tiveram um caso breve um ano antes. Os alojamentos fechados e as condições estressantes de trabalho faziam com que envolvimentos desse tipo fossem frequentes, e inevitavelmente breves. Mas eles tinham continuado próximos, e Hoop gostava disso. Quando conseguissem superar a tensão sexual, poderiam se tornar melhores amigos.

– Lucy, você me assustou.

– Para você é capitã Jordan. – Ela examinou o maquinário no qual Hoop estava trabalhando, sem sequer olhar pela janela. – Está tudo bem aqui?

– Sim, os defletores de calor precisam ser substituídos, mas vou chamar Powell e Welford para fazer isso.

– Os dois terríveis – disse Jordan, sorrindo.

Powell tinha quase dois metros de altura e era negro e magro feito um poste. Welford era trinta centímetros mais baixo, branco e duas vezes mais pesado. Por mais diferentes que fossem, os engenheiros da nave eram dois sabichões.

– Ainda não conseguiu fazer nenhum contato? – perguntou Hoop.

Jordan franziu a testa. Era comum perder a comunicação com a superfície, mas não por dois dias seguidos.

– As tempestades por lá são as piores que eu já vi – disse ela, apontando para a janela.

A quase quinhentos quilômetros de distância, a superfície do planeta parecia ainda mais inóspita do que de costume: uma mancha de laranja e amarelo queimados, marrom e vermelho cor de sangue, com os olhos em espiral de inúmeras tempestades de areia em fúria pelas regiões equatoriais.

– Elas precisam diminuir de intensidade em breve – continuou a capitã. – Ainda não estou muito preocupada, mas vou ficar feliz quando voltarmos a nos comunicar com as dropships.

– Sim, nós dois vamos ficar. A *Marion* parece uma nave abandonada quando estamos entre um turno e outro.

Jordan assente. Ela estava claramente preocupada, e, durante um instante constrangedor de silêncio, Hoop achou que deveria dizer algo para confortá-la. Mas ela era a capitã justamente por conseguir lidar com esse tipo de situação. E também por ser dura na queda.

– Lachance vai preparar espaguete outra vez para o jantar – disse ela.

– Para um francês, até que ele faz muita comida italiana.

Jordan riu, mas sabia que ela estava tensa.

– Lucy, são só as tempestades – afirmou Hoop.

Disso, ele tinha certeza. Mas também sabia que "só as tempestades" poderiam facilmente causar um desastre. Ali, nos quadrantes mais distantes do espaço – ultrapassando os limites da tecnologia, do conhecimento e da compreensão humana, e fazendo o melhor possível para lidar com o corte de custos feito pela Companhia de Mineração Kelland –, não demorava muito para que as coisas dessem errado.

Hoop nunca havia encontrado um engenheiro de espaçonave melhor do que si mesmo, e era por isso que fora recrutado. Jordan era uma capitã experiente, bem instruída e inteligente. Lachance, cínico e grosseiro, era um piloto excelente que tinha um respeito saudável pelo espaço e por tudo que este poderia fazer contra a humanidade. E o resto da equipe, apesar de se tratar de um grupo bem heterogêneo, era todo formado por gente mais do que competente em suas funções. Os mineradores por si só tinham uma natureza intrépida, muitos deles com experiência adquirida nos trabalhos temporários nas luas de Júpiter e Netuno. Eram homens da pior estirpe, com traços de humor negro, sendo que a maior parte era tão bruta quanto a trimonita que procuravam.

Mas nenhuma experiência, confiança, dureza ou teimosia podia evitar o destino. Todos sabiam como era arriscado estar ali. A maioria havia se acostumado a viver com o perigo e com a proximidade da morte.

Havia apenas sete meses eles tinham perdido três mineradores em um acidente na baia. Um deles assim que a dropship *Samson* atracara. Não fora culpa de ninguém, na verdade, e sim da ânsia de voltar para a nave e seu relativo conforto, depois de cinquenta dias na mina. A câmara de pressurização não havia sido vedada corretamente, um indicador deu defeito, e dois homens e uma mulher sufocaram.

Hoop sabia que Jordan ainda ficava noites sem dormir por causa disso. Três dias depois de ter dado as condolências às famílias dos mineradores, ela ainda não tinha deixado sua cabine. Até onde dizia respeito a Hoop, era isso que fazia de Jordan uma grande capitã – ela era durona, mas se importava com a tripulação.

– Só as tempestades. – Ela se inclinou e se apoiou na sacada ao lado de Hoop, enquanto olhava pela janela. Apesar da violência, dali de cima o planeta parecia quase bonito, uma paleta de pintura com cores outonais. – Eu odeio esta merda de lugar.

– Ele paga as contas.

– Ah! Contas... – Ela parecia estar meio sentimental, e Hoop não gostava quando Jordan ficava assim. Talvez esse fosse o preço a se pagar pela intimidade: ele acabava vendo um lado dela que o resto da tripulação jamais veria.

– Estou quase acabando – disse ele, enquanto mexia em uns dutos soltos com o pé. – Encontro você na sala de convivência daqui a uma hora. Quer jogar sinuca?

Jordan ergueu uma das sobrancelhas.

– Outra revanche?

– Você tem que me deixar ganhar um dia.

– Você nunca, jamais, me ganhou na sinuca.

– Mas eu deixava você jogar com o meu taco.

– Você sabe que, sendo sua capitã, eu poderia colocar você em cana por esses comentários.

– Ok. Certo. Você e que exército?

Jordan deu as costas para Hoop.

– Pare de perder tempo e volte ao trabalho, engenheiro-chefe.

– Sim, capitã.

Ele a viu se afastar pelo corredor escuro e passar por uma porta pneumática, então ficou sozinho novamente.

Sozinho com a atmosfera, os sons, os cheiros da nave...

O mau cheiro de urina de pulga-espacial, esses bichos pequenos e irritantes que conseguiam se multiplicar apesar das muitas tentativas de exterminá-los. Eram minúsculos, mas um milhão de pulgas excretando conseguia produzir um odor forte e penetrante que impregnava o ar.

O zumbido constante do maquinário era quase inaudível, exceto para Hoop, que conseguia ouvi-lo quando se concentrava. Eram baques distantes e chiados ecoantes – o sussurro do ar em movimento encorajado por placas e pás condicionadoras e o rangido ocasional da enorme fuselagem da nave e de seus mecanismos de ajuste e direção. Alguns dos ruídos ele conseguia identificar, pois os conhecia muito bem, e às vezes percebia problemas simplesmente por ouvi-los ou não – portas emperradas, rolamentos gastos em dutos de ventilação, transmissões falhas.

Mas também havia sons misteriosos que vibravam por toda a nave de vez em quando, como passos hesitantes e pesados em corredores distantes, ou alguém berrando de um ou dois andares de distância. Ele nunca chegou a descobrir sua origem. Lachance dizia que era a nave gritando de tédio.

Ele esperava que fosse apenas isso.

A nave era enorme, e ele levaria meia hora para atravessar toda a sua extensão, e ainda assim ela não passava de um pontinho na vastidão do espaço. O vácuo exercia uma pressão negativa sobre ele, e, se ficasse pensando muito nisso, achava que ia explodir – se rasgar, célula a célula, molécula a molécula, se espalhar pelo cosmos de onde viera. Ele era a essência das estrelas, e, quando jovem, ao sonhar com monstros e olhar para o espaço na esperança de encontrá-los, isso fez com que Hoop se sentisse especial.

Agora, só fazia com que se sentisse pequeno.

Por mais próximos que estivessem na *Marion*, viviam sozinhos.

Afastando esses pensamentos, ele voltou ao trabalho, fazendo mais barulho do que o necessário – um estardalhaço para lhe fazer companhia. Não via a hora de jogar sinuca com Jordan e levar outra surra. Os dois eram colegas e conheciam bem um ao outro, mas ela era o mais próximo que ele tinha de um amigo ali.

A sala de convivência era, na verdade, um bloco com quatro compartimentos nos fundos da ala dos alojamentos. Havia uma sala de cinema com uma tela enorme e uma fileira de assentos, um acervo de música com vários postos de escuta, uma sala de leitura com cadeiras confortáveis e leitores eletrônicos e o Bar do Baxter, mais conhecido como BeeBee's. Josh Baxter era o oficial de comunicação da nave, mas também trabalhava como barman. Ele preparava ótimos coquetéis.

Embora estivesse imprensado entre a ala dos alojamentos e os porões de carga, o BeeBee's era o centro social da nave. Havia duas mesas de bilhar, uma de pingue-pongue, uma seleção de consoles de jogos de videogame com design retrô e um bar com mesas e cadeiras dispersas como se estivessem casualmente abandonadas. Essa área não fora vista como prioridade pela empresa que pagara aos projetistas da nave, de modo que o teto era um emaranhado de tubulações expostas, o piso era de metal e as paredes não tinham pintura. No entanto, aqueles que frequentavam o BeeBee's haviam feito o máximo para torná-lo mais acolhedor. Os assentos eram acolchoados, a luz era fraca e taciturna, e muitos mineradores e membros da tripulação haviam copiado a ideia de Baxter de pendurar cobertores estampados nas paredes. Alguns os pintavam, outros os rasgavam e os amarravam. Cada um deles se distinguia do outro. Isso dava à sala de convivência uma atmosfera casual, quase rebuscada.

Os mineradores tiravam cinquenta dias de folga entre os turnos, então passavam boa parte do tempo livre ali, e, embora fosse estritamente regulada, a distribuição de álcool ainda era responsável por algumas noites turbulentas.

A capitã permitia. Na verdade, definitivamente incentivava esse comportamento, pois era uma forma de diminuir a tensão. Não havia como se comunicar com qualquer ente querido. As distâncias eram tão vastas, e o tempo, tão estendido, que impossibilitava qualquer contato significativo. Eles precisavam de um lugar para se sentir em casa, e o BeeBee's representava justamente isso.

Quando Hoop entrou, o lugar estava quase deserto. Os momentos de calmaria entre as mudanças de turno deram a Baxter tempo para renovar o estoque do bar, arrumar o salão e se preparar para o próximo ataque. Ele trabalhava em silêncio atrás do balcão, estocando garrafas de cerveja e preparando petiscos desidratados. A água na nave sempre tinha um gosto levemente metálico, por isso ele reidratava muitas iguarias com cerveja choca. Ninguém reclamava.

– E aqui está ele. – Jordan estava sentada em um banco perto de uma das mesas de bilhar, com uma garrafa na mão. – Pronto para outra surra. O que você acha, Baxter?

Baxter cumprimentou Hoop com um aceno de cabeça.

– O cara gosta de sofrer – concordou ele.

– É. Adora.

– Bem, se você não *quiser* jogar... – disse Hoop.

Jordan se levantou do banquinho, pegou um dos tacos no suporte e o lançou na direção do colega. Assim que Hoop o pegou no ar, o sistema de comunicação da nave soou.

– Ah, que diabo está acontecendo agora? – Jordan suspirou.

Baxter se inclinou sobre o balcão e apertou o botão do interfone.

– Capitã! Qualquer um! – Era o piloto, Lachance. – Venha para a ponte, agora! Recebi uma mensagem de uma das dropships. – Seu sotaque francês estava muito mais carregado do que o normal. Isso acontecia quando ele ficava chateado ou estressado, sendo que nenhuma das duas situações ocorria com muita frequência.

Jordan correu para o balcão e apertou a botão de transmissão.

– Qual?

– A *Samson*. Mas ela está detonada.

– O que você quer dizer com isso?

No fundo, por trás das palavras confusas de Lachance e dos sons caóticos vindos da ponte de comando, Hoop ouviu gritos com vestígios de estática. Ele e Jordan trocaram olhares.

E então saíram correndo, com Baxter logo atrás.

A *Marion* era uma nave grande, muito mais adequada para a mineração nas profundezas do que para a extração de trimonita, e eles levaram alguns minutos para chegar até a ponte de comando. Primeiro percorrendo o corredor em curva que se estendia por toda a ala dos alojamentos, em seguida subindo três níveis de elevador. Quando esbarraram com Garcia e Kasyanov, todo mundo já havia chegado lá.

– O que está acontecendo? – perguntou Jordan.

Baxter correu para a central de comunicações, e Lachance se levantou, agradecido por se livrar daquela função. Baxter colocou um headset, e sua mão esquerda pairou sobre os mostradores e interruptores.

– Recebi uma mensagem cheia de estática poucos minutos atrás – explicou Lachance. – Quanto mais a dropship se aproxima, mais claro fica.

A tripulação o chamava de Lachance "Sem Chance" por causa de seu pessimismo lacônico, mas na verdade ele era a pessoa mais pé no chão entre todos ali. Agora, Hoop podia ver pela sua expressão que algo o havia deixado muito abalado.

Dos alto-falantes espalhados pela ponte de comando, ouviu-se o crepitar de uma respiração acelerada.

– *Samson*, a capitã Jordan está agora na ponte – disse Baxter. – Por favor, nos dê o seu…

– Não tenho tempo para dar porra nenhuma, só liguem a câmara de suporte vital! – A voz estava tão distorcida que não dava para saber quem estava falando.

Jordan pegou o headset que estava ao lado de Baxter. Hoop olhou para os outros, todos ao redor da central de comunicações. A ponte era grande, mas eles estavam aglomerados, um indício da tensão que todos deviam estar sentindo, até mesmo a imperturbável oficial de ciências, Karen Sneddon. A mulher magra e de expressão carrancuda já estivera em mais planetas, asteroides e luas do que todos eles juntos. Mas havia medo em seus olhos.

– *Samson*, aqui é a capitã Jordan. O que está acontecendo? O que aconteceu na mina?

– … criaturas! Nós…

O contato foi interrompido abruptamente, deixando a ponte em um silêncio ressonante.

Janelas com um amplo campo de visão davam para o cenário familiar do espaço e para o arco do planeta mais abaixo, como se nada tivesse acontecido. O zumbido baixo do maquinário era complementado por respirações ofegantes.

– Baxter – disse Jordan, baixinho. – Gostaria de falar com eles novamente.

– Estou fazendo o possível – respondeu ele.

– Criaturas? – Garcia, uma das médicas da nave, batia o dedo de leve no queixo, nervosa. – Ninguém jamais viu *criaturas* nas minas, ou será que viram?

– Não há nada vivo naquela rocha a não ser bactérias. – Sneddon se remexia, inquieto. – Talvez não tenha sido isso que eles disseram. Talvez tenham dito fissuras, ou algo parecido.

– Eles já estão no radar? – perguntou Jordan.

Baxter acenou para a esquerda, onde havia três telas enviesadas no painel de controle. Uma delas tinha um fundo verde e opaco e mostrava dois pequenos pontos de luz se movendo rapidamente na direção da nave. A interferência das tempestades elétricas na atmosfera do planeta cintilava por toda a tela. Mas os pontos eram firmes e tinham um movimento definido.

– Qual delas é a *Samson*? – perguntou Hoop.

– A primeira nave é a *Samson* – respondeu Lachance. – A *Delilah* segue na retaguarda.

– Talvez há uns dez minutos de distância – disse Jordan. – Alguma mensagem da *Delilah*?

Ninguém respondeu. E isso já foi o suficiente.

– Não tenho certeza se devemos… – Hoop começou a falar, mas os alto-falantes subitamente voltaram à vida. *Deixá-los atracar*, ele ia dizer.

– … grudadas no rosto deles! – disse a voz, que ainda estava irreconhecível.

Baxter acionou alguns mostradores, e então uma tela maior sobre sua estação se acendeu. O piloto da *Samson*, Vic Jones, apareceu em uma imagem pixelada. Hoop tentou ver quem mais estava na cabine interna da dropship, mas a vibração da nave enquanto ela ascendia para sair da atmosfera de LV178 estragou tudo.

– Quantos estão com você? – perguntou Hoop.

– Hoop? É você?

– Sim.

– O outro grupo encontrou algo. Algo terrível. Poucos…

A voz de Vic sumiu novamente, e sua imagem começou a tremular enquanto os fenômenos atmosféricos provocavam um caos ainda maior.

– Kasyanov, quero que você e Garcia vão para a enfermaria e acionem a câmara de suporte vital – ordenou Jordan à médica e sua assistente.

– Você não pode estar falando sério – disse Hoop.

Quando Jordan se virou na direção dele, a voz de Jones voltou a crepitar nos alto-falantes.

– … todos os quatro, só eu e o Sticky não fomos atacados. Eles estão bem agora, mas… não param de tremer e bufar. Vão logo para… o ponto de atracação!

– Eles podem estar infectados! – exclamou Hoop.

– É por isso que vamos levá-los direto para a enfermaria.

– Porra, isso é muito sério. – Hoop balançou a cabeça na direção da tela e a imagem de Jones continuava a tremular enquanto sua voz sumia e voltava. Boa parte do que Jones dizia não fazia muito sentido, mas todos viram o estado dele. – Ele está morrendo de medo!

Kasyanov e Garcia saíram correndo da ponte, e Hoop olhou para Sneddon em busca de apoio. Mas a oficial de ciências estava inclinada sobre o encosto da cadeira de Baxter, franzindo a testa enquanto tentava decifrar as palavras de Jones.

– Jones, e quanto à *Delilah*? – perguntou Jordan no headset

– Jones?

– ... decolou na mesma hora... algo entrou lá, e...

– O que entrou?

A tela voltou a crepitar, o link com o comunicador ficou cheio de estática, e aqueles que permaneciam na ponte se entreolharam por alguns segundos terríveis e carregados de tensão.

– Vou descer até o nível de atracação – disse Jordan. – Cornell, venha comigo. Baxter, diga para seguirem para a Baia Três.

Hoop tossiu e deu uma risada incrédula.

– Você está levando Cornell para dar cobertura?

– Ele é funcionário da segurança, Hoop.

– Ele é um bêbado!

Cornell nem sequer olhou para Hoop, muito menos respondeu.

– Ele tem uma arma – disse Jordan. – Fique aqui, supervisione a ponte. Lachance, ajude a guiá-los para dentro. Controlem as dropships remotamente se for necessário.

– Se é que vamos conseguir estabelecer um link com eles – comentou Lachance.

– Vamos esperar que sim! Vá! – retrucou Jordan.

Ela respirou fundo algumas vezes, e Hoop quase pôde ouvir seus pensamentos: *Nunca imaginei que uma merda assim fosse acontecer, tenho que ficar calma, tenho que manter o controle.* Ele sabia que a capitã estava pensando naqueles três mineradores que havia perdido, e aterrorizada pela ideia de perder mais gente. Ela o encarou. Hoop, por sua vez, franziu a testa, mas ela lhe deu as costas e deixou a ponte de comando antes que ele pudesse protestar.

Não havia motivo algum para eles deixarem a *Samson* atracar, Hoop sabia disso. Ou, se atracasse, eles teriam que cortar toda a comunicação externa com a câmara de pressurização até descobrirem se era seguro. Vinte mineradores haviam descido para a superfície, e mais vinte estavam programados para retornar nas dropships, dois grupos de vinte homens e mulheres. Mas, naquele momento, as dez pessoas que ainda estavam na *Marion* tinham prioridade.

Ele foi até o painel de comunicação de Baxter e verificou novamente o radar. A *Samson* havia sido identificada com o seu nome, e parecia estar realizando uma manobra perfeita, traçando um arco para longe da atmosfera e aproximando-se da *Marion* pelo lado iluminado pelo sol.

– Lachance? – perguntou Hoop, apontando para a tela.

– Está subindo bem rápido. Jones está indo o mais rápido que pode.

– Doido para alcançar a *Marion*.

– Mas isso não está certo… – murmurou Lachance.

– O quê?

– *Delilah*. Ela está mudando de curso.

– Baxter – chamou Hoop –, projete a rota da *Delilah*.

Baxter apertou alguns botões, e a tela piscou. A *Delilah* ganhou uma cauda de pontos azuis, e sua rota projetada parecia um leque nebuloso.

– Quem está pilotando a *Delilah*?

– Gemma Keech – respondeu Welford. – Ela é uma boa piloto.

– Mas não hoje. Baxter, precisamos falar com a *Delilah*, ou ver o que está acontecendo a bordo.

– Estou fazendo o possível.

– Eu sei.

Hoop tinha grande respeito por Baxter. Ele era um cara estranho, do tipo que não gostava de se misturar – provavelmente era por isso que passava mais tempo atrás do que na frente do balcão –, mas era um gênio quando se tratava de tecnologia de comunicações. Se as coisas dessem errado, ele seria a possível tábua de salvação, logo era uma das pessoas mais importantes na *Marion*.

– Não temos a menor ideia do que eles têm a bordo – disse Powell. – Pode ser qualquer coisa.

– Ele disse que há apenas seis tripulantes na *Samson*? – perguntou Welford. – E quanto aos outros?

Hoop deu de ombros. Cada nave tinha vinte pessoas e um piloto. Se a *Samson* estava voltando com menos da metade da lotação – e eles não tinham ideia de quantos estavam na *Delilah* –, o que havia acontecido com o resto da tripulação?

Ele fechou os olhos por um instante, tentando se recompor.

– Consegui imagens da *Delilah*! – Baxter apertou mais algumas teclas no teclado e então parou em uma das telas em branco. – Nenhum áudio, nem resposta para as minhas tentativas de contato. Mas talvez… – Sua voz foi sumindo. Todos viram o que estava acontecendo dentro da *Delilah*.

A piloto, Gemma Keech, estava gritando em seu assento, aterrorizada e determinada, os olhos colados na janela à sua frente. Foi apavorante testemunhar tal pavor no mais absoluto silêncio. Atrás dela, sombras se agitavam e se retorciam.

– Baxter – sussurrou Hoop. – A câmera.

Baxter teclou algo, captando as imagens da câmera acima da cabeça de Keech. Eram em widescreen, comprimindo-as, mas pegando todo o compartimento de passageiros.

E havia sangue.

Havia três mineradores ajoelhados logo atrás da piloto. Dois deles carregavam picaretas e ferramentas de liga leve usadas para perfurar pedras de arenito. Atacavam alguma coisa, mas o alvo estava fora do campo de visão. O minerador do meio segurava um maçarico de plasma.

– Ele não pode usar isso lá dentro – disse Powell. – Se fizer isso, vai… vai… Que *porra* é essa?

Diversos mineradores pareciam ter sido amarrados nos assentos. As cabeças estavam inclinadas para trás, os tórax eram uma massa de sangue, roupas rasgadas, costelas e músculos aparentes. Uma mineradora ainda se contorcia e tremia, e havia algo saindo de seu peito. Brotando. Algo liso e curvado bruxuleando à luz artificial, brilhando com o sangue da mulher.

Outros mineradores estavam espalhados pelo chão da cabine e pareciam mortos. Vultos se movimentavam depressa entre eles, golpeando e dilacerando, e o sangue jorrava no chão e nas paredes. Pingava do teto.

Nos fundos do compartimento de passageiros, três pequenas formas se lançavam impetuosamente, várias e várias vezes, contra uma porta fechada. Hoop sabia que havia um pequeno banheiro ali, com dois boxes e uma pia. E as coisas queriam algo que estava lá dentro. As coisas.

Cada uma era do tamanho de um gato pequeno e parecia ter um tom ocre profundo, cintilando por causa da umidade de seu nascimento não natural. Tinham carapaças afiadas, como se fossem besouros ou escorpiões enormes.

A porta do banheiro já estava bastante amassada, e um dos lados estava quase cedendo.

– É uma porta de aço de cinco centímetros de espessura – disse Hoop.

– Nós temos que ajudá-los – acrescentou Welford.

– Acho que não há nada que possamos fazer – comentou Sneddon, e por um momento Hoop quis lhe dar um soco. Mas ela estava certa. O grito silencioso de Keech era prova disso. Seja lá o que eles tivessem visto, ou o que a piloto já sabia, a situação desesperadora da *Delilah* estava evidente em seus olhos.

– Desligue isso – pediu Hoop, mas Baxter não conseguiu cumprir a ordem. E todos os seis tripulantes na ponte de comando continuaram a assistir.

As criaturas derrubaram a porta do banheiro e se espremeram para entrar, enquanto sombras faziam movimentos bruscos e se debatiam.

Um dos mineradores, o que segurava a picareta, foi lançado para cima e para a frente como se tivesse levado uma rasteira. O homem com o maçarico de plasma se jogou para a direita, para longe da figura que lutava. Algo com muitas pernas surgiu diante da câmera, tapando a visão por um abençoado instante.

Quando a tela ficou desobstruída de novo, o maçarico de plasma estava aceso.

– Ah, não – disse Powell.

A labareda era de um branco ofuscante. Ela se espalhou por toda a cabine, e por alguns segundos terríveis os corpos lacerados dos mineradores crepitaram e arderam, as roupas foram queimadas, e a carne ficou exposta. Só um deles ainda se contorcia preso pelo cinto, e a coisa irrompeu de seu peito em chamas, virando uma massa de fogo atravessando todo o compartimento.

Em seguida, o jato de plasma de repente se espalhou em todas as direções, e tudo ficou branco.

Baxter bateu no teclado, voltando para a visão da cabine, e Gemma Keech estava em chamas.

Ele desligou o monitor. Embora toda a transmissão estivesse sem som, perder a imagem fez com que um silêncio terrível tomasse a ponte. Hoop foi o primeiro a sair do estupor. Ele apertou o botão do intercomunicador e estremeceu ao ouvir o ruído agudo da interferência.

– Lucy, não podemos deixar que essas naves atraquem – disse ele ao microfone. – Está me ouvindo? A *Delilah* está… Tem coisas a bordo. Monstros. – Ele fechou os olhos, em luto pela perda da inocência da infância. – Todos estão mortos.

– Merda! – exclamou Lachance.

Hoop olhou para ele, e o francês não tirava os olhos da tela do radar.

– É tarde demais – sussurrou Lachance.

Hoop viu tudo e amaldiçoou a si mesmo. Ele deveria ter pensado nisso! Apertou o botão novamente.

– Jordan, Cornell, saiam daí! – gritou ele. – Fiquem longe do nível de atracação, o mais longe que puderem, corram, corram!

Ele só esperava que os colegas tivessem ouvido seu alerta e tomassem cuidado. Mas logo depois percebeu que isso realmente não importava.

A *Delilah*, arruinada, se chocou contra a *Marion*. O impacto e a explosão lançaram todos ao chão.

2
SAMSON

Tudo estava gritando.

Várias sirenes emitiam suas canções particulares – alerta de proximidade; indicador de danos; ruptura da fuselagem. Pessoas gritavam de pânico, confusas e com medo. E no fundo ouvia-se o profundo e estrondoso rugido da própria nave. A *Marion* sofria, e sua enorme estrutura estava se desintegrando.

Lucy e Cornell, pensava Hoop de onde estava, caído no chão. Mas o fato de estarem vivos ou mortos não faria diferença agora. Ele era o oficial de maior patente ali. Estava tão assustado e chocado quanto os outros, mas tinha que assumir o comando.

Agarrou-se a um assento e se levantou. As luzes piscavam. Cabos, painéis e tiras de iluminação balançavam. A gravidade artificial ainda funcionava, pelo menos. Ele fechou os olhos e respirou fundo, tentando se lembrar do treinamento. Havia um módulo detalhado em suas sessões pré-voo denominado "Controle de Danos em Massa", e o instrutor – um veterano grisalho de sete habitações lunares em sistemas solares e três voos de exploração espacial – terminava todas as aulas com a frase: "Mas não se esqueça, VEMF."

Hoop esperara até a última aula para perguntar o que isso queria dizer. "Mas não se esqueça", respondera o veterano. "Você Está Muito Fodido."

Todos sabiam o que um desastre como aquele significava. Mas isso não queria dizer que eles não lutariam até o fim.

– Lachance! – berrou Hoop, mas o piloto já estava se acomodando no assento de frente para a maior janela. Suas mãos trabalhavam habilmente nos controles, e, se não fosse pelas insistentes sirenes de alerta, Hoop teria se sentido reconfortado por isso.

– E quanto à capitã Jordan e ao Cornell? – perguntou Powell.

– Agora não – respondeu Hoop. – Estão todos bem aí?

Ele olhou ao redor. Baxter colocava o cinto e limpava o sangue que escorria do nariz. Welford e Powell se agarravam à parede que ficava nos fundos da ponte. Sneddon estava de quatro, o sangue pingando no chão.

Ela estava tremendo.

– Sneddon? – chamou Hoop.

– Sim.

A mulher olhou para ele. Havia um corte profundo que cruzava o lado direito do seu rosto e ia até o nariz. Os olhos estavam turvos e vagos.

Hoop a ajudou a se levantar, enquanto Powell trazia um kit de primeiros socorros.

A *Marion* estava balançando. Uma nova sirene havia começado a tocar, e na confusão Hoop não conseguiu identificá-la.

– Lachance?

– Estamos perdendo oxigênio – disse ele. – Vou checar.

O francês começou a vasculhar o painel de controle, batendo nas teclas, traçando padrões em telas que não fariam sentido para qualquer outra pessoa. Jordan poderia pilotar a *Marion* se achasse absolutamente necessário, mas Lachance era o astronauta mais experiente entre eles.

– Estamos ferrados – afirmou Powell.

– Cala a boca – disse Welford.

– É isso aí – respondeu Powell. – Estamos ferrados. Fim de jogo.

– Cala a boca, porra! – gritou Welford.

– Devíamos escapar nos módulos de fuga! – sugeriu Powell.

Hoop tentou prestar atenção na conversa. Ele se concentrou em Lachance, preso firmemente ao assento do piloto e fazendo o máximo para ignorar o tremor ritmado que emanava de algum lugar da nave.

Isso não é um bom sinal, pensou.

As quatro baias de atracação estavam em um nível saliente sob o nariz da nave, a mais de quinhentos metros da sala de máquinas. No entanto, um impacto como aquele poderia ter causado danos estruturais catastróficos por toda a nave. O único jeito de avaliar o estrago seria vê-lo em primeira mão, mas a avaliação mais rápida viria do piloto e de seus instrumentos.

– Temos que sair daqui – prosseguiu Powell –, fugir antes de a *Marion* se desintegrar, ir até a superfície do planeta e…

– E o quê? – vociferou Hoop, sem se virar. – Sobreviver no deserto durante os dois anos que vai demorar para uma missão de resgate chegar? Isso se a empresa decidir que um resgate é viável. Agora, *cale a boca*!

– É isso – disse Lachance.

Ele segurou o manche com as duas mãos, e Hoop quase pôde senti-lo prendendo a respiração. Hoop sempre ficara espantado com o fato de que uma nave enorme como aquela pudesse ser controlada por um dispositivo tão pequeno.

Lachance o chamava de O Cajado de Jesus.

– É isso – repetiu o piloto. – Parece que a *Delilah* arrancou o braço de atracação das Baias Um e Dois. A Três pode estar danificada, não dá para saber, os sensores por lá estão malucos. A Quatro parece estar inteira. Os níveis três, quatro e cinco estão perdendo oxigênio. Todas as portas herméticas foram fechadas, mas alguns lacres secundários de segurança não funcionaram e ainda estão vazando.

– Então o restante da *Marion* está vedado por enquanto? – perguntou Hoop.

– Por enquanto, sim. – Lachance apontou para uma projeção da nave em uma de suas telas. – Mas ainda há coisas acontecendo no local do acidente. Não dá para ver o quê, mas imagino que um monte de escombros esteja circulando lá embaixo. Isso poderá causar mais danos à nave. Os níveis de radiação estão constantes, então não creio que a célula de combustível da *Delilah* esteja comprometida. Mas se o núcleo de contenção do reator ainda estiver flutuando por aí… – A voz dele foi sumindo.

– Então, quais são as *boas* notícias? – perguntou Sneddon.

– *Essas* foram as boas notícias – respondeu Lachance. – A *Marion* perdeu dois dos amortecedores laterais, e três dos sete propulsores auxiliares a estibordo estão fora de ação. E ainda tem isso. – Ele apontou para outra tela, onde linhas dançavam e se cruzavam.

– É um mapa orbital? – perguntou Hoop.

– É. Nós fomos jogados para fora da órbita geoestacionária. E com os amortecedores e propulsores auxiliares detonados, é impossível corrigir isso.

– Quanto tempo até entrarmos na atmosfera? – perguntou Powell.

Lachance deu de ombros.

– Não vai ser rápido. Vou ter que fazer uns cálculos.

– Mas estamos bem agora? – perguntou Hoop. – No próximo minuto, na próxima hora?

– Até onde eu posso ver, sim.

Hoop assentiu e se virou para os outros. Eles o encaravam, e o oficial tinha certeza de que estavam tão preocupados e aterrorizados quanto ele. Mas tinha que segurar a onda. Superar o pânico inicial e passar para o modo pós-acidente o mais rápido possível.

– Kasyanov e Garcia? – perguntou, olhando para Baxter.

Baxter assentiu e apertou o botão do intercomunicador.

– Kasyanov? Garcia?

Silêncio.

– Talvez tenha havido algum vazamento na ala médica – sugeriu Powell. – Ela fica mais à frente, não muito acima das baias de atracação.

– Tente nos comunicadores particulares – ordenou Hoop.

Baxter começou a teclar e colocou o headset mais uma vez.

– Kasyanov, Garcia, vocês estão aí?

O homem estremeceu, e em seguida apertou um botão que colocava o que ele ouvia nos alto-falantes. Ouviram um gemido, interrompido por baques irregulares.

– Que diabo...? – Eles ouviram a voz de Kasyanov, e todos suspiraram de alívio.

– Vocês duas estão bem? – perguntou Baxter.

– Sim. Presas... mas bem. O que aconteceu?

– A *Delilah* bateu na gente.

Baxter olhou para Hoop.

– Diga para ficarem onde estão, por enquanto – disse Hoop. – Vamos tentar estabilizar as coisas antes de sairmos andando por aí.

Baxter repassou as ordens, e tão logo Hoop começou a pensar na segunda dropship, Sneddon perguntou:

– E quanto à *Samson*?

– Podemos falar com eles? – perguntou Hoop.

Baxter tentou várias vezes, mas a única resposta que obteve foi estática.

– E as câmeras? – sugeriu Sneddon.

– Não tenho nenhum contato.

– Então troque para as câmeras na Baia Três – insistiu Sneddon. – Se eles ainda estiverem chegando, e Jones perceber o dano, ele vai tentar ir para lá.

Baxter assentiu, as mãos deslizando pelo painel de controle.

Uma tela começou a brilhar, como se tivesse ganhado vida. A imagem surgiu, mas mostrava a visão desimpedida do final do ponte de atracação da Baia Três.

– Merda – murmurou Hoop.

A *Samson* estava a menos de um minuto de distância.

– Mas aquelas coisas... – começou Sneddon.

Gostaria que você ainda estivesse aqui, Lucy, pensava Hoop. Mas Lucy e Cornell deviam estar mortos. Ele estava no comando. E agora, com a *Marion* fatalmente avariada, um perigo ainda mais urgente estava se manifestando.

– Temos que descer – disse Hoop. – Sneddon, Welford, comigo. Vamos nos preparar.

Enquanto Welford pegava os trajes espaciais de emergência armazenados em unidades nos fundos da ponte de comando, Hoop e Lachance trocaram um olhar. Se alguma coisa acontecesse com Hoop, Lachance seria o próximo na fila. Mas, se a situação chegasse a esse estágio, sobraria muito pouco para ele comandar.

– Vamos ficar em contato o tempo todo – disse Hoop.

– Ótimo, isso vai ajudar. – Lachance sorriu e assentiu.

Enquanto os três vestiam os trajes, a *Marion* estremeceu mais uma vez.

– A *Samson* está atracando – anunciou Baxter.

– Mantenham tudo lacrado – alertou Hoop. – *Tudo*. Ponte de atracação, câmara de pressurização, antecâmara.

– Tão fechado quanto rabo de tubarão – acrescentou Lachance.

Nós deveríamos estar avaliando os danos, pensava Hoop. *Ter certeza de que o pedido de socorro fora transmitido, descer até a ala médica, fazer quaisquer reparos de emergência que pudessem nos dar mais tempo.*

Mas a *Samson* possuía perigos ainda mais ameaçadores.

Isso era prioridade.

Embora estivesse agora no comando, Hoop não deixava de observar as coisas com os olhos de um engenheiro-chefe. Luzes se acendiam e apagavam, indicando que havia dutos e ligamentos danificados em várias das ligações elétricas. Os sensores dos trajes mostravam que a atmosfera estava relativamente estável, embora ele já houvesse dito para Sneddon e Welford manterem os capacetes. Os danos à *Marion* poderiam muito bem ser um processo contínuo.

O trio evitou o elevador e resolveu descer dois níveis usando a grande escadaria central. A nave ainda tremia e, de vez em quando, um baque mais profundo e pesado era sentido em algum lugar distante. Hoop não tinha ideia do que poderia ser. Os enormes motores estavam isolados por hora, já que não eram usados quando estavam em órbita. Os geradores que mantinham o suporte vital estavam bem longe, perto da traseira da nave e da sala de convivência. Tudo que ele conseguia pensar era que a superestrutura havia sido tão enfraquecida no acidente que os danos estavam se espalhando. Rachaduras se formavam. Compartimentos herméticos estavam sendo comprometidos e gases inflamáveis vazavam para o espaço.

Se esse fosse o caso, eles não precisariam se preocupar com a queda em direção à atmosfera.

– A *Samson* está iniciando a sequência automática de acoplamento – disse Baxter pelo intercomunicador do traje.

– Você pode ver a bordo? – perguntou Hoop.

– Negativo. Ainda estou tentando restabelecer o contato. A *Samson* não está respondendo.

– Mantenha-nos informados – disse Hoop. – Estaremos lá em breve.

– O que faremos quando chegarmos lá? – perguntou Welford.

– Garantir que tudo está muito bem lacrado – respondeu Sneddon.

– Correto – concordou Hoop. – Sneddon, você reconheceu essas coisas que vimos na *Delilah*?

Ele aguardou em silêncio, e a respiração dos colegas fazia com que o som crepitasse ao chegar a seu headset.

– Não – respondeu Sneddon. A voz dela estava baixa, calma. – Nunca vi nem ouvi falar de nada assim.

– É como se estivessem nascendo de dentro do peito dos mineradores.

– Eu li tudo que pude sobre formas de vida alienígenas – disse Sneddon. – A primeira foi encontrada há mais de oitenta anos, e desde então tudo que foi descoberto em missões oficiais foi relatado, categorizado quando possível, capturado e analisado. Mas nunca vi nada assim. Simplesmente... Nada. A analogia mais próxima que posso fazer é com um inseto parasita.

– Então, se eles brotaram de dentro dos mineradores, o que pôs os ovos? – perguntou Welford.

Sneddon não respondeu, e era uma pergunta na qual não valia a pena pensar naquele momento.

– Seja o que for, não podemos deixá-los a bordo – concluiu Hoop, mais determinado do que nunca. – Eles não são grandes... Se perdemos um dentro da *Marion*, nunca o encontraremos novamente.

– Não até ele ficar com fome – comentou Welford.

– Era isso que eles estavam fazendo? – perguntou Hoop. – Se alimentando?

– Não tenho certeza – respondeu Sneddon.

Eles se moviam em silêncio, como se estivessem lutando mentalmente contra as imagens daquelas criaturas alienígenas estranhas e horripilantes. Até que, por fim, Hoop quebrou o silêncio.

– Bem, Karen, se sairmos dessa vivos, você terá algo a relatar.

– Já comecei a fazer anotações. – A voz de Sneddon começou de repente a soar distante e estranha, e Hoop achou que poderia haver algo errado com o comunicador de seu traje.

– Você é assustadora – disse Welford, e a oficial de ciências riu.

– Pessoal – começou Hoop. – Estamos chegando perto do nível de atracação. Fiquem de olhos abertos.

Outro baque sacudiu a nave. Se fosse realmente uma descompressão explosiva (uma de uma série), ficar com os olhos abertos só permitiria que eles testemunhassem seu fim enquanto uma porta explodia, eles eram sugados para o espaço e a pressão do ar escapando os lançava para longe da *Marion*.

Ele havia lido sobre astronautas que eram lançados no espaço. Bastava um empurrão para que eles começassem a se afastar da nave, flutuando até o ar acabar, e morriam sufocados. Piores eram os casos de pessoas que, por alguma razão – um cabo mal conectado, um tropeção –, ficavam lentamente à deriva, muito lentamente, longe da nave, incapazes de retornar, morrendo enquanto seu lar ainda estava ao alcance da vista.

Às vezes, a reserva de ar dentro de um traje espacial podia durar até dois dias.

Eles chegaram ao fim do corredor que levava ao nível de atracação. A porta estava vedada, e Hoop levou alguns instantes para verificar os sensores. A atmosfera adiante parecia normal, por isso ele inseriu o código de sobreposição, e o mecanismo de bloqueio da porta fez com que ela se destrancasse com um sibilo.

Um zunido suave, e a porta se abriu.

O caminho à esquerda dava nas Baias Um e Dois, o da direita na Três e Quatro. A dez metros, no corredor da esquerda, Hoop viu sangue.

– Ah, merda – disse Welford.

A mancha vermelha na parede ao lado da porta de segurança era um círculo do tamanho de um prato. O sangue havia escorrido até o chão, formado linhas que se assemelhavam a teias de aranha. Elas brilhavam, ainda úmidas.

– Vamos verificar – disse Hoop, mas já sabia que encontraria. Os sensores da porta haviam sido danificados, mas uma rápida olhada confirmou suas suspeitas. Do outro lado havia vácuo. Painéis e sistemas de canalização haviam sido arrancados da parede pela força do ar que fora expelido. Se as pessoas que haviam deixado os respingos de sangue tivessem sido capazes de se segurarem até que as portas de segurança se fechassem automaticamente...

Mas elas estavam lá fora agora, longe da *Marion*, perdidas.

– Um e Dois estão definitivamente fora de ação – disse Hoop. – As portas de segurança parecem estar aguentando bem. Powell, não se afaste do painel e cuide para que todas as portas estejam bem trancadas.

– Tem certeza? – perguntou Powell no headset. – Vocês ficarão presos aí embaixo.

– Se os compartimentos ainda estiverem falhando, isso poderá detonar a nave inteira – respondeu Hoop. – Então sim, tenho certeza.

Ele se virou para os outros dois. Sneddon observava os respingos de sangue, os olhos arregalados por trás do vidro do capacete.

– Ei – disse Hoop.

– Sim. – Ela olhou em sua direção. E desviou o olhar novamente. – Sinto muito, Hoop.

– Todos nós perdemos amigos. Vamos tratar de não perder mais nenhum.

Eles deram a volta e seguiram na direção das Baias Três e Quatro.

– A *Samson* atracou – avisou Baxter pelo intercomunicador.

– No automático?

– Afirmativo.

A maior parte dos procedimentos de acoplamento eram realizados de forma automática, mas Hoop sabia que Vic Jones às vezes gostava de voar manualmente. Só que esse não era o caso.

– Algum contato?

– Nada. Mas acho que acabei de ver algo piscando na tela. De qualquer modo, estou tentando recuperar o contato visual.

– Mantenha-me informado. Precisamos saber o que está acontecendo dentro dessa nave.

Hoop andava na frente. A porta de segurança que dava nas Baias Um e Dois ainda estava aberta, e eles passaram por ela rapidamente na direção das baias não afetadas.

Outra vibração ressoou por toda a nave, subindo pelas paredes. Hoop pressionou a mão enluvada com força em uma delas, inclinando-se, tentando sentir os ecos do impacto misterioso. Mas eles já haviam se dissipado.

– Lachance, alguma ideia do que está causando esses impactos?

– Não. A nave parece estável.

– Talvez os compartimentos estejam falhando?

– Creio que não. Se isso estivesse acontecendo, ar estaria vazando para o espaço, o que funcionaria como uma espécie de propulsão. Eu veria movimento na *Marion*. Do jeito que está, o padrão de voo parece ter estabilizado na órbita lenta e descendente da qual falávamos. Não estamos mais geoestacionários, e sim nos movendo muito devagar em comparação à superfície. Talvez a dezesseis quilômetros por hora.

– Ok. Outra coisa, então. Algo está solto.

– Só tome cuidado lá embaixo – avisou Lachance.

Normalmente, ele não era do tipo que perdia tempo frisando o óbvio.

Eles passaram por mais duas portas, verificando os sensores de ambas antes de prosseguirem para se certificarem de que os compartimentos do outro lado ainda estavam pressurizados. Enquanto se aproximavam das Baias Três e Quatro, Hoop sabia que teriam uma boa visão dos danos.

As baias de atracação estavam posicionadas em duas projeções na parte de baixo da *Marion*. A Um e a Dois estavam na projeção a bombordo, e a Três e a Quatro, a estibordo. Enquanto se aproximavam do corredor que dava nas Baias Três e Quatro, passaram por janelas em ambos os lados.

– Que inferno – murmurou Hoop.

Ele foi o primeiro a ver, e ouviu Sneddon e Welford prenderem a respiração atrás de si, chocados.

Um terço da face frontal da projeção a bombordo, incluindo as pontes de atracação e partes das estruturas das câmaras de pressurização, havia sido arrancado como se por obra de uma mão gigante. A Baia Um havia sido dilacerada e desaparecera completamente, deixando uma ferida áspera e irregular no metal. Partes da Baia Dois ainda estavam intactas, incluindo um longo fragmento da ponte de atracação que era a fonte dos impactos intermitentes. Preso ao final da indistinta pilha de metal dilacerado e cabos reluzentes estava um pedaço da *Delilah*. Do tamanho de várias pessoas, pesando talvez dez toneladas, a massa não identificada de metal, painéis de revestimento e componentes eletrônicos surgia, vinda da parte de baixo da *Marion*; ela se escondia, ricocheteava da superestrutura em ruínas da Baia Dois e retornava.

Cada batida lhe dava o ímpeto necessário para continuar. Ela se movia lentamente, mas seu peso era tamanho que o impacto sentido ao retornar era suficiente para enviar vibrações por todo o bojo da nave.

A *Delilah* havia quase se desintegrado no choque. Detritos do acidente ainda flutuavam junto com a *Marion*, e, ao longe, projetando uma sombra sobre a tempestuosa superfície do planeta, Hoop via pedaços maiores se afastando lentamente para bem longe de onde eles estavam.

– Tem uma pessoa ali – disse Welford em voz baixa, apontando.

Hoop viu um vulto pressionado contra os restos da Baia Dois, empalado por um pedaço da superestrutura de metal retorcido. Não dava para distinguir o sexo. O corpo estava mutilado, nu, e boa parte da cabeça havia sumido.

– Espero que eles tenham morrido rápido – disse Sneddon.

– Eles já estavam mortos! – vociferou Hoop.

Ele suspirou e levantou a mão, como se pedindo desculpas. Seu coração estava disparado. Dezessete anos no espaço e nunca havia visto nada assim. Pessoas morriam o tempo todo, claro, pois o espaço é um ambiente hostil. Acidentes eram comuns, e, quanto maior o desastre, maior a notoriedade. A nave de passageiros *Archimedes* foi atingida por um chuva de micrometeoros em sua rota para Alpha Centauri, causando a morte de setecentas pessoas, entre passageiros e tripulação. A base da Marinha Colonial, situada em uma grande lua na Orla Exterior, teve seus sistemas atmosféricos sabotados, o que resultou na perda de mais de mil vidas.

Mesmo no começo, nos dias incipientes das viagens espaciais, a estação de pesquisa *Nephilim*, que orbitava Ganimedes, teve um problema de mau funcionamento no estabilizador e tombou até colidir contra a superfície da Lua. Essa história ainda era contada a qualquer um que planejasse uma carreira na exploração espacial, pois todas as trezentas pessoas a bordo continuaram transmitindo dados e mensagens de esperança até o último instante. Ela havia sido um símbolo da determinação da humanidade em sair dos limites do próprio planeta e, um dia, do seu próprio sistema.

No panorama geral, a tragédia da *Delilah* era pequena. Mas Hoop conhecia cada uma das pessoas a bordo da dropship. E muito embora não conseguisse identificar o corpo congelado e dilacerado que estava preso sob a estrutura de atracação da baia, ele sabia que havia falado, brincado e gargalhado com elas.

– Vamos ter que cortar isso aí – disse Welford, e a princípio Hoop achou que ele estivesse falando sobre o cadáver. Mas o engenheiro observava a massa de metal flutuando lentamente enquanto ela voltava na direção das baias destroçadas.

– Temos que fazer isso e *muito* mais – afirmou Hoop. Se quisessem sobreviver, se superassem esse caos inicial, protegessem a *Samson* e descobrissem o que diabo estava acontecendo, ele, Welford e Powell precisariam tirar alguns milagres da cartola. – Vamos fazer por merecer, pessoal.

– Hoop, a *Samson* – murmurou Baxter em seu ouvido.

– O que foi?

Eles ainda não conseguiam ver a nave onde agora só havia estática, do outro lado da ponte de atracação a estibordo.

– Tenho... uma imagem na tela. – Sua voz soava fraca, vazia.

– E? – perguntou Sneddon.

– E você não vai querer abri-la. Jamais. Não chegue perto dela.

Hoop desejou ver o que tinha acontecido, embora parte dele estivesse feliz por não poder.

– O que houve? – perguntou Sneddon.

– Eles... eles *chocaram* – respondeu Baxter. – E estão apenas... esperando. Essas coisas, rastejando ali ao lado dos corpos.

– E quanto ao Jones e ao Sticky?

– Sticky está morto. Jones, não.

Era aquele tom seco novamente, o que fez Hoop desistir de tentar insistir. Mas Sneddon o fez. Talvez fosse a curiosidade da oficial de ciências.

– O que está acontecendo com Jones? – perguntou ela.

– Nada. Ele está... Posso vê-lo, bem no fundo da imagem. Ele está lá, sentado, com a cadeira virada de costas para o painel de controle. Tremendo e chorando.

Eles ainda não o mataram, pensou Hoop.

– Vamos isolar toda essa área – disse ele. – Todas as portas estão bloqueadas, mas temos que desativar os controles manuais.

– Você acha que essas coisas conseguem abrir portas? – perguntou Welford.

– Hoop tem razão – afirmou Sneddon. – Temos que imaginar o pior.

– Não podemos simplesmente soltar a *Samson*?

Hoop já havia pensado nisso. Mas, apesar do perigo, eles ainda poderiam precisar da nave. A órbita da *Marion* continuava em declínio. Havia módulos de fuga, mas seu alvo era incerto. Se as usassem, acabariam espalhados por toda a superfície do planeta.

A *Samson* poderia ser a única esperança de sobrevivência deles.

– Se fizermos isso, ela pode ficar flutuando conosco por dias – disse Lachance, e sua voz vinha junto com uma chuva de estática. – Poderia impactar a *Marion* e causar ainda mais danos. As coisas já estão bem ruins desse jeito.

– Baxter, estamos perdendo você – disse Hoop.

– ... detonado – completou Baxter. – Lachance?

– Ele está certo – respondeu Lachance. – Os indicadores estão sinalizando mais danos a cada minuto que passa. Comunicações, sistema atmosférico e remoto. Precisamos começar a consertar as coisas.

– Tenho que resolver isso primeiro – afirmou Hoop. – Atravessaremos a antecâmara, vamos entrar na ponte de atracação até chegarmos à Baia Três e, em seguida, até a câmara de pressurização. Dali, vamos trabalhar recuando, desativando controles manuais e desligando tudo.

– Nós podemos despressurizar a câmara também – sugeriu Welford.

– Boa ideia. Se alguma coisa escapar da *Samson*, não conseguirá respirar.

– Quem pode afirmar que essas criaturas de fato respiram? – perguntou Sneddon. – Não sabemos o que são nem de onde vêm. Mamíferos, insetos, répteis, algo mais. Não sabemos nada! – Sua voz estava tomada pelo pânico.

– E vai continuar assim – afirmou Hoop. – Na primeira oportunidade que tivermos, nós as matamos. Todas elas.

Ele queria o apoio de alguém, mas ninguém respondeu. Esperava que Sneddon discordasse – como oficial de ciências, ela veria, além do caos e da morte, o que essas criaturas poderiam significar para o progresso da ciência. Mas não disse nada. Apenas o encarou, com hematomas nos olhos e um corte no nariz inchado.

Eu estou mesmo no comando agora, pensou. O fardo era pesado.

– Certo – disse ele. – Vamos lá.

Eles seguiram o plano de Hoop.

Atravessaram a antecâmara que servia as Baias Três e Quatro, a ponte de atracação, em seguida a câmara de pressurização e a porta exterior. Hoop e Welford seguiam na frente, enquanto Sneddon fechava as portas que ficavam para trás, e, no final da ponte de atracação, os dois homens fizeram uma pausa. Depois da porta havia uma abertura estreita e, então, a escotilha exterior da *Samson*. Havia uma pequena janela tanto na escotilha quanto na porta.

A parte interna da janela da dropship estava coberta de vapor.

Hoop se perguntou se as criaturas sabiam que eles estavam ali dentro, tão perto. Pensou em perguntar a Baxter, mas o silêncio parecia a opção mais inteligente. Silêncio e rapidez.

Eles rapidamente desmontaram o mecanismo de trava da porta e o desativaram, desconectando a fonte de alimentação. Ele teria que ser reparado antes de a porta ser aberta novamente. *Era bem mais forte do que a porta do banheiro na* Delilah. Este pensamento não tranquilizou Hoop tanto quanto deveria.

Eles trabalharam de trás para a frente, e, quando desativaram o mecanismo da porta entre a ponte de atracação e a antecâmara, Welford despressurizou a câmara. As portas rangeram levemente sob as pressões alteradas.

Do lado de fora da antecâmara, Sneddon esperava.

– Pronto? – perguntou ela.

– Só falta a última porta – respondeu Hoop.

Welford começou a trabalhar. Cinco minutos depois eles já estavam fazendo o caminho inverso na direção da ponte de comando. Havia agora quatro portas seladas e bloqueadas entre a *Samson* e a *Marion*, bem como o vácuo na câmara de pressurização.

Ele deveria se sentir mais seguro.

– Baxter, você ainda tem contato com a *Samson*? – perguntou.

– Sim. Não mudou muito a situação, as criaturas ainda estão por lá. Uma delas... meio que se esticou um pouco, como se sombras estivessem saindo do interior. A iluminação por lá está meio esquisita, e a qualidade da imagem não é lá essas coisas, mas ela parecia estar trocando de pele.

Outra voz murmurou algo que Hoop não ouviu.

– O que você disse? – perguntou ele.

– Eu falei que parece que ela *cresceu* – respondeu Powell. – Aquela que mudou de pele. Está maior.

– E quanto a Jones? – perguntou Hoop, bem preocupado. *Maior*? Aquilo era impossível em tão pouco tempo.

– Ainda está lá – disse Baxter. – Só consigo ver o braço, o ombro e a cabeça. Ele ainda está tremendo.

– Grave as imagens – pediu Sneddon.

– Para você ter o prazer de assistir mais tarde? – perguntou Lachance, mas ninguém respondeu. Não era hora para fazer gracinhas, mesmo se com um toque de sarcasmo.

– Estaremos de volta em poucos minutos – disse Hoop. – Lachance, faça com que o computador categorize os danos. Vou definir prioridades quando chegarmos aí, depois faremos um cronograma de trabalho. Baxter, a *Marion* está emitindo o sinal de pedido de socorro?

– Ah, sim, essa é a outra parte divertida – disse Baxter. – Alguns dos destroços devem ter ferrado o sistema de antenas. O computador diz que está mandando o sinal, mas duvido muito.

– Certo. Ótimo. Que maravilha. – Hoop balançou a cabeça. – Há algum meteoro vindo na nossa direção? Buracos negros se abrindo aqui perto? Alguma outra coisa para nos preocupar?

– A cafeteira da ponte de comando foi destruída – afirmou Powell, com um tom de voz solene e muito sério.

Hoop começou a rir. No momento em que conseguiu controlar a histeria, lágrimas turvavam o interior do visor de seu capacete.

Quando chegaram à ponte, Kasyanov e Garcia haviam voltado da ala médica. As poucas pessoas a bordo da *Marion* estavam mortas ou exibiam ferimentos leves, de modo que havia pouco para se fazer lá embaixo.

– Foi assustador, nós duas sozinhas – disse Garcia. – Então fechamos tudo. Pensei que seria mais seguro ficarmos aqui, juntos.

Lachance explicou para todos o nível de segurança que poderiam esperar.

– A única bênção é que o núcleo de combustível da *Delilah* não foi comprometido durante o acidente – disse ele.

– E onde ele está? – perguntou Hoop.

Lachance ainda estava no assento de piloto.

– Por aí, em algum lugar – respondeu ele –, flutuando.

Ele acenou com a mão, segurando um charuto entre dois dedos. Hoop e a maioria das pessoas odiava o cheiro daquele negócio. Mas, com tudo o que havia acontecido, parecia quase cômico pedir que ele o apagasse.

– Vimos muitos destroços perto da nave – afirmou Welford. – Talvez ele *tenha* sido comprometido e esteja flutuando em algum lugar por perto, superaquecendo e pronto para explodir.

– De qualquer maneira, *c'est la vie* – disse Lachance. – A não ser que queira vestir um traje e dar uma caminhada no espaço. – Welford desviou o olhar, e Lachance sorriu. – Temos preocupações mais imediatas... problemas que *podemos* resolver.

– A *Samson*? – perguntou Powell.

Hoop olhou para as telas. O interior da dropship mantinha-se inalterado: sombras. As sombras tremulavam, Jones tremia. Todos queriam desligar a tela, mas Hoop insistia em mantê-la ligada. Eles precisavam saber.

Lachance deu de ombros.

– Temos que considerar isso seguro, por enquanto. Mas os sensores identificaram vazamentos em cinco portas de segurança, o que significa, provavelmente, que mais cinco portas estão com problemas. As plataformas cinco e seis vazaram completamente para o espaço, e os danos terão que ser isolados e reparados. O pedaço da *Delilah* que está preso no meio das ruínas das baias de atracação precisa ser solto e seguir o seu caminho. Caso contrário, só vai causar mais danos.

– E o posicionamento da *Marion*? – perguntou Hoop.

– Em queda. Eu… não tenho certeza de que haja muito que possamos fazer. O acidente danificou mais do que podemos ver. Suspeito que haja algum dano estrutural grave. E parece que os sistemas de refrigeração da célula de combustível da nave foram avariados.

– Que ótimo – disse Powell.

– Quanto foram avariados? – perguntou Hoop.

– Vamos ter que verificar isso manualmente – disse Lachance. – Mas há mais. O Paraíso foi corrompido.

– Com o quê? – perguntou Hoop. Seu coração apertou. O Paraíso era o seu bio pod, uma pequena mas exuberante área de cultivo de alimentos no nariz da *Marion*, aonde muitos dos mineradores e da tripulação iam para manter contato com a natureza. Depois de anos no espaço, trabalhando no inferno estéril e cheio de tempestades de areia de LV178, ver uma cenoura ou alguns brotos de feijões-verdes ajudava mais do que qualquer antidepressivo.

– Ainda não tenho certeza – respondeu Lachance. – Jordan foi a única que…

Lucy amava jardinagem, pensou Hoop. Eles haviam feito amor no Paraíso certa vez, sobre a terra úmida, tendo apenas as árvores frutíferas e os vegetais como testemunhas.

– Temos alimentos desidratados – disse Hoop. – A reserva de água não foi afetada?

– Até onde posso ver.

– Ok, então. – Ele olhou para o restante da tripulação da *Marion* ao seu redor. Estavam todos chocados com a rapidez e a gravidade com que tudo dera errado. Mas eles eram durões, extremamente adaptáveis, acostumados a viver sob a constante ameaça de perigo e prontos para enfrentar qualquer coisa para sobreviver. – Welford, Powell, peguem o relatório de danos completo com Lachance e definam prioridades. Mas eles vão precisar de ajuda. Todos vocês sabem usar chaves inglesas e kits de soldagem.

– Mas há uma coisa a fazer antes – disse Baxter.

– Sim. E isso é comigo. Vou gravar o pedido de socorro, e depois você faça tudo o que puder para garantir que ele seja enviado.

Voltado para o painel de controle de Baxter, o olhar de Hoop se fixou na tela que mostrava o interior da *Samson*. O ombro e a cabeça de Jones eram as únicas coisas que estavam se movendo, tremendo no canto inferior esquerdo. Mais adiante, viam-se as silhuetas imóveis das pessoas mortas. Parados ao lado delas, estavam os pequenos e indistintos aliens.

– Acho que você pode desligar isso – disse Hoop. – Por enquanto.

3

RIPLEY

RELATÓRIO DE PROGRESSO:
PARA: CORPORAÇÃO WEYLAND-YUTANI, ÁREA DE CIÊNCIAS
[REF: CÓDIGO 937]
DATA [NÃO ESPECIFICADA]
TRANSMISSÃO [PENDENTE]

PEDIDO DE SOCORRO RECEBIDO.
RELEVANTE O SUFICIENTE PARA FAZER UM DESVIO.
TEMPO ESPERADO DE VIAGEM PARA LV178:
VELOCIDADE ATUAL: 4.423 DIAS.
VELOCIDADE MÁXIMA: 77 DIAS.
NÍVEL DE COMBUSTÍVEL: 92%
INICIANDO IMPULSO.

Ela sonha com monstros.

Astutos, negros, quitinosos, lisos, malévolos, escondendo-se nas sombras e atacando, colocando sementes nas pessoas que ela amava – seu ex-marido, sua adorável filha –, que depois explodiam em banhos de sangue. Eles se expandem em grande velocidade, como se tivessem sido trazidos rapidamente de distâncias que ela mal pode conceber. E, ao serem atraídos para mais perto pelos vácuos do espaço profundo, eles crescem e crescem, chegando ao tamanho de uma nave, de uma lua, de um planeta, para depois ficarem ainda maiores.

Eles vão engolir o universo, e ainda assim vão deixá-la viva para testemunhar a destruição.

Ela sonha com monstros à espreita nos corredores de sua mente, apagando rostos conhecidos de sua memória antes que ela possa ter a chance de lembrar seus nomes.

Entre esses sonhos há lacunas de breu. Mas ela não oferece nenhuma trégua, pois há sempre um antes para lamentar e um depois para temer.

Quando começa finalmente a despertar, os pesadelos de Ripley voltam apressados para as sombras e começam a desaparecer. Mas só parcialmente. Mesmo com a luz despontando nos seus sonhos, as sombras permanecem.

À espera.

***

– Dallas – disse Ripley.

– O quê?

Ela estalou os lábios, tentou tossir com a garganta seca, e percebeu que aquilo era impossível. Dallas estava morto. O alien o havia levado.

O rosto diante dela era fino, barbado e preocupado. Desconhecido.

Ele a encarou.

– Dallas, como no Texas? – perguntou ele.

– Texas?

Seus pensamentos estavam confusos. Uma bagunça de lembranças aleatórias; algumas ela reconhecia, outras, não. Ela se esforçava para trazê-las à tona, desesperada por uma pista sobre sua identidade e seu paradeiro. Sentia-se desassociada do próprio corpo. Impressões flutuantes tentavam encontrar um lar, o corpo físico era algo frio e disperso sobre o qual não tinha nenhum controle.

Por trás de tudo pairava uma sombra... enorme, insidiosa.

– Ótimo – disse o homem. – Porra.

– O quê?

Será que ela estava de volta à *Nostromo*? Mas então se lembrou da estrela de fogo na qual a enorme nave de salvamento havia se transformado. Resgate, então?

Alguém a havia encontrado. A nave havia sido recuperada. Ela estava salva.

Ela era Ellen Ripley, e logo se reuniria novamente com...

Algo se mexeu na sua barriga. Uma torrente de imagens a invadiu, muito vívidas em comparação àquelas que ela teve desde que acordou e que a assustaram a ponto de colocá-la em movimento e despertar os seus sentidos...

... Kane se debatendo, seu peito se rasgando e se abrindo, aquela coisa emergindo...

... e Ripley colocou a mão no próprio peito, pronta para sentir a pele se esticando e a agonia das costelas se quebrando.

– Ei, ei – disse o homem, estendendo a mão em sua direção.

Você não entende o que vai acontecer? Ela queria gritar, mas sua voz estava presa, a boca tão seca que a língua parecia uma lesma inchada e coberta de areia. Ele a segurou pelos ombros e acariciou seu queixo com os polegares. Foi um gesto tão íntimo e gentil que ela parou de se debater.

– Você tem um gato – disse ele, sorrindo. O sorriso combinava com seu rosto, mas ele parecia pouco à vontade, como se raramente o usasse.

– Jonesy – chamou Ripley dolorosamente, com a voz áspera, e o gato foi da sua barriga para o peito. E ficou ali, sacudindo-se de leve, para depois arquear as costas e fincar as garras. Elas arranharam a pele de Ripley, atravessando o fino colete, e ela estremeceu, mas gostou. Era uma dor que lhe dizia que ela ainda estava viva.

A mulher estendeu a mão para Jonesy, e enquanto o acariciava uma sensação de imenso bem-estar a invadiu. Ela havia se erguido das sombras, e agora que estava em casa – ou perto de casa, se tivesse sido resgatada por uma nave maior –, faria o máximo possível para não pensar mais neles. As lembranças terríveis e pesarosas já se acumulavam, mas não passavam disso. Lembranças.

O futuro estava em aberto.

– Eles nos encontraram – sussurrou ela para o gato enquanto o animal ronronava suavemente. Seus braços não pareciam pertencer a ela, mas Ripley sentia o pelo nos dedos e nas palmas. Jonesy se esticou sobre sua dona. Ela se perguntou se gatos podiam ter pesadelos. – Estamos a salvo agora...

Pensou em Amanda, sua filha, e em como ficaria feliz de reencontrá-la. Será que Ripley havia perdido o seu aniversário de 11 anos? Ela sinceramente esperava que não, pois odiava descumprir uma promessa.

Erguendo-se devagar da cama, com o homem a ajudando, ela gemeu enquanto seus nervos ganhavam vida. Era o pior caso de cãibra de todos os tempos, muito pior do que qualquer outro que já tivesse experimentado depois de qualquer hipersono. Ereta, ficou sentada o mais imóvel que podia enquanto a circulação retornava, até que suas terminações nervosas parassem de formigar e finalmente se acalmassem.

E então o homem falou.

– Na verdade... você não está de fato tão segura, para ser honesto.

– O quê?

– Quer dizer, não somos uma nave de resgate. Achávamos que *você* fosse a nave de resgate quando a vimos pela primeira vez em nossos telescópios. Achávamos que você tivesse respondido ao nosso pedido de socorro. Mas... – Ele parou, e, quando Ripley olhou para cima, viu duas outras figuras atrás dele no interior confinado da nave. Eles estavam recostados na parede, olhando para ela e para a câmara de estase com cautela.

– Você está brincando comigo – disse um deles, uma mulher.

– Cala a boca, Sneddon. – O homem estendeu a mão. – Meu nome é Hoop. Você consegue se levantar?

– Onde estou? – perguntou Ripley.

– Em nenhum lugar onde gostaria de estar, com certeza – disse o homem atrás de Hoop. Ele era muito alto, magro e frágil. – Volte a dormir, senhorita. Bons sonhos.

– Esse é Powell – apresentou Hoop. – Não se preocupe com eles. Vamos levá-la à ala médica agora. Garcia pode lhe dar um banho e fazer alguns exames. Parece que você precisa comer também.

Ripley franziu a testa, e sua boca, na mesma hora, ficou seca de novo. O estômago roncou. Ela se sentia tonta. Agarrou-se à lateral da câmara de estase, e, enquanto tentava mover a perna lentamente para ficar de pé, Hoop segurou seu braço. A mão dele parecia incrivelmente quente, maravilhosamente real. Mas suas palavras ficaram martelando na cabeça dela.

Jonesy se aconchegou ao pé da câmara de estase, como se estivesse ansioso para pegar no sono novamente. *Talvez os gatos saibam mesmo de tudo*, refletiu ela.

– Onde...? – perguntou Ripley novamente, mas então a nave começou a girar, e enquanto ela desmaiava as sombras se fecharam mais uma vez.

Garcia era uma mulher pequena e atraente que tinha o hábito de rir depois de tudo o que dizia. Mas Ripley não achava que isso fosse uma timidez endêmica. A médica parecia nervosa.

– Você está na *Marion* – disse ela. – Um cargueiro de mineração orbital. Trabalhamos para a Companhia de Mineração Kelland. A companhia é propriedade da Prospectia, que por sua vez é uma subárea da Corporação San Rei, que é, como praticamente tudo, propriedade da Weyland-Yutani. – Ela deu de ombros e riu. – Nossa nave foi construída para extrair grandes quantidades de minério, na verdade. Os porões são enormes e há quatro plataformas de reboque extensíveis amontoadas lá nos fundos, sob a sala de máquinas. Nós extraímos trimonita, a substância mais resistente conhecida pelo homem. Ela é quinze vezes mais dura do que o diamante, e extremamente rara. Temos pouco mais de três toneladas a bordo.

– Qual é o problema com a nave? – perguntou Ripley.

Ela ainda estava cansada e se sentia doente, mas estava com a cabeça no lugar outra vez. E sabia que algo ali estava muito errado.

Garcia desviou o olhar, e sua risada foi quase silenciosa.

– Uns probleminhas mecânicos.

Ela estendeu a mão para pegar um pouco mais de gel estéril e começou a esfregá-lo no antebraço de Ripley.

– Estamos indo para casa?

– Casa? – perguntou Garcia.

– O sistema solar. Terra.

A médica pareceu subitamente assustada. Balançou a cabeça.

– Hoop me pediu para cuidar de você, só isso.

Ela prosseguiu no tratamento, tagarelando para disfarçar o nervosismo, falando de futilidades, e Ripley não fez nada para impedi-la. Se Garcia pudesse de algum modo fazer com que ela parasse de se sentir tão péssima, esse era um pequeno preço a se pagar.

Estava na hora de descansar um pouco, talvez, antes que ela descobrisse o que diabo estava acontecendo naquela nave.

– Soro fisiológico – disse Garcia, enquanto pegava uma seringa. – Medicina do velho mundo, mas vai ajudar na reidratação e fazer com que tenha muito mais energia em pouco tempo. Você vai sentir uma picada. – Ela enfiou habilmente a agulha em uma veia do braço de Ripley e colocou um adesivo no lugar. – Recomendo pequenas quantidades de alimento líquido para começar... O seu estômago não tem recebido comida há bastante tempo, e o revestimento interno ficou bastante sensível.

– Por quanto tempo? – perguntou Ripley.

Uma pausa, uma risadinha.

– Sopa. Lachance faz uma sopa ótima, para um cínico desgraçado como ele. Está na cozinha agora. – Ela foi até um armário e trouxe uma bolsa branca. – Separamos algumas roupas para você. Tive que me livrar da sua roupa de baixo.

Ripley levantou o lençol que a cobria e percebeu que estava nua. Teria sido de propósito? Talvez eles não quisessem que ela se levantasse e saísse correndo por aí.

– Obrigada – disse ela. – Vou me vestir agora.

– Ainda não – falou Garcia, largando a bolsa e empurrando-a para debaixo da cama com o pé. – Preciso fazer mais exames. Ainda estou verificando as suas funções hepáticas e renais. Seu pulso parece bom, mas sua capacidade pulmonar parece estar reduzida, provavelmente devido ao fato de você ter mantido um padrão de sono por tanto... – Ela virou-se novamente para a mesa cheia de remédios. – Tenho alguns comprimidos e medicamentos para você tomar.

– Para quê?

– Vão fazê-la se sentir melhor.

– Não estou doente.

Ripley desviou o olhar e passou a reparar em todos os detalhes daquele ambulatório. Era pequeno, com apenas seis camas, e algumas delas só tinham o básico. Mas também havia vários equipamentos de tecnologia de ponta que ela não reconheceu, incluindo uma câmara de suporte vital de tamanho considerável no centro da sala, trazendo um nome familiar na placa de identificação afixada na lateral.

Uma mão fria se fechou em torno do coração de Ripley.

Eu era dispensável, pensou. Ela sentia um misto de orgulho e raiva por ter sido a única sobrevivente.

– Você não disse que vocês eram uma nave da Weyland-Yutani.

– O quê? – Garcia seguiu o olhar de Ripley. – Ah, não somos. Não oficialmente. Como eu lhe disse, a nossa empresa é a Companhia de Mineração Kelland, uma subárea da San Rei. Mas a Weyland-Yutani fabrica um monte de equipamentos utilizados na exploração espacial. É difícil encontrar uma nave sem algo deles. E, para ser honesta, as câmaras médicas são simplesmente as melhores que já vi. Eles sabem fabricar coisas incríveis, uma vez tivemos um minerador com…

– É uma empresa grande?

– A maior – respondeu Garcia. – Praticamente *dona* do espaço. A Weyland-Yutani é dona de várias outras empresas, e a San Rei foi comprada por eles… não sei, doze anos atrás, talvez? Eu estava trabalhando no quartel-general da Kelland em Io na época, não havia tripulado nenhum voo. Isso não mudou muita coisa, mas abriu nossos olhos para as diversas missões que estavam sendo iniciadas. – Ela não parava de falar enquanto preparava medicamentos e contava comprimidos, e Ripley não a interrompeu. – Eles estão investindo em empresas de terraformação agora, sabia? Montam enormes instalações de processamento da atmosfera em planetas adequados, fazem algo com o ar, limpam, tratam, não sei, sou médica, mas isso leva décadas. Depois há a aquisição de materiais, prospecção, mineração. Ouvi dizer que eles construíram naves enormes, com quilômetros de comprimento, capazes de pegar e rebocar pequenos asteroides. Possuem uma grande variedade de estações de pesquisa também. Médicas, científicas, militares. A Weyland-Yutani tem se metido em todos os tipos de empreitada.

Talvez os tempos não tenham mudado tanto, pensou Ripley, e era a medida dos "tempos" que a estava incomodando. Ela se sentou e colocou um pé para fora da cama, empurrando Garcia para o lado.

– Estou me sentindo bem – insistiu ela. O lençol caiu no chão, e Garcia desviou o olhar, envergonhada. Ripley aproveitou a deixa, ficou de pé e se abaixou para pegar a bolsa com as roupas.

– Ah… – disse uma voz.

Ela levantou os olhos. Hoop estava na entrada da ala médica, e ficou observando a sua nudez por alguns segundos a mais do que o aceitável antes de virar o rosto. – Merda, desculpe, achei que você estivesse…

– Segura na cama onde você quer que eu fique? – perguntou Ripley. – Sem fazer perguntas?

– Por favor – disse Hoop, sem se virar.

Ele não chegou a elaborar o pedido, mas Ripley se sentou novamente. Na verdade, ela o fez antes de se abaixar, porque ainda se sentia um lixo. Em seguida, segurou o travesseiro e puxou o lençol até debaixo dos braços.

– Agora você pode olhar – falou ela.

Hoop sorriu e sentou-se ao pé da cama.

– Como está se sentindo?

– Conte o que está acontecendo que eu decido.

Hoop olhou para Garcia, que assentiu.

– Sim, ela está bem – afirmou a doutora.

– Está vendo? – disse Ripley. *Bem,* apesar da sensação angustiante de medo na boca do estômago.

– Ok – disse Hoop. – Então, a questão é a seguinte. Você não foi resgatada. Avistamos a sua nave nos nossos escâneres há pouco mais de quinze horas. Você vinha em aproximação remota.

– Controlada por quem?

Hoop deu de ombros.

– Você estava à deriva, deu uma volta em torno da *Marion* e acabou atracando em uma das pontes de atracação que restavam.

Uma sombra tomou sua expressão.

Isso é outra coisa que preciso perguntar, pensou Ripley, *se ele não contar por vontade própria. A ponte de atracação.*

– A nave tem protocolos de proximidade – disse ela.

– Ela atraca automaticamente?

– Se estiver programada para fazer isso.

– Ok, bem, isso não importa mais. Nossa situação... e agora a sua... é... muito grave. – Ele fez uma pausa, como se quisesse organizar os pensamentos. – Sofremos uma colisão onze semanas atrás. Perdemos boa parte de nosso pessoal. Isso nos tirou da órbita geoestacionária, e agora estamos em padrão de deterioração. Segundo nossos cálculos, temos menos de quinze dias antes de começarmos a queimar na reentrada atmosférica.

– Na atmosfera do quê?

– LV178. Uma pedra.

– O planeta que estão escavando em busca de trimonita – disse Ripley, e se divertiu com o olhar que Hoop lançou a Garcia. – Está tudo bem, ela não me disse mais nada. Nada importante.

Hoop estendeu as mãos.

– É isso. Nosso sistema de antenas foi danificado, por isso não foi possível enviar quaisquer sinais de socorro de longa distância. Mas depois da colisão enviamos um pedido de ajuda por um transmissor de alta frequência, que ainda está sendo transmitido em loop. Esperamos que ele seja captado por alguém a uma distância que viabilize um salvamento. – Ele franziu a testa. – Você não o ouviu?

– Desculpe – respondeu ela. – Eu estava tirando uma soneca.

– Claro. – Hoop desviou o olhar, esfregando as mãos. Duas outras pessoas entraram na ala médica, ambas esfarrapadas e desgrenhadas. Ela reconheceu Kasyanov, a doutora negra que a havia examinado na primeira vez. Mas o homem ela não conhecia. Forte, com um rosto triste e murcho. Na sua placa de identificação lia-se Baxter. Ele se sentou em outra cama e olhou para ela.

– Oi – disse Ripley.

Ele apenas a cumprimentou com a cabeça.

– Então, o que aconteceu com você? – perguntou Hoop.

Ripley fechou os olhos e uma onda de lembranças a invadiu – o planeta, Kane, o nascimento do alien, o seu rápido crescimento, então o terror e a perda da *Nostromo* antes de escapar na nave auxiliar. O confronto final com o demônio. As memórias a chocaram com sua violência, seu imediatismo. Era como se o passado fosse mais real do que o presente.

– Eu estava em uma nave rebocadora – disse ela. – A equipe morreu em um acidente, o núcleo da nave entrou em colapso. Fui a única sobrevivente.

– *Nostromo* – comentou Hoop.

– Como você sabe?

– Acessei o computador de bordo da sua nave. Lembro-me de ter lido sobre ela quando era criança. Ela foi parar no arquivo de "naves que desapareceram sem deixar rastros".

Ripley virou-se.

– Por quanto tempo eu fiquei lá fora?

Ripley já sabia que a resposta seria difícil. Já havia notado isso na reação de Garcia, e viu novamente, agora, em Hoop.

– Trinta e sete anos.

Ela olhou para suas mãos, para as agulhas nos antebraços.

Eu não envelheci um único dia, pensou ela. E então se lembrou de Amanda, sua adorável filha que odiara a ideia de ficar longe da mãe, mesmo que fosse por dezessete meses. *Isso vai deixar as coisas mais fáceis para nós quando eu voltar*, dissera-lhe Ripley, enquanto a abraçava com força. *Aqui, olhe.* Ela apontara para a tela do computador de Amanda e clicara no calendário. *O seu aniversário de 11 anos. Volto para a festa, e vou comprar o melhor presente de todos os tempos.*

– Vai contar a ela sobre a *Samson*? – perguntou Baxter.

Ripley olhou ao redor da sala.

– Quem é Samson?

Ninguém respondeu.

Baxter deu de ombros, caminhou até sua cama e pôs um tablet em cima do lençol.

– Tudo bem – disse ele. – De qualquer maneira, vai ser mais fácil mostrar. – Ele clicou em um ícone. – A *Samson* está trancada na ponte de atracação que nos restou. Está assim há setenta e sete dias. A nave está isolada. Essas criaturas estão lá dentro, e também são o motivo de estarmos fodidos.

Ele tocou na tela.

Naquele momento, Ripley duvidou de tudo. O fato de ela estar acordada. E de estar lá, sentindo os lençóis na pele, as agulhas espetadas nos braços. Ela duvidou da ideia de que havia sobrevivido e esperava que aquilo fosse simplesmente um pesadelo antes da morte.

– Não – sussurrou ela, e a atmosfera no recinto mudou instantaneamente.

Ela começou a tremer. Quando piscou, seus sonhos estavam por perto novamente, os monstros sombrios do tamanho de estrelas. *Então, foi apenas um sonho?*, perguntou-se. *Um pesadelo?* Olhou para aquelas pessoas desconhecidas e, enquanto o pânico se instalava, se perguntou de onde elas poderiam ter vindo.

– Não – exclamou ela, com a garganta seca queimando. – De novo, não!

Kasyanov gritou alguma coisa, Garcia a segurou, e Ripley sentiu outra dor aguda na mão.

Mas mesmo enquanto tudo desaparecia, não havia como encontrar a paz.

– Ela sabe o que são aquelas coisas – disse Hoop.

Estavam de volta à ponte. Kasyanov e Garcia haviam permanecido na ala médica para manter Ripley sob observação, com ordens para chamá-lo de volta no momento em que ela acordasse. Hoop queria estar lá à sua disposição. Ela havia sofrido uma grande provação, e agora havia acabado de acordar em uma situação pior.

Além disso, talvez ela pudesse ajudar.

– Talvez ela saiba como matá-las – disse Baxter.

– Talvez sim… – repetiu Hoop. – Talvez não. No mínimo, ela sabe o que são.

Ele se voltou para o monitor. Mostrava a última imagem capturada pela câmera interna da *Samson*. Eles perderam contato com a nave fazia trinta dias.

Jones já morrera havia um bom tempo a essa altura. As coisas o haviam arrastado para o compartimento de passageiros e o matado. Elas tinham crescido até assumir formas escuras e sombrias que ninguém conseguia distinguir. Do tamanho de uma pessoa, talvez ainda maiores, as quatro formas permaneciam quase imóveis. O que fazia com que ficasse ainda mais difícil vê-las naquele cenário mal iluminado.

Baxter passou para outra tela e viu a Baia Três por todos os ângulos – imagens que todos eles conheciam muito bem. As três câmeras que Welford e Powell haviam instalado mostravam os mesmos ângulos de sempre – nenhum movimento, nenhum sinal de perturbação. As portas permaneciam bloqueadas e sólidas. Os microfones não captavam som algum. Haviam perdido a visão do interior da *Samson*, mas, pelo menos, ainda podiam ficar de vigília.

E se essas coisas irrompessem pelas portas e saíssem do nível de atracação? Eles tinham um plano. Mas ninguém tinha muita fé nele.

– Vou ver como Powell e Welford estão se saindo – disse Hoop. – Grite se tiver notícias da ala médica.

– Por que você acha que ela veio para cá? – perguntou Baxter.

– Acho que nem ela sabe.

Hoop pendurou o maçarico de plasma que vinha carregando no ombro e deixou a ponte.

O maçarico era uma versão portátil e pequena, utilizada nas minas para derreter e endurecer depósitos de areia. As maiores ficavam no planeta e estavam dispostas em trilhos, sendo utilizadas para criar as paredes sólidas dos novos poços de mineração – explodir a areia, derretê-la e endurecê-la novamente para obter lajes com 25 centímetros de espessura. Os maçaricos menores poderiam ser empunhados por um minerador para consertar rupturas.

Ou, pensou Hoop, *para afastar visitantes indesejados.*

Ele não sabia se funcionaria, e tinha visto os efeitos quando um fora usado na *Delilah*. Mas, na amplitude da *Marion*, se uma dessas criaturas viesse em sua direção, ele estaria pronto.

Sneddon estava no laboratório de ciências. Ela passava bastante tempo por lá agora, e às vezes, quando Hoop lhe fazia uma visita, ele se sentia um intruso. Ela sempre fora uma mulher reservada, além de atraente, e muitas vezes Hoop gostava de conversar com ela sobre os aspectos científicos do que faziam ali. Ela trabalhou durante um tempo para a Weyland-Yutani em uma de suas bases de pesquisa que orbitava Proxima Centauri. Embora não trabalhasse mais para eles diretamente, a empresa ainda financiava oficiais de ciências em muitas naves, e em qualquer subárea que os quisesse. Os financiamentos eram muito generosos, e não costumavam poupar recursos para bancar uma missão.

Ele gostava de Sneddon. Gostava da sua dedicação e do seu aparente amor pelo trabalho. "Lá fora é um playground infinito e maravilhoso", dissera ela certa vez quando ele lhe perguntara o que esperava encontrar. "Tudo é possível."

Agora, a imaginação infantil de Sneddon havia levado um golpe.

Ao mesmo tempo, os sonhos de criança de Hoop haviam encontrado a realidade.

Quando ele chegou ao laboratório, Sneddon estava sentada em um banco na grande ilha central. Havia um par de tablets e uma caneca fumegante de café à sua frente. Ela estava com os cotovelos apoiados no balcão, cobrindo o rosto com as mãos.

– Oi – cumprimentou Hoop.

Ela olhou para cima, assustada.

– Ah. Não ouvi você entrar.

– Tudo bem?

Sneddon sorriu de leve.

– Tirando o fato de estarmos afundando numa lenta espiral para as nossas mortes, prestes a nos chocarmos contra um planeta infernal, estéril e cheio de areia? Sim, tudo ótimo.

Ele sorriu com ironia.

– Então, o que você acha de Ripley?

– É óbvio que ela já viu essas criaturas antes – respondeu Sneddon, franzindo a testa. – Onde, como, quando e por quê, não tenho a menor ideia. Mas gostaria de falar com ela.

– Se você acha que vai ajudar.

– Ajudar? – perguntou Sneddon, confusa.

– Você sabe o que quero dizer – respondeu Hoop.

Delicadamente, ele colocou o maçarico de plasma no banco.

– Bem, tenho pensado nisso – disse ela, sorrindo. – Sei que você está no comando, e com certeza sei no que tem pensado nos últimos dias.

– Ah, é? – perguntou Hoop, encantado. Gostava de vê-la sorrindo. Não andava vendo muitos sorrisos ultimamente.

– Módulos de fuga – disse Sneddon. – Talvez tentar ajustar os computadores de navegação das naves, para que elas aterrissem a uma curta distância uma da outra e da mina.

Hoop tamborilou no banco.

– Se chegarmos juntos, haverá comida e suprimentos suficientes por uns dois anos.

– Aquelas coisas também estarão lá.

– Um homem prevenido vale por dois – afirmou Hoop.

– Com isso aqui? – perguntou Sneddon, cutucando o maçarico de plasma. Seu riso amargo tirou o sorriso que tinha no rosto.

– Talvez não tenha mais criatura nenhuma lá embaixo, no fim das contas. Pode ser que todas tenham embarcado na *Delilah*.

– Ou pode haver uma dúzia ou mais. – Sneddon se levantou e começou a andar pelo laboratório. – Pense nisso. Elas estavam incubadas nos mineradores. Vimos isso. Elas... saíram de dentro deles. Talvez implantadas por aquelas coisas presas nos rostos. Não sei. Mas, se esse for o caso, temos que supor que qualquer um que tenha sido deixado para trás está infectado.

– Dezesseis na *Delilah*. Seis na *Samson*.

Sneddon assentiu.

– Então há dezoito na mina – completou Hoop.

– Se chegar a esse ponto, prefiro derrubar a *Marion* – retrucou Sneddon. – Mas não precisamos pensar nisso agora.

– Você sabe algo que eu não sei?

– Não, mas talvez eu esteja analisando a situação de uma forma diferente.

Hoop franziu a testa e levantou as mãos, um pouco perdido.

– Como?

– A nave dela. É daquelas que percorrem o espaço sideral! É usada para transportar passageiros por distâncias curtas ou como bote salva-vidas por longos períodos.

– E uma câmara de estase para nós nove.

– Não importa – afirmou Sneddon. – Olhe.

Ela passou um dos tablets para Hoop. No começo, ele não entendeu bem o que estava vendo. Era uma imagem antiga de um barco salva-vidas. Perdido no meio do mar na Terra, abarrotado de pessoas, com uma vela feita de camisas e remos quebrados, cheio de sobreviventes maltratados pendurados no bote, comendo peixes ou espremendo água potável de coletores de umidade colocados às pressas nos mastros.

– Hoje, finja que sou burro – disse Hoop. – Estou no comando, sim. Mas finja que sou burro. Então, explique.

– Uma câmara de estase para nós nove – repetiu Sneddon. – Temos que equipar a nave com o máximo de suprimentos que pudermos. Programar uma rota para a Terra, ou pelo menos até o sistema solar. Disparar os motores até o combustível acabar e viajar o mais rápido que pudermos. Próximos à velocidade da luz. E depois... nos revezarmos na câmara de estase.

– Nos revezarmos? – espantou-se Hoop. – Ela ficou à deriva durante trinta e sete anos!

– Sim, mas há algo muito errado nisso. Eu ainda não chequei, mas o computador da nave deve ter dado algum defeito.

– Não havia nenhuma indicação disso quando verifiquei o registro.

– Você não está pensando nisso a fundo, Hoop. A questão é que podemos *sobreviver* assim. Seis meses de cada vez, um de nós em estase, os outros oito... sobrevivendo.

– Seis meses em um espaço confinado? Aquela nave foi projetada para cinco pessoas, no máximo, e para viagens curtas. Oito de nós? Vamos acabar matando uns aos outros. – Ele balançou a cabeça. – E quanto tempo você acha que isso vai levar?

Sneddon ergueu uma sobrancelha.

– Bem… anos.

– Anos?

– Talvez três até alcançarmos o sistema solar, e então…

– É impossível! – disse ele.

Sneddon tocou na tela do tablet novamente enquanto Hoop observava. Ela certamente havia feito a lição de casa. Exemplos se sucediam e desapareciam na tela – botes salva-vidas perdidos no mar, módulos orbitais danificados, salvamentos milagrosos pontilhando a história dos desastres espaciais. Nenhum dos prazos se adequava aos casos que Sneddon estava descrevendo, mas cada história era um testemunho da vontade de pessoas desesperadas para sobreviver, qualquer que fosse a situação.

No entanto, eram todas manobras inúteis.

– Precisaríamos verificar os sistemas da nave – afirmou ele. – Célula de combustível, suporte vital.

– Que bom que você é o engenheiro-chefe, não é?

Hoop riu.

– Você está falando sério.

– Estou.

Ele a encarou por um tempo, tentando negar a ponta de esperança que ela havia despertado nele. Hoop não podia se dar ao luxo de mergulhar nesse sentimento.

– O resgate não está a caminho, Hoop – afirmou ela. – Não a tempo.

– Sim – disse ele. – Eu sei.

– Então você vai…

– Hoop! – A voz de Kasyanov irrompeu pelo comunicador. – Ripley está agitada. Eu posso sedá-la, mas realmente não queria entupi-la de drogas.

Hoop correu até o botão do intercomunicador.

– Não faça isso. Ela já dormiu bastante. Vou descer. – Ele sorriu para Sneddon, e depois assentiu. – Vou falar com Ripley e pegar os códigos de acesso.

Assim que ele deixou o laboratório de ciências e se dirigiu para a ala médica, os corredores da nave pareceram mais leves do que nunca.

4

937

Ela não só estava a anos-luz de casa, mas havia atracado a uma nave danificada em órbita descendente ao redor de um planeta miserável, perto de uma dropship cheia dos monstros que assombravam seus pesadelos.

Ripley poderia ter rido da ironia.

Tivera sucesso em se livrar da ideia de que tudo não passava de um sonho ou um pesadelo – levara tempo, e não fora fácil convencer a si mesma –, mas a explicação ainda lhe escapava.

Como era possível?

Talvez as respostas estivessem na nave auxiliar.

– Sério, estou pronta para andar – disse ela.

Kasyanov, uma mulher alta e atlética que obviamente gostava de se cuidar, lançou-lhe um olhar reprovador, mas Ripley percebeu que a médica tinha um respeito relutante pela teimosia da paciente.

– Você ficou sem andar por trinta e sete anos – protestou Kasyanov.

– Obrigada por me lembrar. Mas, no que diz respeito ao meu corpo, isso foi ontem.

Já estava de pé e vestida quando Kasyanov e Garcia voltaram à ala médica. Estava determinada a provar a elas que era capaz. E ficara satisfeita em notar como se sentia bem. O efeito do sedativo ainda não havia passado, mas mesmo assim Ripley começava a se sentir normal outra vez. O que quer que Garcia tivesse feito – o soro fisiológico, os outros medicamentos – estava funcionando.

– Pacientes – reclamou a médica, revirando os olhos.

– É, ninguém quer ser um, certo?

Ripley se levantou da cama e, enquanto experimentava as botas que haviam separado para ela, Hoop entrou.

– Ah, você já está vestida. – Ele fingiu estar desapontado e completou: – Parece estar ótima!

Ripley o encarou e ergueu uma sobrancelha.

– Tenho o dobro da sua idade.

– Também já fiz umas viagens bem longas, sabe? – respondeu ele, sem vacilar. – Talvez um dia a gente possa tomar uns drinques e comparar as sonecas. – Hoop sorriu, mas talvez estivesse falando um pouco a sério.

Apesar de tudo, Ripley riu. Então, lembrou. A imagem nunca se afastava por muito tempo, mas, por alguns segundos aqui e ali, ela conseguia esquecer. Uma risada, um sorriso, um comentário amigável escondiam as lembranças embaixo das coisas banais.

– Eu gostaria de dar uma olhada na *Narcissus* – afirmou Hoop.

– Eu também.

– Já não passou tempo suficiente lá dentro?

De pé, Ripley se espreguiçou. Era alta, esbelta, e gostou de sentir os músculos recuperando a flexibilidade. As dores e irritações significavam que estava desperta e móvel.

– Tenho umas perguntas para o computador de bordo – respondeu ela. – Como "por que diabos você me trouxe para este fim de mundo?".

– Obrigado – disse Hoop.

– De nada.

Ripley viu as médicas se entreolharem, mas não entendeu por quê. Ainda não havia decifrado a dinâmica da equipe. Kasyanov, como médica-chefe, estava claramente no comando da ala médica. Mas também parecia nervosa, amedrontada. Garcia demonstrava estar mais à vontade.

– Vamos – chamou Hoop. – Eu acompanho você até o nível de atracação.

Deixaram a ala médica juntos, e Hoop a guiou em silêncio. *Esperando minhas perguntas*, pensou Ripley. Eram muitas. Mas tinha medo de que, quando começasse a fazê-las, nenhuma das respostas a contentasse, e nada que ele dissesse fosse satisfatório.

– Você disse que não sabe por que sua nave atracou na nossa? – perguntou Hoop, por fim.

– Eu estava dormindo quando a nave auxiliar atracou, você sabe disso. – Algo incomodava Ripley, permeando sua consciência como uma lembrança que tentava entrar à força. Uma suspeita. Uma explicação. Mas sua mente ainda não se recuperara por completo do hipersono, e ela achava que não gostaria do que ela tinha a dizer. – O que é isso? – perguntou, indicando o objeto pesado pendurado no ombro de Hoop. Parecia uma arma atarracada em forma de caixa.

– Maçarico de plasma – respondeu ele. – Caso as criaturas se libertem.

Ripley riu. A gargalhada irrompeu com ímpeto, como se estivesse vomitando a descrença, e ela não conseguia parar. Seus olhos arderam. Lágrimas escorreram pelo rosto. Pensou em Hoop tentando queimar um alien com sua arma-caixa e a risada se tornou histérica. Entre as respirações, era como se ela estivesse tomando fôlego para começar a gritar, e, quando sentiu as mãos de Hoop em seus ombros, avançou nele, vendo apenas uma sombra através da visão distorcida pelas lágrimas – braços longos, extremidades afiadas.

Viu um alien se aproximando e a agarrando, a cabeça longa e curva se erguendo, a boca exibindo os dentes prateados e letais que esmagariam sua cabeça e a livrariam, finalmente, dos pesadelos.

– Ripley! – gritou Hoop.

Ela sabia quem ele era, onde estava, mas os tremores haviam se instalado. Tentou acreditar que eram fisiológicos, mas sabia a verdade. Estava apavorada. Completamente aterrorizada.

– Isso? – disse ela, sem fôlego, indicando o maçarico de plasma. – Você acha mesmo...? Você já viu um deles de perto?

– Não – respondeu ele num sussurro. – Nenhum de nós viu.

– Não, é claro que não – retrucou ela. – Vocês ainda estão vivos.

As mãos a apertaram com mais força, e Ripley se inclinou para perto dele. Para a própria surpresa, aceitou o abraço do homem, seu cheiro, a sensação da barba áspera no seu pescoço, roçando na bochecha. O contato lhe trouxe imenso conforto, e ela pensou em Dallas.

– Mas você viu – afirmou ele.

Ripley se lembrava do momento na nave auxiliar, pouco depois que a *Nostromo* fora aniquilada numa explosão nuclear e ela tinha acreditado que tudo acabara. O alien, lento e preguiçoso por razões que ela não compreendia, mas pelas quais dava graças. *Será que é porque acabou de se alimentar?*, havia pensado na hora, lembrando-se de Parker e Lambert. *Será que é porque acha que está seguro?*

Ela assentiu junto ao ombro dele.

– Onde? – perguntou Hoop em voz baixa mas urgente. – Quando?

– Não posso responder agora – sussurrou ela. – Eu... não entendo. Mas logo vou entender. – Ela se afastou dele, esfregando os olhos com raiva. Parecer fraca na frente dele não a incomodava; o que a incomodava mesmo era *sentir-se* fraca. Ela havia acabado com aquela criatura, mandara-a pelo espaço, e não deveria mais ter medo. – A nave. As respostas estão lá.

– Tudo bem – respondeu Hoop.

Ele olhou para o maçarico de plasma e estava prestes a soltá-lo.

– Não – pediu Ripley, tocando a mão dele que estava no cano do objeto. – *Talvez* ajude.

Hoop concordou, franzindo a testa. *Ele também já viu alguma coisa*, pensou ela. Talvez depois que descobrisse exatamente por que estava ali, os dois pudessem mesmo conversar.

– Certo – concordou ele. – Além disso, vamos precisar passar perto da dropship atracada.

– Mas tudo está lacrado – argumentou Ripley. – Não está?

– Estamos monitorando tudo – explicou Hoop, assentindo. – A imagem que mostramos a você é a última que tivemos de dentro da *Samson*. Mas é seguro.

– Seguro – repetiu Ripley, como se experimentando a palavra. Parecia totalmente deslocada nesta nave agonizante.

Hoop seguiu na frente e, no final do corredor, eles viraram à direita. Ele indicou, à esquerda, que uma porta pesada havia sido soldada com um selo de dri-metal.

– A *Delilah* colidiu com a nossa nave neste ponto, destruindo as Baias Um e Dois. Tivemos sorte, porque a célula de combustível não se rompeu, mas tivemos que separá-la da nave depois. Ficou enganchada na superestrutura arruinada, segurando um monte de outras partes estragadas da nave. Eu, Welford e Powell fomos lá fora e ficamos três horas trabalhando com maçaricos de corte. Jogamos tudo fora. Quando voltamos para dentro, passamos uma hora olhando tudo flutuar para longe.

– E este lado? – perguntou Ripley, apontando para a direita. Continuaram andando, e ela viu Hoop segurar o maçarico de plasma com mais força.

– A Baia Três é por aqui – disse ele, apontando para uma porta. O painel de controle havia sido removido e fios e conectores pendiam, soltos.

– O que aconteceu aí? – perguntou Ripley.

– Não tem como abrir sem consertar os controles.

– Ou derrubar a porta.

– Isso aí são seis polegadas de aço com polímero embutido e camada tripla – afirmou Hoop. – E tem mais três portas e uma câmara de pressurização entre este corredor e a *Samson*.

Ripley só assentiu. Mas a palavra "seguro" ainda lhe escapava.

– Vamos – chamou Hoop. – Sua nave está por aqui.

Ela ficou surpresa com o conforto que sentiu ao passar pela porta aberta da câmara de pressurização da Baia Quatro e entrar na *Narcissus*. Não tinha boas memórias da nave – só se lembrava do alien e do terror que sentiu ao achar que ele a pegaria também. Mas Jonesy estava lá, aninhado na câmara de estase aberta, como se ainda estivesse imerso no hipersono. Ela também foi acometida por memórias da *Nostromo* e de sua tripulação. Morta havia quase quatro décadas, agora, mas para Ripley tinha sido ontem.

Parker, trucidado no chão. Lambert, pendurada onde o alien a havia jogado depois de abrir um buraco no rosto dela. Todo aquele sangue.

– Você está bem? – perguntou Hoop.

Ela confirmou. Então, andou pela pequena nave e se sentou na cadeira do piloto. Percebeu Hoop passeando lentamente pela nave enquanto ela digitava no teclado e iniciava o computador. Mãe se fora, mas os computadores da *Narcissus* ainda tinham uma interface de design semelhante, projetada para que o usuário tivesse a sensação de estar conversando com um amigo. Com tecnologias capazes de construir um androide como Ash, Ripley sempre achara estranho dar a um computador sem rosto uma voz humana.

Ela entrou com seu código de acesso. *Bom dia, Narcissus*, digitou. A resposta apareceu na tela.

BOM DIA, SUBTENENTE RIPLEY.

Solicito o motivo para a mudança de rota da Narcissus.

INFORMAÇÃO CONFIDENCIAL.

– Hum... – disse Ripley.

– Tudo bem aí? – perguntou Hoop.

Ele estava examinando a câmara de estase na qual ela passara tanto tempo, acariciando Jonesy, que ia para a frente e para trás, sinuoso, as costas arqueadas, a cauda ereta. Ele podia muito bem ser o gato mais velho da galáxia.

– Sim – respondeu ela.

Hoop assentiu, olhou de relance para a tela do computador e depois começou a vasculhar o restante da nave.

Solicito registros de sinais recebidos nos últimos mil dias.

Ripley esperava uma lista de informações chegando em cascata – o espaço estava cheio de comunicações irradiadas, e a maior parte dos computadores de bordo as registrava e descartava se não fossem relevantes.

ESSA INFORMAÇÃO TAMBÉM É CONFIDENCIAL.

Solicito repetição do sinal de socorro emitido pela Nave Orbital de Mineração do Espaço Profundo Marion.

ESSA INFORMAÇÃO TAMBÉM É CONFIDENCIAL.

– Obrigada e vá à merda – resmungou Ripley enquanto digitava: *Por causa da Ordem Especial 937?*

ESSA REFERÊNCIA NÃO EXISTE.

Comando de Substituição de Emergência 100375.

LAMENTO, MAS ESSE CÓDIGO DE SUBSTITUIÇÃO NÃO É MAIS VÁLIDO.

Ripley franziu a testa. Batucou a lateral do teclado. Fitou as palavras na tela. Nem mesmo Mãe havia se comunicado em um tom tão informal.

E aquele era só o computador da nave auxiliar. Esquisito.

Solicito dados dos tempos e distâncias percorridos desde a explosão da Nostromo.

ESSES DADOS NÃO ESTÃO DISPONÍVEIS.

Não estão disponíveis ou são confidenciais?

O computador não respondeu.

Não era possível uma máquina ser tão evasiva. Não por conta própria. Era um sistema funcional, não uma inteligência artificial como Mãe. E Mãe já era.

A única outra pessoa que tivera acesso a Mãe fora Dallas. Dallas e… depois que Dallas fora pego e ela interrogara Mãe pessoalmente, lembrou-se do choque ao notar aquela outra presença na sala com ela.

Vá se danar, Ash, digitou Ripley.

O cursor piscou.

Mas o computador não respondeu. Nem mesmo com "essa referência não existe".

Ripley arfou. Desligou a máquina, e o texto na tela desvaneceu até um brilho suave de fundo. Ainda assim, sentia como se estivesse sendo observada. O silêncio arrogante do computador pareceu ressoar no interior do módulo, quase zombando dela.

– O que tinha no seu pedido de socorro? – perguntou Ripley, abruptamente.

Hoop estava parado na traseira da nave, examinando os trajes espaciais pendurados no armário dos fundos.

– Hã?

– O pedido de socorro que você enviou depois da colisão! – exclamou Ripley. – Você mencionou aquelas coisas? As criaturas? Contou como elas eram? O que fizeram?

– Eu… sim, acho que sim.

– Você *acha*?

– Isso foi há mais de dez semanas, Ripley. Gravei a mensagem horas depois de ter visto vários amigos meus morrerem…

– Quero ouvir.

– O que houve?

Ela se levantou e se afastou da interface. Era tolice – não havia câmeras ali –, mas sentia-se observada. Tirou a jaqueta e a jogou por cima da tela.

– O alien na minha nave não foi um acidente – disse. – E acho que eu ter vindo parar aqui também não foi. Mas preciso ter certeza. Preciso ouvir a mensagem.

Hoop assentiu e veio em sua direção.

– Consigo resgatá-la daqui – informou ele, indicando o teclado sob a jaqueta.

– Consegue?

– Sou o engenheiro-chefe desta excursão, e isso também inclui todos os sistemas de informática.

Ripley deu um passo para o lado e observou Hoop tirar a jaqueta da frente da tela, sentar e trabalhar na interface. As palavras que ela viu na tela e a interação pareceram bastante inocentes.

Hoop deu uma risadinha.

– Que foi?

– Os sistemas. São bem velhos. Eu tinha um computador mais potente que este para jogar games de realidade virtual quando era criança.

– Não está vendo nada de estranho no computador?

– Estranho? – Ele não olhou para ela, e Ripley não elaborou a pergunta. – Aqui estamos – informou. – Eu me conectei ao computador da *Marion*, e aqui está a mensagem. Está em loop.

Ele percorreu o painel de controle com o olhar, e Ripley se aproximou e ligou o alto-falante.

A voz de Hoop surgiu. Tinha um toque de nervosismo; o medo era palpável.

– … órbita descendente. A segunda dropship, *Samson*, está atracada e isolada, espero que aquelas criaturas lá dentro estejam contidas. Elas… puseram ovos ou filhotes dentro dos mineradores, e eles explodiram do peito deles. Não fomos contaminados, repito, *não* fomos contaminados. Estimamos noventa dias até chegarmos à atmosfera do LV178. Todos os canais estão abertos, por favor, respondam. Fim da transmissão. Esta é a

NOMEP Marion, da Companhia de Mineração Kelland, número de registro HGY-64678, solicitando socorro imediato. Tripulação e equipes de mineração reduzidas a oito sobreviventes. Os mineradores descobriram algo na superfície do planeta LV178 e foram atacados, a dropship *Delilah* colidiu com a *Marion*. Muitos sistemas danificados, ambiente estável, mas agora estamos em órbita descendente. A segunda dropship, *Samson*, está atracada e isolada...

Hoop apertou um botão no teclado para desligar o som, depois olhou para Ripley.

– Ash – murmurou ela.

– O que é Ash?

– Um androide. Da Weyland-Yutani. A tarefa dele era encontrar qualquer forma de vida alienígena que pudesse ser do interesse da companhia. Suas ordens... a tripulação era descartável. A minha tripulação. Eu. – Ela fitou o computador novamente até Hoop cobri-lo de novo com a jaqueta. – Ele já era, mas deve ter transferido parte da sua programação de inteligência artificial para a *Narcissus*. Ele está aqui. Está *aqui* agora, e me trouxe até vocês por causa daqueles aliens.

– Não sei se é possível que uma inteligência artificial consiga...

– Eu deveria ter ficado em casa – afirmou Ripley, pensando em Amanda e em seus olhos tristes, marejados, vendo a mãe partir. Ela se odiava por isso. Mesmo se tivesse voltado para casa e ficado com a filha no aniversário de 11 anos, e nada do que havia acontecido fosse culpa sua, Ripley se odiaria. – Eu nunca deveria ter ido embora.

– Bom, talvez alguma coisa boa possa vir disso – comentou Hoop.

– Boa?

– Sua nave. Sneddon e eu achamos que podemos escapar nela, todos nós. E isso deixaria a *Marion* e aqueles desgraçados na *Samson* aqui, para queimar na atmosfera do planeta.

Ripley sabia que, em qualquer viagem longa, a nave auxiliar era adequada para uma só pessoa, com uma única câmara de estase. Mas não se importava. Se pudesse se afastar daqueles aliens – e, com isso, negar a Ash o cumprimento de sua Ordem Especial –, já estava bom para ela.

– Talvez – respondeu ela. – Vou checar os sistemas.

– Você não está mais sozinha, Ripley – disse Hoop.

Ela piscou rápido e agradeceu com um aceno de cabeça. De alguma forma, ele parecia saber exatamente o que dizer.

– Você fica um pouco aqui comigo? – perguntou ela.

Ele fingiu surpresa.

– Tem café?

– Não.

– Então meu tempo aqui é limitado.

Ele se afastou do painel de controle e começou a olhar de novo o interior da nave. Era estreito, apertado e muito, muito pequeno.

Ignorando o computador, Ripley iniciou o processamento manual do sistema de informação.

Levou só três minutos para perceber como estavam todos ferrados.

5
NARCISSUS

Hoop já havia trabalhado com androides. Nas minas profundas dos asteroides Escarpas de Wilson, eles eram normalmente os primeiros a entrar e os últimos a sair. Eram perfeitamente sensatos, dóceis, quietos, honestos e fortes. Seguros. Hoop não chegaria a afirmar que gostava deles, não exatamente, mas nunca haviam se mostrado perigosos ou intimidadores. Nunca foram ardilosos. Às vezes, ele ouvia falar de mau funcionamento em alguns dos primeiros androides militares, e havia relatos não confirmados – não passavam de boatos, na verdade – de que, como resultado, o exército sofrera perdas humanas. Mas eles eram um tipo diferente de androide, projetado para ser forte, só que com data de validade predeterminada. Eram fáceis de notar. Os projetistas não haviam se preocupado muito com a estética.

Devia ser esse o caso na *Nostromo*. E agora, presumindo que Ripley tivesse razão, a inteligência artificial, de alguma forma, havia seguido ela, e ainda estava tentando usá-la para cumprir sua missão. Enquanto a tripulação discutia as opções, Ripley parecia infeliz – absorvendo a conversa, olhando para cada membro da equipe que expressava uma opinião e, mesmo assim, permanecendo em silêncio. Fumava um cigarro atrás do outro e bebia café. *Deve achar que ainda está sonhando*, ponderou ele, *consumida por pesadelos*. E de tempos em tempos ela o olhava como se verificando se ele estava prestando atenção, pois tinham descoberto que estavam muito mais ferrados do que qualquer um havia imaginado.

O plano que lentamente formavam, por mais louco que fosse, parecia a única saída. Era uma última chance, e não tinham opção senão agarrá-la.

– Tem certeza sobre o prazo? – perguntou Powell. – Faltam só uns dias até a gente começar a entrar na atmosfera?

– Toda a certeza do mundo – respondeu Lachance.

– Pensei que ainda tivéssemos algumas *semanas* – contrapôs Kasyanov, a voz estridente de medo.

– Desculpe. Perdi minha bola de cristal na colisão.

Lachance descansava na poltrona do piloto, virado para encarar os outros, espalhados pela ponte de comando, sentados em poltronas ou de pé, apoiados em painéis de equipamentos. Era a primeira vez que Ripley estava com todos os oito juntos, mas Hoop não sentia nenhum nervosismo vindo dela. Provavelmente, estava distraída demais para isso.

– E não há nada que vocês possam fazer? – perguntou a médica, olhando para Powell, Welford e Hoop. O engenheiro-chefe não gostou da acusação no olhar dela, como se já não tivessem feito tudo o que podiam. – Quero dizer, vocês são engenheiros.

– Kasyanov, acho que já fui bem claro – afirmou Lachance. – Nosso controle de altitude está danificado demais para ser consertado, e a capacidade de retroceder caiu para trinta por cento. Várias portas de contenção estão rachadas e, se tomarmos impulso, há uma grande chance de a gente simplesmente fritar com a radiação. – Ele fez uma breve pausa. – Mas *ainda* temos café. É um ponto positivo.

– Como podemos saber se isso é verdade? – insistiu Kasyanov. – Estamos ficando desesperados. Deveríamos sair e dar mais uma olhada no estrago.

– Porque sou o melhor piloto que já trabalhou para a Kelland – respondeu Lachance. – E o fato de Hoop, Welford e Powell terem nos mantido vivos por todo esse tempo é um milagre, porra! Fecharam todas as brechas no casco, repressurizando seções ventiladas da nave. É *por isso* que você sabe que é verdade.

Kasyanov começou a dizer mais alguma coisa, mas Garcia pôs a mão no braço dela. Para Hoop, ela nem precisou apertar o braço do colega, só o contato bastou para silenciar a médica.

– Por mais que a gente não queira que isso seja verdade, é – disse Hoop. – E não temos tempo a perder. Temos o esboço de um plano, mas não vai ser fácil.

– Quem "temos"? – perguntou Kasyanov.

– Eu, Sneddon e Ripley.

– Ripley? A estranha que acabou de acordar de uma soneca de meio século? O que *ela* tem a ver com isso?

Ripley olhou de soslaio para Kasyanov, depois desviou o olhar, mirando o copo de café em sua mão. Hoop esperou que ela se defendesse, mas a mulher continuou em silêncio.

– Isso não é uma conspiração, Kasyanov – disse ele. – Escute.

A médica inspirou profundamente e pareceu estufar o peito, pronta para dizer mais, desafiá-lo. Mas, então, concordou.

– Desculpe, Hoop... Desculpem, todos vocês. Estou só estressada.

Ela e Ripley trocaram sorrisos leves.

– Todos nós estamos – respondeu Hoop. – Estamos há mais de setenta dias esperando algum sinal de que nosso pedido de socorro foi recebido, entendido e passado adiante, e que alguém esteja vindo nos buscar. Talvez a frequência tenha sido prejudicada e a mensagem pareça só um chiado. Ou talvez alguém tenha nos ouvido, mas estejamos longe demais e seja caro demais organizar um resgate.

– Ou talvez ainda não tenha dado tempo – sugeriu Baxter. – Mudar de direção, planejar uma rota, estimar as necessidades de combustível. Qualquer um que tenha captado o sinal terá muita coisa a fazer antes de chegar aqui.

– Certo – concordou Hoop. – Então, nosso tempo está acabando e agora temos que nos virar. Mais do que nunca. O momento de fazer uns consertos e esperar acabou.

– Usaremos os módulos de fuga? – perguntou Powell.

– Já falamos sobre isso – respondeu Lachance, descartando a sugestão com um gesto de desdém.

– É – confirmou Sneddon. – Isso seria apenas adiar o inevitável. Estamos à deriva agora, e mesmo que pudéssemos dar um jeito de direcionar os módulos de forma mais precisa, para aterrissar o mais perto possível da mina, ainda poderíamos cair a quilômetros de distância. Ficaríamos espalhados, sozinhos e vulneráveis.

– A *Samson*, então.

Baxter já havia mencionado essa ideia, apresentando-a como a única opção viável, se os módulos individuais de fuga não funcionassem. Poderiam abrir as portas, matar os aliens e então afastar a *Samson* do planeta LV178. Mas ela era uma dropship, construída para viagens de curta distância de um planeta a uma nave, e vice-versa. Não estava equipada para viagens no espaço profundo. Não tinha câmaras de estase nem sistemas de reciclagem atmosférica. Era inútil.

– A gente acabaria morrendo de fome, sufocados ou matando uns aos outros – declarou Lachance, encarando Baxter com o rosto impassível. – Eu mataria você primeiro, sabe?

– Quero só ver – resmungou Baxter.

– Claro, a *Samson* – disse Powell. – E quem vai estar parado na frente daquelas portas quando forem abertas? Não sabemos o que aquelas coisas estão fazendo lá dentro.

– Escapar na *Samson* não é uma possibilidade – concluiu Hoop. – Mas isso não quer dizer que não precisem dela. Ripley?

Ela pareceu insegura, mas ficou de pé, apagou o cigarro e acendeu outro.

– A ideia foi de Hoop e Sneddon – começou ela, dando a primeira tragada. – Talvez funcione. A *Narcissus* foi construída para ser uma nave salva-vidas e para viajar no espaço profundo. Tem sistemas atmosféricos e a capacidade de reciclar dióxido de carbono.

– Mas para nove pessoas?

– Vamos nos revezar na câmara de estase – explicou Ripley. – Mas isso é botar o carro na frente dos bois. Temos outro problema.

– Claro que sim – disse Powell. – Por que deveria ser fácil?

– Qual é o problema? – perguntou Lachance.

– A célula de combustível da nave está degradada – contou Ripley. – Resta menos de dez por cento do total, o que não funcionaria de jeito nenhum.

– É o bastante para nos tirar da *Marion*, com certeza – afirmou Kasyanov.

– Eu fiz as contas – informou Hoop. – Lachance, Sneddon, gostaria que vocês verificassem meus cálculos depois. Mas precisamos de potência suficiente para levar a nave superlotada para longe da *Marion*, para fora da órbita, e acelerar a uma velocidade que nos faça chegar ao nosso sistema solar antes que a gente morra de velhice. Acho que precisaremos de oitenta por cento do total, no mínimo. Mais do que isso só significa ganhar mais velocidade, chegar lá mais rápido.

Welford bufou, mas Ripley voltou a falar:

– Vai acontecer em tempo real. Compartilhar a câmara de estase só vai significar que vai haver oito pessoas ao mesmo tempo ali, só... esperando. Envelhecendo.

– Estimamos que oitenta por cento da carga da célula nos levará até nosso sistema solar em cerca de seis anos – declarou Hoop.

O ambiente ficou silencioso. Estavam todos chocados.

– Então eu *vou* poder matar o Baxter – disse Lachance.

– Puta merda – resmungou Powell.

– É – concordou Kasyanov, com a voz trêmula.

– Welford tem chulé – comentou Garcia. – Lachance peida. Caramba, não vamos sobreviver nem um ano.

Ninguém riu.

– Há um precedente? – perguntou Lachance.

– Nós vamos estabelecê-lo – respondeu Sneddon.

A ponte de comando ficou silenciosa por um tempo enquanto todos compreendiam o que isso realmente significava.

– Você disse que ainda precisamos da *Samson* – lembrou Lachance. – É por causa das células de combustível?

Hoop abanou a cabeça e olhou de novo para Ripley.

– Elas não servem para a minha nave – explicou ela. – O design do sistema é completamente diferente. As células da *Marion* poderiam servir, mas Hoop disse que estão danificadas e são perigosas. Mas há outras na mina, células de reserva, guardadas remotamente, só por precaução. Então, temos que levar a *Samson* até o planeta. Pegamos as células, adaptamos uma e a instalamos na *Narcissus*. Abastecemos a nave com todos os suprimentos que pudermos carregar e damos o fora antes que a *Marion* comece a queimar.

Mais silêncio.

Ripley sorriu.

– Depois disso, só precisamos de um baralho.

– Moleza – disse Lachance.

– É – concordou Powell, em pânico –, sem crise! Fácil!

– Bom… – recomeçou Hoop. – Tem mais.

Powell murmurou alguma coisa. Kasyanov jogou as mãos para o alto.

– O quê? – perguntou Lachance. – Outro problema? Não diga. A *Narcissus* é feita de queijo.

– Parece que Ripley teve dificuldade para lidar com o computador da *Narcissus* – informou Hoop. – Talvez seja melhor ela explicar.

Ripley ergueu o copo de café num brinde. Ele deu de ombros num gesto de desculpas. *Foi mal*, ele disse só com os lábios. Ela ergueu o dedo médio para ele.

Ele gostava de Ripley. Ela era forte, atraente e confiante da mesma forma autodepreciativa que Lucy Jordan havia sido.

Merda.

– Ash – disse Ripley. – Era um androide da minha nave.

Ela contou a história toda, e alguma coisa nela lhe pareceu irreal. Não era a estranheza da história em si – ela testemunhara tudo, sabia que era verdade. Era a ideia de que Ash a havia *seguido*. Ele havia mostrado a que viera, e Parker havia queimado a cara dele, mas a essa altura ele já devia ter se insinuado no computador da nave auxiliar, só para o caso de as coisas darem errado na *Nostromo*. Como pôde ter se precavido tanto? Que tipo de programação paranoica ele recebera? Ripley falava do androide agora como se ele pudesse ouvir cada palavra. Só lamentava que ele não fosse capaz de sentir vergonha.

– Então, até onde sei, ele é a razão de eu estar aqui – concluiu. – E não vai ficar feliz se eu não levar uma daquelas coisas comigo.

– Porra, isso é mesmo excelente! – exclamou Powell. – Então, a gente invade uma nave cheia dessas porras de monstros enormes que arrebentam costelas para poder fugir em outra nave pilotada por uma inteligência artificial psicótica. Maravilha. Agora posso dizer que já vi de tudo na vida.

– Acho que isso não é mais um problema – respondeu Ripley. Acendeu outro cigarro. A fumaça ardeu na garganta. Eram cigarros russos, fortes, trazidos por Kasyanov. Dos sobreviventes da tripulação da *Marion*, só a médica fumava. – Por causa do Ash, estou aqui em vez de ter ido para casa. Não consegui acessar registros detalhados do voo ainda, mas... pode ser que ele só tenha me feito flutuar pelo espaço. Esperando outro sinal de que esses aliens ainda estão por aí.

– Mas, se esse fosse o caso, por que manter você viva? – perguntou Sneddon.

– Porque ele precisa de alguém para ser hospedeiro do alien. Ele viu como eles são violentos quando atingem a maturidade, era impossível levar um deles para a Weyland-Yutani. Não a bordo da *Narcissus*. – Ela soltou a fumaça e a abanou para longe. – De todo modo, não é essa a questão. Não posso desfazer o que o desgraçado fez. Mas naquela época ele era móvel, palpável. Caramba, nós achávamos que ele era humano. Ele interferiu nas nossas decisões, dirigiu os eventos para cumprir sua programação secreta. E, quando as coisas saíram do controle, ele ficou violento. Agora... Ash não está mais aqui. É só uma linha de código. Etéreo. – Ela exalou fumaça novamente, mas desta vez não a espalhou. – E sabemos onde encontrá-lo.

– Então, é só desligar o computador de bordo da nave até estarmos prontos para partir – disse Hoop. – Aí, quando estivermos a caminho, antes de ligar os propulsores principais, vou fazer o melhor que puder para apagar Ash do sistema. Ou, pelo menos, isolá-lo em certos compartimentos.

– Deus sabe que você vai ter bastante tempo para isso – comentou Powell.

– Certo – respondeu Ripley. – E sempre vai ter alguém acordado para monitorar qualquer mudança no voo programado da nave. Sinais captados. E tudo o mais.

– Então, Ash está sem rumo – disse Sneddon. – Seguindo a programação dele, mas sem nenhum plano.

Ripley deu de ombros. Não tinha certeza. Ele fora tão traiçoeiro, tão ardiloso na *Nostromo* que ela não iria subestimá-lo agora. Mas qualquer parte de Ash que tivesse sobrevivido não poderia mais se intrometer nas ações da tripulação. Pelo menos, não fisicamente.

Logo ela voltaria à *Narcissus* para descobrir mais.

– Então, esse é o plano – disse Hoop. – Lachance, trace a trajetória da *Marion* ao redor do planeta; precisamos saber quando estaremos mais perto da mina. Mas isso vai acontecer logo, nos próximos dois dias. Powell, Welford, preciso que vocês peguem todos os equipamentos de mineração que puderem. Precisamos de maçaricos de plasma, picaretas, tudo o que conseguirem achar.

– Tem os lança-cargas – lembrou Garcia. – São usados para disparar cargas no fundo dos bancos de areia.

Hoop assentiu.

– Podemos usá-los dentro da *Samson*? – perguntou Baxter.

– Não precisamos usar as cargas explosivas – respondeu Welford. – Podemos usar parafusos ou coisa assim. Dá uma arma de projéteis muito boa.

Ripley olhava dentro do copo de café frio, ouvindo a discussão, tentando absorvê-la. Mas sua mente estava em outro lugar. Um lugar escuro, claustrofóbico. À espreita em corredores tomados pelo vapor e pela eletricidade estática, a sirene da contagem regressiva uivando em seus ouvidos, com o alien pronto para atacar em qualquer canto.

– Quantos estão lá dentro? – perguntou ela. A conversa estava alta demais, ninguém a ouviu. Tentou de novo: – *Ei*!

Isso os silenciou.

– Quantos aliens estão dentro da *Samson*?

– Achamos que são quatro – respondeu Hoop.

– Adultos?

Ele deu de ombros. Olhou ao redor.

– Da última vez que vimos, eles pareciam grandes – informou Baxter. – Só vimos sombras, na verdade. Estavam parados, agachados nos fundos do compartimento de passageiros.

– Talvez estivessem mortos – comentou Kasyanov, esperançosa.

Ninguém respondeu. Não teriam tanta sorte.

– O sangue deles é ácido – contou Ripley.

– O quê? – perguntou Sneddon.

– Dallas, nosso capitão, disse que era algum tipo de ácido molecular. Corroeu dois deques antes de perder o efeito.

– Ah, cara. – Powell riu, incrédulo. – Eles disparam raio laser pelo cu também? Jorram meleca radioativa? Que mais, hein?

– Ripley, isso é…

Sneddon se deteve, balançando a cabeça. Ripley se virou a tempo de vê-la olhar de soslaio para os outros, com as sobrancelhas erguidas.

– Não estou inventando nada disso – declarou Ripley.

– Ninguém disse que estava – respondeu Hoop.

– Hoop, fala sério! – exclamou Sneddon. – Sangue ácido?

Houve um longo silêncio na ponte. Ripley fumou o cigarro até o fim e jogou a guimba no copo de café. Ela se apagou com um chiado. Sentia uma necessidade cada vez mais urgente de voltar à *Narcissus*, sozinha, e encontrar seu próprio espaço. Falar com Ash. Não sabia se isso resolveria alguma coisa, mas talvez tornasse a sensação de traição mais fácil de engolir.

Ela havia prometido a Amanda que voltaria para casa.

Fechando os olhos, conteve as lágrimas. Já havia chorado demais. Agora era hora de agir.

– Se vocês quiserem usar a *Samson*, é melhor atraí-los para fora antes de matá-los – disse. – É só isso que estou dizendo.

– Vamos bolar um plano – respondeu Hoop. – Enquanto isso...

– Ótimo. Vou voltar para a minha nave.

Ripley se levantou, mas a oficial de ciências bloqueou seu caminho.

– Espere aí – pediu Sneddon. Ela era uns quinze centímetros mais baixa do que Ripley, mas tinha atitude. Ripley respeitava isso. – Nenhum de nós conhece você. Você chega aqui por sei lá que razão, começa a nos contar essas histórias sobre inteligências artificiais rebeldes e aliens com sangue ácido, e agora quer voltar para a sua nave?

– É, por quê? – perguntou Powell. – Hoop, não podemos deixá-la ficar zanzando por aí.

– Espere aí, vocês estão com medo de quê? Que eu danifique sua nave em perfeito estado? – perguntou Ripley. – Nossa, longe de mim arranhar a pintura.

– Vamos nos acalmar – pediu Hoop.

Mas o sangue de Sneddon fervia.

– Por que você quer voltar? – ela exigiu saber. – Acabou de vir de lá com o Hoop.

– Pode vir comigo, se quiser – respondeu Ripley. Estava olhando para Sneddon do alto. Esperou até que a mulher mais baixa desviasse o olhar e sorriu. – Só vou alimentar meu gato.

No fim das contas, Jonesy estava sem fome. Ripley serviu um pouco de frango reconstituído, e, embora ele tenha saído da câmara de estase e farejado a comida, ergueu o focinho e se afastou. Mas permaneceu na nave.

Talvez ele consiga sentir o cheiro deles daqui, pensou Ripley. *Talvez saiba mais que o resto de nós.*

A questão do sangue ácido a incomodava. O que ela havia testemunhado fora só uma gota, derramada da criatura que agarrara o rosto de Kane quando Ash e Dallas tentaram cortá-la. Não sabia se o alien adulto tinha o mesmo tipo de sangue, nem se ferir um deles surtiria o mesmo efeito. Na verdade, sabia muito pouco. Mas, embora a realidade de sua experiência tivesse sido pavorosa, o alien adquirira conotações piores e mais sombrias em seus sonhos.

Trinta e sete anos de pesadelos, pensou ela. *E, agora que acordei, o pesadelo continua.*

Andou pela sala apertada, pensando, novamente, em como diabos nove pessoas sobreviveriam ali. Mesmo com uma delas na câmara de estase, mal haveria espaço para o resto ficar sentado. Havia um pequeno banheiro atrás do armário de equipamentos, então pelo menos a privacidade para a higiene e um banho limitado estariam garantidos. Mas coexistir ali por mais do que alguns dias era quase impensável.

Por meses? Anos?

Finalmente, ela reencontrou Jonesy no armário de trajes espaciais, aninhado em uma das grandes botas de EVA. Deu trabalho convencê-lo, mas finalmente ele miou e saiu, deixando que Ripley o pegasse no colo. Ele era seu elo com o passado, a única prova sólida de que tudo aquilo havia acontecido de verdade. Ela não precisava desta prova – confiava na própria capacidade de distinguir a realidade de um pesadelo –, mas, ainda assim, o gato era um conforto.

– Venha cá, pequenino – disse ela. – Você quer me ajudar? – Ela ergueu o gato e olhou nos olhos dele. – Então por que não viu nada de errado naquele desgraçado do Ash? Belo gato da nave você é!

Ela se sentou na poltrona do piloto, com Jonesy no colo, e pousou os dedos no teclado. Respirou fundo. Ash havia tentado matá-la, mas ele era só uma máquina. Uma inteligência artificial, na verdade. Criada para pensar por conta própria, processar dados e tomar decisões, agir com base em respostas programadas e criar e instalar novos programas baseados em novas experiências – em essência, aprender. Mas, ainda assim, uma máquina. Projetada, fabricada, presenteada com a vida robótica nos laboratórios da Weyland-Yutani.

De repente, Ripley sentiu ódio da empresa. Eles haviam decidido que ela e sua tripulação eram descartáveis e, quatro décadas depois, ainda estavam fodendo com a vida dela. Estava na hora de dar um basta nisso.

Olá, Ash, digitou. As palavras apareceram na tela diante de Ripley, brilhando em verde, o cursor mostrando a passagem do tempo enquanto a resposta era elaborada. Ela não esperava nenhuma, na verdade, presumindo um silêncio retumbante enquanto a inteligência artificial se empenhava em esconder sua existência. Em vez disso, a resposta foi quase instantânea.

OLÁ, RIPLEY.

Ela se recostou no assento, acariciando o gato. A sensação voltou; a impressão de estar sendo observada. Não gostou disso.

Você nos trouxe aqui em resposta ao pedido de socorro da Marion?

ISSO MESMO.

A tripulação ainda é descartável de acordo com a ordem especial 937?

VOCÊ É A ÚLTIMA INTEGRANTE DA TRIPULAÇÃO DA *NOSTROMO*.

Responda à pergunta, Ash.

SIM. A TRIPULAÇÃO É DESCARTÁVEL.

– Legal – sussurrou ela. Jonesy ronronou em seu colo.

Mas sei onde você está agora, Ash. Não pode mais controlar as coisas. Não tem mais propósito.

FIZ O MELHOR QUE PUDE.

Ripley olhou para aquelas palavras e pensou no seu significado. A tripulação da *Nostromo*, brutalmente assassinada pela criatura que Ash permitira subir a bordo. As décadas no hipersono, longe da filha e de casa.

Vá se foder, Ash, digitou ela.

O cursor piscou.

Ripley desligou o computador com raiva e se reclinou outra vez na cadeira. Jonesy se espreguiçou e deixou que ela o acariciasse.

6
FAMÍLIA

A *Marion* estava à deriva, concluiu Lachance, e ele decidiu que o quarto dia após a chegada de Ripley seria o melhor momento para irem até a mina. Isso implicaria uma descida de mais de mil quilômetros durante três horas, quatro horas na mina para recuperar as células extras de combustível e, depois, a subida de uma hora de duração até voltarem à órbita. Se tudo corresse bem, estariam longe da *Marion* por cerca de oito horas. Se não corresse bem…

Todos sabiam quais seriam os resultados.

Hoop sugeriu que abrissem a *Samson* um dia antes da descida. Isso daria a eles tempo para enfrentar as criaturas lá dentro, verificar a nave e prepará-la para a viagem. Se houvesse danos, fariam o que pudessem para consertá-los.

Ninguém mencionou a possibilidade de ela estar danificada a ponto de ser impossível consertá-la. Havia tantas coisas que podiam dar errado que eles evitavam tocar no assunto, e, assim, os sobreviventes viviam em um miasma de falsa positividade. Todas as conversas eram positivas. Eles guardavam os maus pensamentos para si mesmos.

Baxter era o único que não escondia o pessimismo, mas já estavam acostumados àquele jeito dele. Não era novidade.

Hoop ficava cada vez mais impressionado com Ripley. Naquele primeiro dia ela estivera confusa e insegura, mas logo havia se recuperado. Passava a imagem de uma pessoa forte, resistente, porém traumatizada, torturada pelo que tinha vivenciado. Uma vez mencionou a filha, mas nunca mais. Ele via a dor nos olhos dela, mas também a esperança de um dia rever a menina.

A *esperança diante do desespero*, pensou ele, *era o que fazia com que todos seguissem em frente.*

E Ripley era atraente. Isso não passava despercebido por Hoop. Ela olhava para ele primeiro toda vez que tinham conversas em grupo, e ele não achava que fosse por estar claramente no comando. Talvez fosse por terem algo em comum: ambos haviam perdido os filhos.

Hoop pensava com frequência em seus dois filhos e em como ele e a ex-esposa tinham deixado o casamento desmoronar ao redor das crianças. Nenhum dos dois havia sido capaz de salvá-lo. O emprego dele era a principal causa, garantira ela. "É perigoso", dissera. "Você passa o ano inteiro fora."

Mas ele se recusara a aceitar toda a culpa.

"É bem pago", tinha sido sua resposta. "Mais um trabalho longo e vamos poder abrir nosso próprio negócio na Terra, ser autossuficientes."

E assim o relacionamento dos dois tinha degringolado, até ele se entregar à única coisa que considerava completamente neutra, que não se importava com quem ele era e o que fazia.

O espaço.

Eu fugi. O pensamento o perseguia o tempo todo, e foi a última coisa que a mulher que ele amava dissera: "Você está fugindo."

A presença de Ripley fazia com que Hoop se sentisse ainda mais culpado que antes, pois no seu caso a decisão fora dele. Ela só deveria ter passado dezoito meses fora.

Ele e Ripley passaram mais um tempo na *Narcissus*, falando sobre a jornada que empreenderiam juntos, sendo otimistas, discutindo como nove pessoas poderiam viver em uma nave projetada para no máximo três ou quatro pessoas. Por anos. Talvez muitos anos.

O tempo todo havia uma histeria muda espreitando por trás de tudo o que diziam, uma compreensão mútua de que essa era uma ideia maluca, impraticável. Mas era a *única* ideia. Às vezes, o lugar parecia apertado só com os dois ali dentro, embora Hoop se perguntasse se apenas ele se sentia daquela forma.

Eles conversavam sobre a família. Hesitantes no começo, mas depois cada vez mais sinceros. Falavam da culpa, de como as incríveis distâncias eram incapazes de diluir o sentimento de perda. Ele não teve pena dela, e achou que Ripley ficou grata por isso. Ela ofereceu compreensão, e ele ficou grato por isso. Ambos foram amaldiçoados pela distância e pelo tempo, e pela solidão atordoante que essas coisas podiam instilar em uma pessoa. Estavam conhecendo um ao outro. E, embora esse fosse um bom sentimento, também havia algo delicado em cada conexão criada.

Ambos eram temerosos, reservados. A situação significava que poderiam ser separados à força a qualquer momento.

Também falaram de Ash. Hoop era especialista em computadores, e nada modesto quanto a isso. Mas, embora tivesse relativa confiança em sua capacidade de remover a inteligência artificial do computador – ou, no mínimo, compartimentalizá-la para que não pudesse exercer mais controle –, ele e Ripley decidiram esperar até estarem longe da *Marion* e a caminho de casa. Precisariam do computador intocado e ileso para poder programar a rota, e era possível – ainda que remotamente – que o esforço de Hoop para eliminar Ash corrompesse outros sistemas.

Além disso, o incorpóreo Ash não podia lhes fazer mal.

Aqueles três dias passaram depressa, e houve algumas tensões no grupo. Sempre houvera, e as que eram de praxe Hoop deixou de lado. O relacionamento entre a médica-chefe e Garcia era estranho – ele achava que as duas, além de colegas de trabalho, eram amantes –, mas eram sempre eficientes e profissionais quando necessário. Powell reclamava. Sneddon era quieta e inabalável, demonstrando uma coragem silenciosa. Ela seria uma rocha para todos eles.

Os outros brigavam, embora não mais do que o habitual. Era a presença de Ripley que causava as maiores turbulências.

– Não posso evitar sentir certo fascínio por eles – disse Sneddon.

Ela estava revendo as imagens congeladas do interior da *Samson*, o tablet apoiado na caneca de café. Fazia quase três semanas que eles tinham visto o estado da dropship. Ninguém sabia o que esperar quando a abrissem.

– São monstros – respondeu Ripley.

Ela estava encostada em uma bancada de trabalho. O laboratório de ciências era pequeno e compacto, e já estava ficando quente com os três ali dentro. Hoop havia sugerido que desligassem todos os sistemas atmosféricos desnecessários para conservar energia.

– Não vamos capturá-los, Sneddon – disse ele. – Vamos abrir a porta e matar todos.

– Ah, sim, claro – respondeu Sneddon sem nem olhá-lo. – Mas você já pensou exatamente como?

– Claro. Com maçaricos de plasma, picaretas e lança-cargas.

– Certo – disse Sneddon. – Então, vamos queimá-los com plasma, e a pele deles, ou o que quer que tenham, vai se abrir. O ácido vai espirrar. As picaretas vão acertá-los... rachá-los. Atirar projéteis com os lança-cargas... mais ácido.

– O que você sugere? – perguntou Ripley, com um toque de nervosismo na voz.

– Sugiro pensarmos em outra coisa – declarou Sneddon. – Tentar prendê-los de alguma forma. Segurá-los até podermos...

– Precisamos matá-los, ou eles vão *nos* matar – insistiu Ripley. – Se forem parecidos com o da *Nostromo*, terão dois metros e meio, quase três de altura, além de serem muito rápidos e fortes, e totalmente perversos. E você quer prendê-los? Como? Tem uma caixa na qual a gente possa pôr queijo como isca?

Sneddon reclinou-se para trás na cadeira, calma e serena. Olhou de soslaio para Ripley, depois diretamente para Hoop.

– Posso contar? – perguntou.

– Tanto quanto para qualquer um de nós – respondeu ele.

Hoop olhou para Ripley e franziu a testa, tentando convencê-la a não revidar. Mas pôde ver que seu descontrole se devia ao medo, não à raiva. Por um momento, ela pareceu estar vendo algo muito distante, e ele imaginou mais uma vez os pesadelos que ainda deviam atormentá-la. Ela contara sobre cada um dos tripulantes mortos – alguns eram seus amigos, e o capitão, um amante ocasional.

– Rede de carga – disse Sneddon.

A risada de Ripley pareceu uma mistura de tosse e ofego.

– É forte o bastante para sustentar toneladas de equipamentos no compartimento de carga – continuou Sneddon. – Tem núcleo de aço trançado. Vai segurá-los tempo suficiente para decidirmos o que fazer com eles.

– Como você sabe que vai funcionar? – perguntou Ripley.

– Como você sabe que não vai? – retrucou a oficial de ciências. – Pelo menos assim não arriscamos abrir um buraco no casco da nave. Se o que você diz sobre o ácido for verdade...

– É verdade – afirmou Ripley. – O que foi? Agora não acredita em mim?

Sneddon suspirou, recostando-se de novo na cadeira.

– Acho que só precisamos ser...

– Quem designou você como oficial de ciências? – perguntou Ripley.

– A companhia. Kelland.

– Que é propriedade da Weyland-Yutani.

– Remotamente, mas sim. E daí?

– E você trabalhou para a Weyland-Yutani antes de vir para cá?

– Cumpri o período de aprendizado com eles em Marte, sim.

– Ripley? – chamou Hoop.

Ela parecia estar perdendo o controle, entrando em pânico. Ele não gostava disso. Porque, acima de tudo, fazia com que seu próprio pânico reprimido começasse a ganhar força. Sem perceber, ele pensou que talvez tivesse tomado a força de Ripley para alimentar a sua.

– Não me envolva nas suas conspirações – sussurrou Sneddon.

– Isto aqui não tem a ver com coleta de espécimes – disse Ripley. – Tem a ver com sobrevivência!

– Eu não disse que queria coletar nada.

– Mas os acha fascinantes. Você mesma disse.

– E você não acha?

Sneddon empurrou o tablet pela bancada, mas Ripley desviou o olhar.

– Não – respondeu ela. – São horríveis. Nojentos. Nada fascinantes.

Sabendo o que Ripley lhe contara sobre Ash, Hoop achou que deveria ter previsto isso. Queria neutralizar a situação, fazê-la voltar a ficar tranquila. Tudo havia começado como uma discussão amigável sobre como enfrentar as criaturas, mas havia degringolado em um impasse. Ele respirou fundo, pronto para falar.

Mas as ações de Sneddon falaram por ele.

Ela abriu uma gaveta, pegou um bisturi e fez um corte no próprio polegar. Apertou o dedo e depositou uma gota de sangue na superfície branca da bancada. Então, olhou para Ripley.

Ela suspirou e disse:

– Sinto muito. Mesmo.

Sneddon sorriu.

– Ei, não posso culpar você. A verdade é que eu mesma nunca gostei de androides.

– Sério?

– Sou oficial de ciências, mas minha especialização é biologia. – Ela pegou um pedaço de gaze e o segurou firme no corte. – Acho os androides antinaturais.

– E agora podemos todos ser amigos – anunciou Hoop.

Seu suspiro de alívio foi sincero, e tanto Ripley quando Sneddon riram.

– Então, sobre essas redes – disse Ripley. – Quero vê-las.

Mesmo antes de Ripley chegar à *Marion*, eles haviam começado a passar a maior parte do tempo na ponte de comando. Era uma área grande e confortável, com as várias estações de trabalho bem projetadas e espalhadas, mas pequena o bastante para eles falarem uns com os outros sem precisarem gritar. Pelo menos três dos membros sobreviventes da *Marion* ficavam na ponte de cada vez, e todos preferiam ficar perto uns dos outros na maior parte do tempo. Nas poucas ocasiões em que a tensão surgia e os ânimos se exaltavam, todos tinham cabines individuais na ala de alojamentos.

A sala de convivência ficou empoeirada e abandonada, e, nos poucos momentos em que Hoop tinha motivo para visitá-la, a visão lhe causava uma tristeza insuportável. Nunca acreditara em fantasmas, mas sentia o eco de cada amigo morto naquela sala silenciosa tão acostumada a risadas.

Seis horas antes, estavam planejando a abertura da *Samson*, de pé ou sentados na ponte, todos os olhos sobre ele. Sentira o peso da responsabilidade, ainda que agora tomassem as decisões em grupo. Não havia imposto sua pretensa posição de comando a eles. Desde o desastre, ele havia simplesmente guiado, aconselhado e ficado ali para que gritassem e berrassem com ele se as tensões crescessem demais.

Agora, a pressão era quase insuportável. Hoop sabia que cada um deles a sentia, pois a via nos olhos e nas expressões rígidas. Conhecia todos eles muito mais profundamente agora do que meros setenta dias antes. O trauma os havia aproximado, e agora chegara o momento de tentar virar o jogo.

Horas de planejamento, maquinações, sugestões e divergências traçando planos, misturadas a um senso de humor doentio, os levara àquele momento.

– Estamos prontos – disse ele. – Baxter não conseguiu estabelecer uma conexão visual com a *Samson*, então não saberemos o que vamos enfrentar até as portas se abrirem. Talvez aquelas coisas desgraçadas tenham morrido de fome. Talvez estejam dormindo, ou hibernando, e possamos simplesmente reuni-las e jogá-las no espaço. Ou talvez elas ataquem. Nesse caso, estaremos preparados. – Indicou com um gesto o conjunto de ferramentas de mineração. – Então, o que mais? Esquecemos alguma coisa? Quem tiver perguntas, essa é a hora.

Ninguém falou nada. Ele olhou ao redor, dando a todos na ponte uma chance. Seu olhar pousou sobre Ripley, e ele viu ali algo que continuava a lhe dar esperança: resiliência, determinação...

Raiva.

– Tudo bem – disse ele. – Vocês sabem o que fazer.

A antecâmara circular da Baia Três tinha quinze metros de diâmetro, contornada por filas de assentos empoeirados intercalados com prateleiras de equipamentos para aqueles que aguardavam uma dropship. As paredes, suavemente curvadas, tinham partes envidraçadas que ofereciam uma visão das Baias Um e Dois, destruídas, a bombordo. A *Narcissus* estava atracada à Baia Quatro, a estibordo.

Passando por uma porta pesada na outra extremidade chegava-se à câmara de pressurização, grande o bastante para dez pessoas serem descontaminadas ao mesmo tempo, enquanto a câmara era pressurizada ou ventilada. No canto oposto, outra porta levava à ponte de atracação, que era um espaço de apenas três metros de comprimento, parcialmente flexível, que se prendia diretamente ao casco da dropship e à escotilha externa da nave.

Baxter e Lachance continuaram na ponte; Lachance para supervisionar os controles principais – operação da câmara, do ambiente e abertura remota da escotilha da *Samson* – e Baxter para garantir que os canais de comunicação continuariam abertos. Todos usavam headsets com microfone e podiam ouvir uns aos outros. Por enquanto, contudo, mantinham estrito silêncio.

Hoop estava no comando com o argumento de que alguém precisava dirigir a operação, e ninguém havia contestado. Ripley comentou que a maioria deles ficava aliviada por não ser o responsável.

Ninguém discordou.

Esperaram ansiosos na antecâmara enquanto Powell e Welford consertavam o mecanismo desconectado da porta que levava à câmara de pressurização. Pelas janelas, Ripley pôde ver os flancos da *Samson* a cerca de nove metros de distância. A nave parecia bastante inofensiva. Mas o que ela sabia e as imagens que tinha visto bastavam para deixá-la aterrorizada. Aquela nave imóvel e silenciosa continha seus piores pesadelos, e eles estavam se preparando para soltá-los no mundo.

Ripley estava suando frio de pavor e tentava normalizar a respiração. Não queria que ninguém percebesse seu medo.

Desviou o olhar para a esquerda, em direção às ruínas das Baias Um e Dois. Hoop já havia mostrado isso a ela, mas ainda era uma visão triste, chocante. Muitos haviam morrido lá. Era impressionante que o desastre não tivesse destruído a nave toda. Mas, de certa forma, era isso que havia feito; eles ainda sentiam as ondas e os efeitos da colisão, porém em um ritmo muito mais lento.

– Welford? – chamou Hoop.

– Não vai demorar – respondeu o engenheiro. – Lachance, pronto para despressurizar?

– Pronto – afirmou Lachance, na ponte.

– Como já conversamos – guiou Hoop –, não precisa ter pressa. Não queremos fazer mais barulho do que o necessário.

Caso eles nos escutem, pensou Ripley. Seu coração martelava no peito, e gotas de suor escorriam pelas suas costas. Kasyanov dera a ela roupas extras, e Ripley sabia, pelo tamanho, que não pertenciam à médica. Imaginou de quem seriam. A camisa e as calças eram justas, mas não desconfortáveis. A jaqueta vestia bem debaixo dos braços e na largura das costas. Usava as próprias botas, trazidas da *Nostromo*. Provavelmente era um item de colecionador agora.

Os dois engenheiros trabalhavam na porta, eficientes e silenciosos. Ripley os vira discutir, e Powell, mais que qualquer outro, parecia exalar negatividade. Mas trabalhavam em equipe, e havia certa sincronia em seus movimentos, quase um balé, como se fossem um único corpo dividido em dois. Ela imaginou há quanto tempo os dois trabalhavam juntos. Deveria ter perguntado. Deveria tê-los conhecido melhor antes de...

Parou e respirou fundo para se recompor, e Hoop a olhou de soslaio. Ouvira o suspiro pelo microfone. Ela evitou seu olhar, não queria que ele visse seu medo. Precisava ser forte. Sempre tinha sido, trabalhando com a tripulação da *Nostromo*, composta em sua maioria por homens. Gostava dessa característica em si mesma, e detestava que o medo a estivesse afetando dessa forma.

Ripley estava de pé, encostada à parede esquerda da câmara; Hoop estava no meio, e Kasyanov e Garcia, à direita. Hoop carregava o maçarico de plasma – um equipamento dos bons, ele havia dito –, deixando-a com uma picareta e as médicas com o lança-cargas. Eram grandes e difíceis de manobrar, mas tinham muita potência. Sneddon estava com os engenheiros, as redes de carga pesada empilhadas a seus pés.

Ripley havia examinado as redes, e eram mais fortes do que ela havia pensado. Tinham núcleo triplo de aço em fibra de carbono moldada em epóxi e torcida com fibras comprimidas de náilon. Apenas ferramentas especiais podiam cortar aquela rede, se fosse preciso. Ela havia concordado, mas recomendara um saudável ceticismo. Não poderiam presumir que aquilo conteria as criaturas.

– Pronto – avisou Welford. – Lachance?

– Pressurizando.

Ouviram um zumbido quase inaudível enquanto a câmara se enchia novamente de ar. As luzes acima das portas pesadas piscaram levemente, e após um minuto as três brilhavam em um tom de verde suave.

– Tudo bem – disse Lachance. – Chequem as pressões, pode ser?

Powell olhou para os indicadores ao lado da porta. Ergueu o polegar em sinal positivo.

– Abram – mandou Hoop.

Welford acionou uma placa de pressão, e as portas deslizaram. Apesar de todo o cuidado e dos cálculos, ainda houve um sussurro quando elas se abriram. Ripley engoliu em seco e sentiu os ouvidos estalarem. Olhou para Hoop, mas ele não parecia preocupado.

– Ok, pessoal – disse ele –, avancem devagar e em silêncio.

Nervosos, Welford e Powell entraram na câmara. Ripley foi para o lado para observá-los. Assim que chegaram à porta na outra extremidade, começaram a remontar o mecanismo de abertura da dropship.

Garcia e Sneddon se incumbiram de montar a rede de carga pesada ao redor da porta entre a câmara e a antecâmara, deixando um lado solto para os engenheiros passarem quando tivessem terminado.

Ripley franziu a testa. Por mais que tentasse acreditar no contrário, o plano era tão fraco e falível quanto no começo. Abrir a *Samson* remotamente, esperar até os aliens saírem e serem pegos na rede. Usar picaretas para fechar a rede e arrastá-los pela antecâmara e ao longo do corredor até as baias de atracação destruídas. Abrir a porta interna, jogar as criaturas, trancar a porta de novo. Atirá-las no espaço.

Era como pegar um tubarão com uma peneira.

No entanto, havia muitas formas de os aliens não colaborarem. "E se eles não saírem da *Samson*?", Ripley havia perguntado. Welford sugerira um drone remoto que usavam para explorar minas profundas. Mandá-lo para lá e atrair as criaturas para fora. *Muito fraco. Muito falível.*

Os outros pareciam tão nervosos quanto ela. Alguns tinham visto aquelas coisas em ação – nos monitores, na dropship destruída e a bordo da *Samson*. Mas as que tinham visto eram pequenas. Um pouco maiores que o desgraçado que havia irrompido do corpo de Kane na última refeição que fizeram juntos. Os monstros adultos não passavam de sombras indefinidas em uma tela.

Ela balançou a cabeça. A respiração ficou mais pesada.

– Não vai funcionar – disse ela.

– Ripley – sussurrou Hoop.

Os outros a espiavam de olhos arregalados.

– Não com quatro deles. – Ela ergueu a picareta. Era pesada, a ponta perversamente farpada, mas parecia insuficiente. Ela golpeou o ar muito lentamente. Os ombros doeram só de erguê-la. – Deveríamos pensar em outro plano.

– Que merda, Ripley! – exclamou Lachance.

– Quieto! – sibilou Baxter. – Welford e Powell também têm headsets!

Ela sabia que tinham razão. Os engenheiros estavam a uma curta distância da dropship, e logo deixariam a porta pronta para ser aberta. Não podiam mudar de ideia agora.

E os aliens estavam lá dentro há mais de setenta dias. A única fonte de comida deles – os corpos dos seis mineradores e da tripulação da dropship – vinha apodrecendo por todo esse tempo. Pouca comida e nenhuma água. Nenhum lugar aonde ir para esticar as pernas. Talvez estivessem cansados e fracos e fossem fáceis de arrastar.

Talvez.

Ripley assentiu para mostrar aos outros que estava no controle dos próprios medos. Mas, na verdade, não estava. Hoop sabia disso – ela notou quando ele a olhou de soslaio. *Ele está tão apavorado quanto eu.* Talvez todos estivessem.

Mas também estavam desesperados.

Welford e Powell recuaram pela câmara de pressurização, desviando da rede pesada que havia sido pendurada ao redor da porta interna. Welford assentiu para Hoop, confirmando.

– Tudo bem, Lachance, porta externa da câmara pronta para abrir.

Ripley ouviu alguém respirar fundo. Depois, viu a porta externa da ponte de atracação deslizar, abrindo-se. Depois dela estava a escotilha externa da *Samson*. Estava empoeirada, arranhada e perfeitamente centralizada em relação à câmara.

– Última checagem – disse Hoop. – Baxter, alguma visão ou som lá de dentro?

– Nada ainda – respondeu Baxter.

– Welford, Powell, fiquem nas laterais da rede com os maçaricos de plasma. Lembrem-se: só os acione se forem obrigados. Kasyanov, fique parada aí com o lança-cargas. Ripley, você está bem?

Ela assentiu.

– Ótimo. Sneddon, Garcia, voltem ao corredor atrás da antecâmara. Quando começarmos a arrastá-los, vocês vão na frente até as Baias Um e Dois. Abram as portas de segurança o mais rápido que puderem e se preparem para fechá-las de novo. Lachance, quando tivermos trancado aquelas coisas lá dentro, você abre remotamente a porta que leva para as baias de atracação arruinadas.

– Moleza – disse Ripley.

Alguém riu. Outra pessoa começou a xingar aos sussurros, a voz tão baixa que ela não conseguiu nem distinguir se era homem ou mulher.

Esperem!, ela queria dizer. *Esperem, ainda temos tempo, podemos pensar em outra coisa!* Mas sabia que *não* tinham tempo. O desgraçado do Ash a havia trazido a esta nave condenada, e agora ela teria que encará-los outra vez. Os monstros de seus pesadelos.

Hoop sussurrou:

– Agora.

A escotilha externa da *Samson* rangeu ao se abrir, e as sombras avançaram.

7
SOMBRAS

Em poucas piscadelas, o mundo de Ripley se transformou em caos.

Assim que a escotilha da *Samson* se abriu, os aliens avançaram. Foram tão rápidos, silenciosos e furiosos que ela nem teve tempo de contar. Os membros os propeliam ao longo da ponte de atracação e da câmara de pressurização, fazendo-os deslizar nas superfícies metálicas. Alguém gritou em alarme, e as criaturas atacaram a rede de carga.

Ripley se agachou segurando a picareta, pronta para arrastar as criaturas rumo às portas da antecâmara. Mas havia algo de errado com a rede. Segurou bem dois deles num emaranhado confuso, mas os outros dois se debateram com violência, membros atacando e cortando, caudas chicoteando, e aqueles dentes terríveis estalando e fazendo um medo gélido percorrer suas veias.

– Cuidado, eles… – gritou ela.

E então os aliens atravessaram.

A rede de malha de aço e núcleo metálico se rompeu, fios de alta tensão se agitando pelo ar com um som agudo de chibata. Welford gritou enquanto suas feições eram esmagadas. O sangue se espalhou pela antecâmara, pintando as superfícies intensamente brancas num tom impressionante de vermelho.

Hoop gritou enquanto ligava o maçarico de plasma. Um alien avançou contra ele, depois guinou para o lado, tomando impulso em uma fila de bancos, desviando-se da chama. Avançando na direção de Ripley.

Ela se agachou junto da divisória e apoiou o cabo longo da picareta no chão, apontando-a para cima e para longe de si na diagonal. O alien – alto, anguloso e quitinoso, com as unhas de navalha, a cabeça curva e a boca projetada para fora, imagem que havia assombrado seus pesadelos por tanto tempo – aproximava-se, as garras rasgando sulcos no piso enquanto tentava desacelerar. Mas não foi rápido o bastante.

A criatura guinchou quando a ponta afiada da picareta penetrou seu corpo pouco acima das pernas.

Um fedor acre fez Ripley engasgar. Ela ouviu um fluido espirrando no metal e sentiu cheiro de queimado.

– Ácido! – gritou ela.

Lançou-se para a frente com a picareta. O alien manteve a posição, agachado, com as mãos fechadas e agitadas, as mandíbulas estalando. Mas não passava de uma distração. Ripley ouviu o leve *vush!* da cauda da criatura e se abaixou bem a tempo. A picareta foi arrancada de suas mãos e voou quicando pela antecâmara.

Ripley fingiu que ia para a câmara de pressurização, à esquerda, mas saltou para a direita, seguindo a parede curva em direção ao corredor. Sentiu que a criatura a seguia, e, quando se aproximou das portas, Hoop gritou:

– Ripley, *se abaixe*!

Ela se abaixou sem hesitar. Um rugido ensurdecedor surgiu ao seu redor, e ela sentiu cheiro de cabelo queimado enquanto a pele da nuca, do pescoço, do couro cabeludo e dos braços se retesava devido a um calor inacreditável e causticante. O alien soltou um guincho alto, agonizante.

Ripley olhou na direção das portas abertas no momento em que outra sombra avançava por elas. A distância, ouviu um impacto – úmido, carnoso, um baque e um grunhido. Alguém gritou.

Alguma coisa agarrou sua mão, e Ripley berrou e chutou algo atrás dela, a bota pesada acertando a coxa de Hoop. Ele arfou, depois a segurou com mais força e a arrastou pela antecâmara.

O alien ainda estava guinchando e queimando, debatendo-se pela antepara curva e se encaminhando para as portas da câmara de pressurização. Na direção de Powell. Ele estava parado diante dos dois aliens que ainda lutavam contra a rede, mirando o lança-cargas. Havia algo de errado com seu rosto. Ripley viu a mancha de sangue no peito e no pescoço do homem, viu o sangue que pingava do rosto dele, totalmente inexpressivo. Balançava o lança-cargas para a frente e para trás, mas não parecia estar enxergando nada.

Ela olhou na direção dele e viu o que acontecera com Welford. Fora trucidado.

– Powell! – gritou ela. – À sua direita!

Powell ergueu a cabeça. Mas em vez de olhar para a direita, onde o alien em chamas cambaleava em sua direção, olhou para a esquerda, para o amigo morto.

Kasyanov saltou duas filas de assentos, abriu as pernas para se firmar e disparou o lança-cargas no alien em chamas. O disparo foi ensurdecedor, pulsando nos ouvidos de Ripley e soprando as chamas do couro escaldado da criatura.

Ela berrou mais alto, mas continuou na direção de Powell, caindo sobre ele, e Ripley não fechou os olhos a tempo. Viu a cabeça do homem eclodir sob o impacto das presas prateadas da criatura em chamas.

– Que merda é essa? – gritou Hoop.

Kasyanov atirou de novo, duas vezes, estilhaçando a cabeça do alien e espalhando as partes em chamas pelo chão e pela parede daquele lado da antecâmara. Labaredas subiram pelas janelas, a fumaça formando padrões complexos, e uma névoa ácida se ergueu.

Chiando. Fumegando.

– Temos que sair! – disse Ripley.

– Cadê o outro? – perguntou Hoop.

– Do outro lado da porta. Mas o ácido vai…

– Kasyanov, rápido! – berrou Hoop.

A médica se aproximou deles. Ripley viu sua descrença, mas também a determinação que havia sufocado o terror. Era um bom sinal. Era disso que precisavam.

Um dos aliens presos na rede se soltou, vindo rumo a eles do outro lado da antecâmara. Jogou os assentos para o lado, pulou por cima de uma fila de estantes de equipamentos e saltou sobre Kasyanov.

Hoop ergueu o maçarico de plasma. Mas, se atirasse dessa distância, fritaria a médica também.

– Não! – disse Ripley. – Hoop!

Ela desviou para a esquerda, jamais tirando os olhos do alien. A criatura parou brevemente, e Ripley teve um pensamento egoísta: *Eu, não, não venha para cima de mim.* O medo gerou essa ideia, e momentos depois – quando o alien saltou e Hoop o torrou com o maçarico de plasma –, ela sentiu um rubor de vergonha.

Mas Kasyanov estava viva por causa da decisão rápida de Ripley de distrair a criatura. Ela agira por instinto, e seus pensamentos mais abjetos, impulsionados pela autopreservação, precisaram de um momento para acompanhá-la.

A russa assentiu para ela em agradecimento.

Então, uma das janelas respingadas de ácido se rompeu.

A tempestade foi instantânea. Qualquer coisa que não estivesse fixa foi sugada e jogada pela janela, carregada pela atmosfera que jorrava para o espaço sob imensa pressão. Cadeiras quebradas, armas caídas e painéis voaram pela antecâmara e emperraram na janela e na antepara. O som era inacreditável, um rugido que ameaçava arrancar os tímpanos de Ripley. Ela tentou respirar, mas não conseguia encher os pulmões de ar. Segurou-se ao suporte de uma fila de cadeiras fixadas ao chão, estendendo a outra mão para Hoop.

Ele se agarrava à beira da porta, Kasyanov agarrando-se à jaqueta dele.

Ripley olhou para trás. Dois corpos massacrados – tudo o que restava de Welford e Powell – estavam pressionados contra a janela quebrada, ambos mortos, os aliens queimados quase fundidos a eles. A criatura sobrevivente, ainda presa na rede, tentava agarrar-se à porta da câmara de pressurização, mas a mão do alien escorregou enquanto Ripley observava e ele voou, colidindo com seus irmãos mortos. Coisas eram sugadas para a ruptura – roupas, partes de corpos e outros objetos da *Samson* que ela não conseguiu identificar.

Viu o braço direito e o peito de Powell derretendo devido ao ácido derramado.

– Não temos muito tempo! – ela tentou gritar.

Mal escutou a própria voz, mas pôde ver pela expressão de Kasyanov que a médica entendia o terrível perigo que corriam. Por um momento, a tempestade se abrandou um pouco. A ruptura na janela estava entupida de móveis, partes de corpos e painéis de antepara. Ripley sentiu a pressão nos ouvidos e o puxão nos membros diminuir, então, começou a se arrastar pelos suportes fixos ao chão rumo à porta. Com o ácido corroendo os detritos, o período calmo não duraria muito.

Hoop também se arrastou, ajudado pelas mãos dos colegas do outro lado. Kasyanov foi com ele. Então, os dois se voltaram para Ripley.

Entalado no batente da porta e segurado por trás, Hoop estendeu a mão para ela.

Quando ele olhou por cima dos ombros dela e arregalou os olhos, Ripley apoiou os pés no chão e tomou impulso. Hoop agarrou seus braços com tanta força que ela viu sangue brotando nos pulsos, onde as unhas dele se cravaram.

As divisórias que seguravam a janela no lugar cederam.

Com um grito que Ripley mal ouviu, Hoop a puxou para trás. As portas já estavam se fechando, e ela foi içada pela abertura momentos antes do fechamento.

Ouviu um ruído alto e longo, um grunhido metálico e, imediatamente depois, o suspiro do ar entrando com força. Atrás das portas era um caos. Mas ali, por alguns segundos, houve um silêncio quase absoluto.

Então, a audição de Ripley começou a voltar. Ouviu ofegos e grunhidos, e palavrões murmurados por Hoop quando ele viu o corpo mutilado de Garcia entalado em uma porta do outro lado do corredor. O peito era uma massa sangrenta, os ossos brilhando com o sangue que escorria.

– Um deles… um deles passou – disse Ripley, olhando para Sneddon. A oficial de ciências assentiu e apontou para o corredor.

– Ele entrou na nave – disse ela. – Foi muito rápido. E era enorme. *Enorme!*

– Temos que encontrá-lo – disse Ripley, decidida.

– E os outros? – perguntou Sneddon.

Hoop balançou a cabeça.

– Welford. Powell. Os dois estão mortos.

O caos do outro lado das portas terminou tão rapidamente quanto começara.

Ripley se levantou, trêmula, olhando para Hoop, Kasyanov e Sneddon. Tentou não olhar para o corpo dilacerado e patético de Garcia, pois lembrava muito o de Lambert, pendurada ali com o braço balançando, o sangue pingando.

– Temos que encontrá-lo – repetiu ela.

– Baxter, Lachance! – chamou Hoop. – Um se soltou da rede. Ouviram?

Não houve resposta.

– A descompressão deve ter arruinado a conexão – sugeriu Sneddon.

Ripley levou as mãos ao headset, mas ele se fora. Arrancado em meio à violência.

– A ponte de comando – falou Hoop. – Vamos nos reunir lá. Precisamos ficar juntos, chegar lá o mais rápido possível. Avisá-los. Aí decidiremos o que fazer. Mas *só* depois de estarmos todos juntos. Concordam?

Ripley assentiu.

– Concordo – respondeu Sneddon.

Hoop pegou o último lança-cargas que restava e seguiu na frente.

Eles tinham avançado tão rápido! Mesmo depois de ficarem presos na *Samson* por setenta dias, saíram de lá mais depressa do que Ripley havia imaginado. Não sabia bem o que estava esperando. Descobrir que tudo tinha sido um sonho ruim, talvez. Perceber que as coisas lá dentro não estavam, na verdade, relacionadas de maneira alguma ao monstro que matara sua tripulação, trinta e sete anos antes.

Mas estava errada. Havia, sim, uma relação. Eram *exatamente* os mesmos. Criaturas gigantes, insetoides, reptilianas, mas com um corpo que, sob determinada luz, de certos ângulos, poderia ter sido humanoide. Aquela cabeça... os dentes...

Hoop ergueu a mão. Ripley parou e repetiu o sinal, para que Sneddon pudesse ver, e, atrás dela, Kasyanov.

Pararam em uma bifurcação no corredor. Do outro lado havia uma porta, ainda sólida e segura, que levava às baias de atracação destruídas.

Após a esquina ficava o corredor que seguia até a estrutura principal da *Marion*.

Hoop ficou imóvel, empunhando o lança-cargas junto ao corpo. Era longo e difícil de manobrar, e, para mirar à frente enquanto prosseguia, o engenheiro teve que se expor no corredor.

O alien poderia estar em *qualquer lugar*. Em qualquer canto. Em qualquer sombra nas paredes do corredor, de uma passagem aberta, da escotilha ou da sala lateral. Ripley o vira disparar pela antecâmara, ouvira-o parar tempo suficiente apenas para matar Garcia e então desaparecer, ignorando Sneddon completamente. Talvez porque ela estivesse armada. *Mas provavelmente*, pensou Ripley, *por ter percebido a vasta nave à qual agora tinha acesso irrestrito*.

Talvez tivesse parado uns doze passos adiante e estivesse esperando por eles. Babando, sibilando baixinho, antecipando sua primeira refeição de verdade em muito tempo.

Ou talvez tivesse se lançado de uma vez nas profundezas da nave, perdendo-se nos cômodos escuros e frios, onde poderia planejar o que faria a seguir.

Hoop esgueirou-se pela esquina e Ripley parou por um segundo, segurando a respiração. Mas não houve explosão de violência, e ela prosseguiu, aproximando-se dele mais uma vez.

Chegaram ao fim do nível de atracação e subiram uma escada larga até a ala principal da nave. Ela ficou de olho no topo da escada. A área estava bem iluminada, mas ela ainda esperava ver a silhueta cintilante, com membros angulosos e cabeça curva.

Mas estavam sozinhos.

Hoop olhou para trás, o rosto tenso. Ripley sorriu e assentiu num gesto encorajador, e ele sorriu também. Atrás dela, Sneddon e Kasyanov continuavam perto, mas não tão perto a ponto de atrapalhar os movimentos uma da outra. Embora tivesse perdido o headset, Ripley ainda conseguia ouvir a respiração forte das duas – em parte exaustão, mas principalmente terror. Ninguém falava nada. O choque do que havia acontecido ainda pairava no ar, contido pelo jorro de adrenalina.

Vamos sentir o choque em breve, pensou Ripley, lembrando-se do som triturante no momento em que o alien mordeu a cabeça de Powell. O sibilar, o fedor ácido de quando o sangue da criatura destruída espirrou nos cadáveres arruinados dos dois homens.

Vamos senti-lo em breve.

Hoop as guiou por um corredor mais largo e melhor iluminado, chegando a uma área central de circulação. De lá saíam outros corredores, bem como um elevador que levava aos diferentes andares. Três passagens estavam seladas, separando as áreas que haviam sofrido descompressão no desastre inicial, todas agora isoladas. Os outros corredores, que levavam aos fundos da nave, continuavam desimpedidos.

De onde estavam, podiam ver uma parte do caminho de cada uma dessas passagens. Havia portas nas sombras. Escadas se erguiam para longe das vistas. Luzes piscavam de fontes de energia fracas ou interrompidas, criando um movimento trêmulo onde não havia ninguém.

Hoop indicou o elevador. Sneddon se adiantou, rápida e silenciosa, e apertou o botão para chamá-lo.

– Baxter? – sussurrou Hoop ao microfone. – Lachance?

Ele olhou para Sneddon, depois para Kasyanov. Ambas balançaram a cabeça.

As luzes acima do elevador piscaram num vermelho monótono.

– Escadas? – perguntou Ripley.

Hoop assentiu e indicou o caminho. Deslocaram-se para trás da área do elevador, rumo ao fundo da escada mais larga. Hoop começou a subir imediatamente, o lança-cargas apontado para a frente. Ripley e as outras duas o seguiram. Avançaram em silêncio, andando o mais rápido que ousavam, e quando chegaram ao andar seguinte Hoop parou e espiou a esquina. Ele prosseguiu. A nave zumbia e pulsava ao redor deles com sons e sensações familiares.

No próximo andar, Hoop parou de novo, fitando algo, paralisado.

Ripley se posicionou ao lado dele. Estava pronta para agir depressa – agarrá-lo, recuar e descer se o alien atacasse –, mas ela não conseguia ver o que havia de errado. Tocou o ombro dele, apertando-o para chamar sua atenção.

Hoop girou o lança-cargas para baixo, apontando o cano largo para alguma coisa no corredor do andar. Um lodo transparente e viscoso se espalhava por ele e também pelo primeiro degrau do próximo lance, manchando o metal texturizado.

– Em que nível fica a ponte? – sussurrou ela no ouvido dele. Estava confusa, perdida. Apontou para o alto, erguendo um dedo. – Temos que sair da escada e subir de algum outro…

Hoop correu. Tomou impulso com um grunhido, saltando dois degraus de cada vez, a arma apontada para a frente. Foi tão rápido que pegou Ripley e as outras de surpresa, e na hora em que ela começou a segui-lo, ele já estava no andar seguinte, vasculhando o corredor. Ela segurou o corrimão e subiu.

Deveríamos ir devagar e em silêncio!, pensou ela. Mas também sabia exatamente o que Hoop estava sentindo. Ele queria chegar à ponte e avisar Lachance e Baxter antes que o alien chegasse lá. E, caso os outros dois já tivessem sido massacrados, queria matar aquela maldita coisa.

Ripley o viu parar à porta que levava ao próximo nível e tocar a placa de pressão. A porta se abriu em um sussurro. Entrou agachado, olhando ao redor, enquanto Ripley e as outras se aproximavam. Com um rápido olhar para elas, ele seguiu em frente.

Ripley finalmente reconheceu onde estavam. Enquanto se aproximavam da entrada principal que levava à ponte, ela avançou na frente dos outros, parando à porta e prestando atenção, a mão pairando sobre a placa de pressão. Não conseguia ouvir nada lá dentro, mas talvez as portas fossem à prova de som. Talvez os gritos estivessem contidos. Ela fez um sinal para Hoop e contou com os dedos.

Três… dois… um…

Tocou a placa e a porta se abriu num sussurro.

Entraram juntos, Hoop à esquerda, Ripley à direita, e a alegria e o alívio foram quase esmagadores quando ela viu Lachance e Baxter acocorados ao redor do painel da central de comunicações.

– Que porra é essa? – perguntou Baxter, levantando-se e fazendo a cadeira sair girando pelo piso. – Perdemos contato e…

Foi quando notou o rosto deles e percebeu o terror.

– O que aconteceu? – perguntou Lachance.

– Selem a ponte de comando – ordenou Hoop a Sneddon e Kasyanov. – Tranquem as portas. Todas elas.

– E quanto aos outros? – perguntou Baxter.

– Há quanto tempo vocês perderam contato?

– Exatamente quando eles… quando vocês abriram a câmara de pressurização – respondeu Baxter. – Eu ia descer, mas…

– Não há mais ninguém – revelou Hoop. – Selem a ponte. Aí vamos decidir o que vamos fazer agora.

A tristeza era palpável.

Já haviam perdido muitos amigos e colegas, mas esses oito sobreviventes haviam coexistido por mais de setenta dias, esforçando-se para manter a *Marion* segura, esperando que o pedido de socorro fosse captado por outra nave. Vivendo dia após dia com a ameaça constante de outras disfunções mecânicas ou uma evasão daqueles monstros da *Samson*. Desafiando as probabilidades, sua determinação os fizera perseverar. Talvez nem todos gostassem uns dos outros, mas em que grupo todas as pessoas se gostavam? Principalmente sob tanto estresse.

Ainda assim, eram sobreviventes. E agora três deles estavam mortos, trucidados em questão de segundos por aquelas criaturas malditas.

Ripley deixou que tivessem um instante de silêncio, afastando-se até um painel de controle e sentando na cadeira estofada. Era um ponto de controle de navegação. Ela explorou o sistema, notando os outros planetas e suas distâncias, órbitas, composições. O sol no centro do sistema estava a quase um bilhão de quilômetros.

Não me admira esse frio da porra.

– Temos que encontrá-lo – disse Sneddon. – Rastreá-lo e matá-lo.

– Rastreá-lo como? – perguntou Kasyanov. – Ele pode estar escondido em qualquer lugar na *Marion*. Levaríamos uma eternidade, e temos poucos dias.

– Eu o vi – afirmou Sneddon. Ao som de sua voz, cheia de espanto e medo, todos ficaram quietos, imóveis. – Ele saiu como... como uma sombra viva. Garcia nem viu o que a atingiu, eu acho. Ela não gritou, não teve tempo. Só soltou um grunhido. Como se ela estivesse resmungando. Só isso, e a coisa a matou e correu. Só... a estraçalhou sem motivo algum.

– Eles não precisam de motivo – afirmou Ripley. – Matam e comem. E, se não tiverem tempo para comer, só matam.

– Mas isso não é natural – respondeu Sneddon. – Os animais matam com um propósito.

– A maioria, sim – retrucou Ripley. – Os humanos, por exemplo, não.

– E daí se é natural ou não? – perguntou Hoop, e parecia zangado. – Não importa. O que importa é o que faremos.

– Vamos rastreá-lo – insistiu Sneddon.

– Não temos tempo! – disse Kasyanov.

– Aquele ácido corroeu as janelas e o piso da antecâmara muito rápido – explicou Hoop. – Temos sorte de as portas estarem aguentando. São portas de segurança, não escotilhas externas apropriadas.

– Então, como diabos vamos entrar na *Samson* agora? – perguntou Lachance.

– Esse é outro problema.

Hoop era o centro das atenções. Não só estava no comando como era o único engenheiro ainda vivo.

– Podemos usar os trajes espaciais – sugeriu Lachance.

– Exatamente o que eu estava pensando – respondeu Hoop.

– É – concordou Baxter. – Os sistemas atmosféricos da *Samson* vão voltar a se pressurizar depois que a gente entrar.

– Vamos ter que montar outra câmara de pressurização – afirmou Hoop.

– Mas não podemos simplesmente deixar aquela criatura vagando pela nave! – Kasyanov estava de pé, os punhos fechados ao lado do corpo. – Ela pode mastigar cabos, derrubar portas, causar sabe-se lá que tipo de danos.

– Vamos deixá-la em paz por enquanto.

Hoop olhou para Ripley, como se procurando apoio. E, de repente, os outros estavam olhando para ela também.

Ela assentiu.

– É. Ou fazemos isso ou caçamos aquela coisa pela nave e colocamos todo mundo em risco. Pelo menos assim temos uma chance.

– É, uma chance – zombou Kasyanov. – Quais são as nossas chances? Vou anotar as apostas. Quem dá mais?

– Eu não faço apostas – respondeu Ripley. – Escutem: se três de nós ficarem de vigia enquanto os outros três trabalham, ainda vamos levar um bom tempo para chegar à *Samson*. Aí, quando voltarmos, vamos direto para minha nave e fugimos.

– E os suprimentos? – perguntou Baxter. – Água, comida. Lubrificante para todo mundo fazer um amorzinho.

– Há estoques na mina? – perguntou Ripley a Hoop.

– Sim.

– Mas é de lá que *eles* vêm! – disse Sneddon.

Ripley concordou. Ninguém falou nada. *É, todos estamos pensando na mesma coisa*, pensou ela.

– Certo, então eu decido – começou Hoop. – Tenho uma ideia de como podemos passar pelas salas descomprimidas e embarcar na *Samson*. Vamos todos juntos e seguiremos o plano. E, se aquela criatura nos causar problemas quando voltarmos, lidaremos com ela quando chegar a hora.

– Um problema de cada vez, não é? – perguntou Baxter.

– Tipo isso.

– Precisamos de mais armas – avisou Ripley. – Perdemos a maioria lá embaixo quando...

– Podemos fazer um desvio para o Porão Dois quando descermos – propôs Sneddon. – Provavelmente há lança-cargas e maçaricos de plasma lá.

– Moleza – disse Lachance.

– Mamão com açúcar – concordou Baxter.

– Vamos todos morrer – disse Kasyanov. E falava sério. Não estava fazendo piada. Ripley ficara impressionada ao vê-la em ação na ponte de atracação, mas agora ela voltara a ser a voz do pessimismo.

– Hoje, não – respondeu Ripley.

Kasyanov bufou. Ninguém mais respondeu.

Eles seguiram em frente, mas não muito rápido. Na relativa segurança da ponte, cada um levou alguns instantes para recompor os pensamentos.

Por trás daquelas portas havia somente o perigo.

8
VÁCUO

Trataram de selar a ponte de comando completamente antes de saírem. Tiveram uma breve discussão sobre se Lachance e Baxter deveriam ficar para trás, mas a ideia foi logo descartada, e eles não precisaram ser persuadidos a seguir com os outros. Nenhum dos dois gostava da ideia de ser deixado sozinho com a criatura na *Marion*, especialmente se algo desse errado enquanto os outros estivessem no planeta. Era melhor que todos continuassem juntos. Além disso, havia pouco que pudessem fazer a bordo da nave em órbita, além de traçar sua trajetória condenada.

Pouco antes de saírem do andar da ponte de comando, Hoop viu Kasyanov se aproximar de Ripley, ficar na ponta dos pés e dar um beijo na bochecha dela. Não disse nada – talvez achasse que palavras de agradecimento fossem redundantes a essa altura, ou que pudessem estragar o momento –, mas ela e Ripley trocaram olhares por um instante, depois assentiram uma para a outra.

– Se as moças já terminaram com o amorzinho, talvez seja hora de sair desta porra de nave – disse Baxter.

Com as portas da ponte trancadas e seus mecanismos desabilitados, os seis sobreviventes se deslocaram rumo ao Porão Dois. Sneddon se ofereceu para ir na frente, pedindo o lança-cargas de Hoop. Ele não se opôs. Estavam todos juntos nessa.

Contornaram a ala dos alojamentos, observando cada porta do corredor curvo. Havia quase uma centena de quartos individuais nessa ala, e o alien poderia estar escondido em qualquer um deles. As portas de acesso eram rebaixadas na parede de metal cinza, difíceis de ver, e a luz fraca acrescentava profundidade às sombras. Era uma jornada estressante. Fizeram-na lentamente e chegaram ao Porão Dois sem incidentes.

Era um espaço enorme – de teto alto, cavernoso e parcialmente ocupado por equipamentos extras de mineração. Dois imensos veículos de transporte terrestre estavam acorrentados ao chão, e vários caminhões menores haviam se deslocado durante e imediatamente após a colisão com a *Delilah*. Outros equipamentos estavam empilhados ou espalhados. Havia contêineres de metal, estantes de ferramentas, caixas e caixotes de provisões e todo tipo de itens menores. Formavam um labirinto complexo de passagens e becos sem saída, e Hoop de repente teve vontade de voltar por onde tinham vindo.

Mas precisavam de armas. Não só para o caso de cruzarem com a criatura desgraçada nos corredores da *Marion*, mas para enfrentar qualquer coisa que encontrassem no planeta. Os mineradores haviam desenterrado algo terrível lá embaixo, e não dava para saber quantas daquelas coisas poderiam estar esperando por eles.

Esse pensamento quase o paralisou com a sensação de desamparo. Mas precisava se livrar das dúvidas e escondê-las sob a rígida noção de que não tinham outra opção.

Gesticulou para os outros se aproximarem e seguiu na frente, contornando a parede do porão. Quando chegou a uma porta pesada e verde, digitou o código de acesso. A porta se abriu em um sussurro, e a iluminação do interior se acendeu automaticamente, piscando.

– Entrem – murmurou ele.

Todos passaram por ele, Ripley na retaguarda.

– O que é isso? – perguntou ela.

– A oficina – respondeu Hoop.

Ele foi o último a entrar, andando de costas, observando o porão enquanto fechava a porta. Só então se virou e relaxou.

Powell estava de pé junto dos equipamentos de soldagem no canto mais distante, reclamando de alguma coisa que Welford fizera, ou algo que aquele desgraçado rabugento do Baxter dissera na sala de convivência, ou talvez só descobrindo um aspecto da própria aparência sobre o qual se queixar. Welford estava sentado diante da bancada cheia de aparelhos eletrônicos, os óculos de proteção apoiados na testa. O resmungo constante e monótono de Powell o fez sorrir. Uma caneca enorme de café com as palavras "Engenheiro só se ferra" próxima ao cotovelo enquanto tagarelava entusiasmado sobre um assunto ou outro, a voz um som de fundo constante, um contraponto ao tom grave de Powell.

Hoop piscou. Nunca pensou que sentiria falta daqueles dois, não mesmo. A morte deles fora horrível. Não conseguia conter as lembranças. Passara muito tempo naquela sala com eles, ocupado em vários serviços de reparo e manutenção, e, embora fossem mais amistosos um com o outro do que com Hoop – por causa do seu cargo superior, achava ele, ou talvez simplesmente porque os dois tinham mais coisas em comum –, ainda eram um trio.

– Que lixeira – comentou Baxter.

– Vá à merda – respondeu Hoop.

– Belo lugar vocês têm aqui... – Ripley sorriu, parecendo entender. Talvez tenha interpretado a expressão dele.

Hoop fungou e apontou.

– Tem umas coisas úteis guardadas naqueles armários. Baxter, por que você e o Lachance não vão dar uma olhada? Sneddon, Kasyanov, venham comigo e com Ripley.

– Aonde?

– Por aqui.

Ele apontou para uma porta na parede lateral, fechada e marcada com um símbolo de *Produtos Perigosos*.

– O que tem aí? – perguntou Ripley.

– Vou mostrar – respondeu ele, sorrindo. – Estou pensando em usar fogo contra fogo.

Hoop digitou o código de acesso, e a porta se abriu. A luz piscou lá dentro, iluminando uma sala pequena e de aparência estéril, mais parecida com um laboratório de pesquisas do que com a oficina da qual vinham. Ele passara um bom tempo ali, brincando com produtos químicos e desenvolvendo vários métodos de aplicação. Jordan sempre fizera vista grossa aos hobbies de pesquisa e desenvolvimento dos engenheiros, pois acreditava que aliviavam o tédio e ajudavam a passar o tempo. Mas aquele lugar havia mesmo sido o xodó de Welford. Às vezes, ele passava doze horas seguidas ali, fazendo com que Powell lhe trouxesse comida e bebida da cozinha ou da sala de convivência. Hoop nunca soubera direito por que exatamente Welford ficara tão interessado em aerógrafos. Talvez fosse simplesmente porque ele se destacava na área.

– Então, o que é isso? – perguntou Ripley.

– Loucuras do Welford – respondeu Sneddon. – Eu o ajudei em alguns desses projetos.

– Sério? – perguntou Hoop, surpreso.

– Claro. Algumas das coisas que ele estava usando aqui eram... tecnologia de ponta, na verdade.

Hoop apanhou um dos aparelhos nos quais Welford estivera trabalhando. Parecia algum tipo de arma pesada, mas, na verdade, era de uma leveza surpreendente. Ele a balançou, já sabendo que o reservatório estaria vazio.

– Vamos lutar contra eles usando pistolas de água? – perguntou Ripley.

– Água, não – respondeu Sneddon. – Ácido.

– Fogo contra fogo – repetiu Hoop, sorrindo e erguendo a arma.

– Os mineradores estavam nos pedindo algo assim há um bom tempo – contou Sneddon. – Normalmente só se encontra trimonita em pequenos depósitos, cercada por materiais menos densos: areia, xisto, quartzo e outras estruturas cristalinas. Separar tudo sempre foi um processo muito demorado. A ideia dessa ferramenta era derreter tudo com ácido fluorídrico e deixar a trimonita intocada.

– Parece perigoso – comentou Ripley.

– É por isso que ainda está no laboratório – informou Hoop. – Estávamos tentando descobrir um jeito de tornar a aplicação mais segura.

– E encontraram?

– Não. Mas segurança é a menor das minhas preocupações agora.

– Como vamos saber se isso vai funcionar contra eles? – perguntou Kasyanov, sempre pessimista. – Eles têm ácido nas veias!

– Só há um jeito de descobrir – respondeu Hoop. – Temos duas unidades. Vamos abastecê-las, e então podemos sair daqui.

Dez minutos depois, estavam parados diante das portas trancadas da oficina. Hoop havia pendurado uma bolsa de ferramentas no ombro, cheia dos apetrechos dos quais achou que poderiam precisar. Ele e Sneddon portavam as pistolas de spray, totalmente carregadas de ácido fluorídrico. Ripley e Lachance traziam lança-cargas, os recipientes cheios com parafusos de seis polegadas. Também usavam cintos com parafusos na cintura, e a munição extra era pesada. Baxter e Kasyanov ficaram com os maçaricos de plasma recém-carregados.

Deveriam se sentir mais seguros. Hoop deveria se sentir pronto. Mas ainda estava apavorado enquanto se preparava para abrir as portas.

– Todos, por aqui – ordenou ele. – Sneddon, você fica na retaguarda. Olhos e ouvidos atentos. Vamos seguir devagar, fazendo o caminho contrário em torno dos alojamentos e descendo as escadas até o nível de atracação. Quando chegarmos ao corredor da Baia Três, é aí que eu vou trabalhar.

Ele olhou para todos, mas Ripley foi a única que lhe ofereceu um sorriso.

– No três.

Levaram quase meia hora para fazer o caminho de volta à ala de acomodações e ao nível de atracação. Em um dia normal, teriam levado metade desse tempo, mas espreitavam cada sombra.

Hoop esperava ver o alien sobrevivente a qualquer momento: saltando de uma porta retraída, surgindo de uma esquina, vindo do alto quando eles passassem sob as cúpulas dos cruzamentos. Mantinha a pistola de spray carregada e apontada para a frente; era muito mais fácil de manejar que o lança-cargas. Não era possível saber qual seria o efeito do ácido, mas os lança-cargas eram armas inadequadas se o alvo estivesse a mais que alguns poucos metros de distância, e os maçaricos de plasma provavelmente eram mais perigosos para eles do que para a criatura. Tinham visto isso na *Delilah*.

O dedo de Hoop acariciou o gatilho. *Eu deveria estar usando um aparelho respiratório*, pensou. *Óculos de proteção. Máscara.* Se uma gota de ácido fluorídrico espirrasse nele, ou mesmo se dispersasse no ar e tocasse sua pele, seria torrado em um instante. Roupas, pele, carne, ossos, tudo derreteria sob o ataque ultracorrosivo do ácido.

Que burrice. *Burro!* Pensar que poderia combater a criatura com seu próprio veneno. Sua mente febril buscava alternativas.

Deveria voltar a usar o lança-cargas.

Deveria fazer Baxter ir na frente com o maçarico de plasma.

Deveriam parar e pensar melhor no plano.

Hoop exalou com força, cerrando a mandíbula. *Anda logo com isso, porra*, pensou. *Chega de enrolar! Agora é a hora.*

Descendo a larga escadaria até o nível de atracação, eles pararam ao lado de uma série de três portas marcadas com o símbolo amarelo de "Emergência". Baxter abriu a primeira e tirou de dentro dela três pacotes embalados a vácuo.

– Trajes espaciais? – perguntou Ripley.

– É, está tudo aí – respondeu ele. – Traje, capacete, tanque de ar comprimido, cabo. – Olhou para os outros. – Vistam-se.

Revezaram-se abrindo os pacotes e vestindo os trajes espaciais prateados. Era como ser embrulhado em um plástico fino e enrugado, com anéis rígidos de vedação onde as partes da vestimenta se encaixavam. Os cintos impediam que o material ficasse frouxo demais. Os capacetes tinham flexibilidade semelhante, com comunicadores costurados no tecido. Os trajes foram projetados apenas para uso emergencial, deixados próximos das baias de atracação em caso de descompressão catastrófica. Os tanques de ar durariam cerca de uma hora, e os próprios trajes deveriam meramente permitir que o usuário chegasse ao lugar seguro mais próximo.

Quando estavam todos prontos, foram em frente.

Chegando ao corredor da Baia Três sem incidentes, Hoop olhou para todos. Pareciam mais animados do que antes, mais confiantes. Mas não podiam deixar que a confiança os iludisse.

– Baxter, Sneddon, por ali. – Ele apontou para além das portas fechadas, em direção à Baia Quatro, onde o módulo de Ripley estava atracado. – Fechem as portas da Baia Quatro, selem tudo e fiquem atentos. Kasyanov, Lachance, deem a volta. Fechem as portas de segurança do corredor pelas quais passamos. Ripley, comigo. Vamos rápido.

Quando os outros partiram, ele tirou a bolsa de ferramentas do ombro e estendeu a pistola de spray para Ripley.

– Segure para mim.

Ela pegou a arma de ácido, erguendo uma sobrancelha.

– Perigoso demais para eu usar de verdade, hein?

– Ripley...

– Mostre como se faz. Sei me virar.

Hoop suspirou, depois sorriu.

– Ok, você carrega aqui e espera até esta luz ficar vermelha. Faz a mira. Aperta o gatilho. Ela vai disparar jatos comprimidos em pulsos curtos.

– Não deveríamos estar usando equipamento de segurança?

– Com certeza. – Ele se virou, ajoelhou-se e abriu a bolsa de ferramentas. – Não vou demorar.

O traje espacial tornava os movimentos um pouco mais desajeitados, mas ele tirou uma pesada furadeira portátil da mala, equipada com uma broca fina, e a encostou em um dos painéis da porta.

Adiante, na antecâmara da Baia Três, havia apenas o vácuo do espaço.

– Tem certeza de que essa porta aguenta? – perguntou Ripley. – Depois que você furar a câmara vai começar a descomprimir e...

– Não! – rosnou ele. – Não, não tenho certeza. Você tem alguma sugestão?

Ela não respondeu. Apenas assentiu.

– Coloquem os capacetes – disse ele. – Prendam os cabos bem perto do corpo e em alguma coisa sólida.

Ripley fixou a gola do capacete flexível ao traje e ligou o suprimento de ar, e, ao longo do corredor, em ambas as direções, ouviu os outros fazendo o mesmo. Quando teve certeza de que todos estavam prontos, Hoop fixou o próprio capacete com uma das mãos e começou a furar.

Era o barulho mais alto que eles faziam desde que abriram a *Samson*. A broca de metal escorregou pela superfície da porta antes de se apoiar em uma emenda e começar a penetrar. Raspas enroladas de metal saíram e caíram no chão como cachos de robô. Fumaça começou a sair da abertura, e Hoop viu o calor tremulando no ar ao redor da ponta da furadeira enquanto a broca lentamente abria caminho. Inclinou-se em direção à ferramenta, empurrando-a mais para dentro da porta.

Não demorou muito. O corpo da furadeira bateu na porta quando a broca a atravessou, e Hoop desligou a ferramenta. Um assobio agudo começou na mesma hora, quando o ar começou a sair com pressão pela abertura microscópica entre a broca e a porta.

Ele olhou para Ripley. Ela prendera o cabo à maçaneta de uma porta no corredor.

– Todo mundo pronto? – perguntou ele no comunicador do capacete. – A casa vai cair.

Ele colocou a mão enluvada sobre o botão de soltura da broca e apertou. Um baque, então a broca tremeu e foi sugada pela porta para dentro da antecâmara atrás dela.

Hoop recuou, prendendo-se à maçaneta da porta pesada com o cabo bem próximo do corpo, e chutou a furadeira para o lado.

Um assobio cortante preencheu o corredor enquanto o ar era sugado pelo minúsculo buraco. A porta pesada vibrou no batente, mas continuou sólida e trancada. O pó gerou formas graciosas no ar, meadas cintilantes ondulando enquanto a luz artificial piscava sem parar.

Logo o fluxo de ar cessou, e eles estavam parados no vácuo.

– Todo mundo está bem? – perguntou Hoop.

Todos estavam. O que significava que chegara a hora de fazer o trajeto até a *Samson*.

Estavam presumindo que não havia mais perigos lá dentro. Quatro aliens haviam emergido. Dois foram mortos na antecâmara, outro fora sugado para o espaço quando a janela se rompera, e o quarto estava em algum lugar a bordo da *Marion*. Tinham certeza de que havia apenas quatro na *Samson*, mas não podiam garantir que os aliens não tivessem deixado nada para trás na fuga... ovos, sacos de ácido ou qualquer coisa desconhecida. Sabiam muito pouco sobre as criaturas.

– Certo. Não podemos usar maçarico de plasma nem pistolas de spray ácido dentro da *Samson*.

– Eu vou primeiro. – Ripley entregou a pistola para Hoop e ergueu o lança-cargas. – É a decisão mais lógica.

E passou pela porta antes que os outros pudessem impedi-la.

Hoop a seguiu de perto pela antecâmara arruinada, avançando pela câmara de pressurização e ao longo da curta ponte de atracação. Ela parou diante da escotilha aberta da *Samson*, mas só por um momento. Então, abaixou-se, com o lança-cargas à frente do corpo, e entrou na dropship.

– Ah, merda – disse Ripley.

– O que foi? – Hoop se adiantou, alerta. Mas então viu o que ela tinha visto, e seu estômago se contraiu.

– Vai ser uma viagem agradável – comentou Ripley.

9
REENTRADA

RELATÓRIO DE PROGRESSO:
PARA: CORPORAÇÃO WEYLAND-YUTANI, ÁREA DE CIÊNCIAS
[REF: CÓDIGO 937]
DATA [NÃO ESPECIFICADA]
TRANSMISSÃO [PENDENTE]

PRESENÇA CONFIRMADA DA ESPÉCIE ALIENÍGENA IDENTIFICADA ANTERIORMENTE.
VÁRIOS ESPÉCIMES DESTRUÍDOS.
SUBTENENTE RIPLEY ATUANDO.
PLANO PROCEDE DE FORMA SATISFATÓRIA.
NOVAS ATUALIZAÇÕES DENTRO DE DOZE HORAS.
TENHO PROPÓSITO NOVAMENTE.

Antes de desatracar da *Marion*, Lachance garantiu a todos que era o melhor piloto da nave. Sua breve tentativa de humor não surtiu muito efeito. Mesmo quando Hoop se inclinou na direção de Ripley e informou a ela que o francês talvez fosse o melhor piloto da *galáxia*, ela ainda teve dificuldade para segurar o vômito. Já era ruim o bastante que essa fosse a única chance deles. Mas serem forçados a seguir viagem nessa dropship fazia parecer que o destino estava pregando uma peça de incrível mau gosto.

Depois que a atmosfera interna foi restaurada, tiveram que remover os capacetes para preservar o suprimento limitado de oxigênio dos trajes. Tudo o que não estivesse pregado ou parafusado na *Samson* havia sido sugado para fora durante a descompressão. Mas ainda havia sangue seco e manchas espirradas por todo o interior, nos painéis cor de creme, assentos azul-claros e piso de metal. Sem falar no fedor da decomposição, ainda forte, embora a nave tivesse passado quase um dia inteiro no vácuo. Um braço estava entalado debaixo de uma fila de cadeiras, os dedos em garra quase segurando o suporte, os ossos visíveis por entre os restos de roupa e pele. Ripley notou que os outros faziam o possível para não olhar, e imaginou se sabiam quem tinha sido aquela pessoa. Havia um emblema esfarrapado na roupa rasgada e um anel de ouro em um dedo.

Deveriam ter tirado o braço de lá, mas ninguém queria tocá-lo.

Além dos restos humanos, havia o que os aliens deixaram para trás.

O compartimento de passageiros da *Samson* tinha duas fileiras de cadeiras, uma de frente para a outra, ao longo da parede, com doze assentos cada uma. Entre as fileiras havia suportes para armazenar equipamentos – haviam transportado várias armas ali – e uma área elevada contendo armários e estantes baixas. Mesmo sentados, os passageiros conseguiam ver por cima dessa área e conversar uns com os outros.

Nos fundos do compartimento, havia duas portas estreitas. Uma tinha a placa de banheiro, a outra, Ripley imaginou que fosse a sala das máquinas.

Todos escolheram sentar o mais perto possível da cabine do piloto, ligeiramente elevada. Lachance e Baxter acomodaram-se ali, com Ripley e Hoop de um dos lados do compartimento de passageiros, Kasyanov e Sneddon do outro. Ninguém quis ficar nos fundos.

Ninguém queria nem mesmo olhar para lá.

No tempo que passaram a bordo da nave, os aliens haviam tomado para si os fundos do compartimento. O chão, as paredes e o teto estavam cobertos de uma substância grossa. Ela aderia às duas portas, passando, vez ou outra, por cima delas, como pontes de plástico derretido e endurecido novamente. Parecia algum tipo de extrusão, escura e pesada em alguns pontos, reluzente e cintilante em outros, com aparência úmida. Havia vazios que guardavam uma semelhança aterrorizante com formas que Ripley conhecia bem. Os aliens haviam criado seu próprio lugar de descanso, e era um lembrete severo do que estivera ali até pouco tempo antes.

– Espero que a viagem seja rápida – disse Sneddon.

Kasyanov, a seu lado, concordou.

– Lachance? – chamou Hoop.

– Últimas verificações – respondeu o piloto. Estava sentado na poltrona, inclinado para a frente, as mãos percorrendo os painéis de controle. Uma tela ganhou vida na frente dele, mais duas na antepara a seu lado.

– Baxter? Já temos conexão com o computador de bordo da *Marion*?

– Estou entrando on-line agora – informou Baxter, na poltrona do copiloto. Tinha um teclado retrátil no colo, as mãos passando pelas teclas enquanto uma série de símbolos surgia no visor suspenso diante dele. – Chamando o computador de bordo... Ah, pronto.

A janela ficou nebulosa por um momento e, quando voltou a clarear, estava atravessada por um visor de malha fina.

– Deixe desligado por enquanto – disse Lachance. – Quero sair de perto da *Marion* primeiro. Estou com medo de que ainda haja destroços da colisão por aqui.

– Depois de todo esse tempo? – perguntou Kasyanov.

– É possível – respondeu ele. – Tá legal, todo mundo pôs o cinto?

Hoop se inclinou na direção de Ripley e verificou o cinto dela. A súbita proximidade a surpreendeu, e ela sentiu o braço dele roçar seu quadril e seu ombro enquanto apertava as correias de segurança.

– É um passeio agitado – avisou ele, sorrindo. – A atmosfera desse planeta pode ser desagradável.

– Ótimo – respondeu ela. – Obrigada.

Hoop assentiu, cruzou o olhar com o dela, depois desviou.

O que foi isso?, pensou ela. *Sai dessa, Ripley, está fugindo de monstros no fim do mundo e ainda consegue sentir tesão?* Ela soltou um riso mudo e notou que ele a ouvir exalar o ar.

– Como está aí? – perguntou Hoop.

– Todos os sistemas on-line – respondeu Lachance. – Os neutralizadores de inércia estão um pouco irregulares, então a viagem pode ser mais agitada que o normal.

– Ah, que maravilha – disse Sneddon.

– Com que frequência vocês costumam descer? – perguntou Ripley.

– Todos já viemos ao planeta algumas vezes – respondeu Hoop. – Kasyanov em emergências médicas, o resto de nós por várias outras razões. Mas normalmente eram os mineradores que desciam mais.

– Logo você vai entender por quê – comentou Kasyanov em um sussurro. – Esse planeta é uma merda.

– Ei, todo mundo – disse Lachance. – Obrigado por voarem com a Lachance Aeronaves. O jantar será servido meia hora após a decolagem; hoje teremos ravióli de lagosta e champanhe. Há uma seleção de recreações durante o voo e os sacos de vômito estão debaixo dos assentos. – Ele riu. – Vocês vão precisar deles. Desatracando em dez segundos.

Ele acionou a contagem regressiva automática, e Ripley contou os segundos em silêncio. *Nove... oito...*

– Travas elétricas desligadas, cabos magnéticos desabilitados.

... seis... cinco...

– Retropropulsores carregados, acioná-los ao meu sinal.

... três...

– *Talvez* os passageiros sintam um leve solavanco.

Que diabo é um leve solavanco?, pensou Ripley. Hoop pegou a mão dela e a apertou. Sneddon e Kasyanov pareciam aterrorizadas.

... um...

– Fogo.

Houve um momento de vazio. Então, o estômago de Ripley deu uma cambalhota, o cérebro quicou dentro do crânio, os sentidos entraram em colapso, o ar foi arrancado dos pulmões e um ruído trêmulo tomou a cabine.

Ela conseguiu virar a cabeça e olhar, além de Hoop e através da divisória, para a cabine do piloto. Enquanto desciam rapidamente, afastando-se da *Marion*, o dano extenso causado pela colisão da outra dropship ficou ainda mais aparente. Também viu a *Narcissus* atracada à outra extremidade da base da nave e sentiu uma ansiedade curiosa por estar longe dela. Talvez por ter sido seu lar durante tanto tempo, quer ela soubesse disso ou não. Mas a nave auxiliar estava trancada e segura, e Jonesy passaria a maior parte do tempo dormindo. Tomara o cuidado de deixar comida o suficiente para ele.

Uma sirene soou, campainhas tocaram pela cabine e a altitude da nave mudou. Lachance parecia calmo e controlado, apertando botões e passando a mão por controles projetados entre ele e o para-brisa. A *Marion* saiu de vista a bombordo, e LV178 entrou no seu campo de visão. Com a vibração da descida, era difícil distinguir qualquer forma verdadeira – para Ripley, o planeta parecia pouco mais que um borrão amarelo-acinzentado através das janelas.

Poucos momentos depois, Lachance apertou um botão e os escudos térmicos se ergueram, bloqueando a vista.

– Estamos prestes a iniciar a reentrada – avisou ele.

A gravidade artificial tremulou enquanto se ajustava ao puxão real do planeta. Sneddon vomitou. Ela se inclinou para a frente e mirou a maior parte no espaço entre as pernas. Kasyanov desviou o olhar, depois voltou o rosto para a frente, fechando os olhos, agarrando os braços da poltrona com tanta força que os nós dos dedos pareciam pérolas brancas em sua pele negra.

Os cintos apertados por Hoop quase machucavam, mas Ripley não se importou.

A *Samson* começou a sacudir ainda mais. Cada impacto parecia forte o bastante para partir a nave ao meio, e Ripley não pôde segurar os engasgos e grunhidos que vinham a cada solavanco. Isso trouxe à tona memórias da descida a LV426 na *Nostromo*, mas agora era muito pior.

Olhou para a estranha faixa da substância que os aliens haviam deixado para trás. Devia ser muito sólida para sobreviver à descompressão e permanecer intacta, mas vista daqui parecia quase mole, como enormes teias de aranha cobertas de pó e cinzas. As criaturas deviam ter hibernado ali. Ela se perguntou por quanto tempo poderiam ter dormido, esperando, se os sobreviventes não tivessem decidido abrir a *Samson*.

Seus pensamentos vagaram, e ela temeu o que os aguardava no planeta.

Hoop achava que dezoito mineradores haviam sido deixados na superfície, e ninguém sabia o que acontecera a eles. Não havia nenhuma informação oficial sobre o que teriam encontrado, como o ataque dos aliens acontecera, como haviam sido descobertos. A mina de trimonita era o último lugar da galáxia ao qual ela queria ir, mas o único que oferecia a eles alguma esperança de sobrevivência.

Pegar as células de combustível e ir embora. Era esse o plano de Hoop. Todos haviam concordado.

A nave sacudia tanto que parecia que iria se partir em pedaços a qualquer momento. Quando Ripley achava que o pior já havia passado, Lachance voltou a falar:

– Pode ter um pouco de turbulência adiante.

Sneddon se inclinou e vomitou de novo.

Ripley se recostou à poltrona e fechou os olhos, e Hoop apertou sua mão ainda mais.

A reentrada pareceu durar uma eternidade, mas não devia ter levado nem uma hora para eles penetrarem profundamente a atmosfera de LV178, voando pouco mais de um quilômetro acima da superfície do planeta em direção à mina. Baxter havia ligado o computador de bordo e calculado que a instalação estava a 965 quilômetros de distância.

– Demoramos pouco mais de uma hora – avisou Lachance. – Eu poderia ter ido mais rápido, mas a tempestade ainda está bem forte.

– Deixe-me adivinhar – disse Kasyanov. – Um voo agitado?

– Só um pouquinho.

– Como é que ainda estamos voando? – perguntou Sneddon. – Como é que a nave ainda está inteira? Como é que meu estômago não está saindo pela boca?

– Porque somos intrépidos exploradores do espaço – respondeu Baxter.

Na verdade, a vibração e o sacolejo haviam diminuído drasticamente depois que entraram na atmosfera e Baxter planejara a rota. Lachance colocou o controle no piloto automático e girou a poltrona para trás.

– Lagosta – disse ele.

Sneddon gemeu.

– Se você falar em comida de novo, Lachance, não me responsabilizo pelos meus atos.

– Ok, pessoal, temos uma hora – informou Hoop. – Precisamos falar sobre o que acontece agora.

– A gente aterrissa, pega as células de combustível e vai embora – disse Ripley. – Certo?

– Bom…

– O quê?

– Talvez não seja tão simples – respondeu Hoop. – Há muitas variáveis.

– Ah, que ótimo – resmungou Kasyanov. – Não dá para ter mais variáveis que aqueles monstros, dá?

– Pista de pouso – disse Hoop. – Acesso à mina. Qualidade do ar no interior. Danos. E as células de combustível estão guardadas vários níveis abaixo.

– O que diabo isso significa? – perguntou Ripley, olhando para eles.

Sneddon ergueu as mãos.

– Ei, sou só a oficial de ciências.

– A atmosfera do planeta não é lá essas coisas – declarou Hoop. – A mina e o complexo da superfície estão dentro de um domo com atmosfera. As pistas de pouso ficam do lado de fora, ligadas por túneis curtos. Dentro do domo há vários edifícios na superfície – armazéns, refeitório, alojamentos – e duas entradas para a mina, também separadas como medida adicional de segurança.

"Em cada uma das entradas há dois elevadores de carga que levam até os níveis subterrâneos. Os primeiros três estão abandonados: já mineraram tudo neles. O nível quatro é onde estão guardadas as células de combustível e um monte de outras provisões de emergência. E os níveis de cinco a nove são os que estão sendo minerados atualmente."

– Então, foi num desses níveis que eles acharam os aliens? – perguntou Ripley.

– É bem provável.

– Então entramos, descemos ao nível quatro, pegamos a células e saímos.

– É – confirmou Hoop. – Mas não temos ideia do estado atual da mina.

– Um passo de cada vez – disse Kasyanov. – O que quer que aconteça, a gente vai resolver como puder.

– E o mais rápido possível – acrescentou Sneddon. – Não sei vocês, mas eu não quero ficar lá nem um minuto a mais que o necessário.

Depois disso, o silêncio pairou na dropship. Lachance virou a poltrona e ficou de olho nos computadores de voo. Baxter observava os visores da nave. Ripley e os outros ficaram sentados, quietos, sem olhar nos olhos uns dos outros e tentando não olhar para as estranhas esculturas que os aliens haviam deixado para trás.

Ripley escolheu o caminho mais fácil e fechou os olhos.

Ficou surpresa quando Hoop a acordou com um toque. Caíra mesmo no sono? Com todo aquele movimento, sacolejo e barulho?

– Não acha que já dormiu o bastante? – perguntou ele.

Se fosse outra pessoa ela teria ficado irritada, mas havia um tom alegre na voz dele que dizia que ele quase entendia. Soava hesitante, quase triste.

– Já chegamos?

– Estamos contornando o complexo agora.

– As luzes estão acesas – disse Lachance da cabine do piloto.

– Mas não tem ninguém em casa – respondeu Baxter. – O domo parece intacto, não dá para ver nenhum dano óbvio.

Ripley esperou um instante, sentindo as vibrações sutis da nave. O voo parecia muito mais suave agora do que quando ela adormecera. Apertou o botão que soltava o cinto de segurança e se levantou.

– Ripley? – chamou Hoop.

– Estou só dando uma olhada.

Ela foi até a cabine do piloto e se debruçou nas costas da poltrona de Lachance. O francês se virou e a olhou de soslaio.

– Veio dar uma olhada em mim? – perguntou ele.

– Bem que você queria – respondeu ela.

O para-brisa estava coberto de pó, mas ela ainda conseguia divisar o domo de segmentos metálicos lá embaixo enquanto a nave o rodeava. Um lado estava mais enterrado na areia esvoaçante, e ao longo da superfície havia diversas luzes piscantes. Não havia sinal claro de divisórias, nem pontos de acesso visíveis.

– Desanimador – disse ela.

– Espere até entrar lá – respondeu Baxter.

– Onde estão as pistas de pouso?

Lachance nivelou levemente a *Samson* e pairou, deslocando-se para o lado até ficar sobre o domo. Apontou. Ripley identificou três formas maciças no chão, também semienterradas pela areia espalhada.

– Se aproximem um pouco mais – pediu Hoop, juntando-se a Ripley atrás das duas poltronas. – Não sabemos o que aconteceu lá embaixo, mas é bem provável que eles tenham sido perseguidos até as naves.

– Como sabe disso? – perguntou Sneddon de onde estava, ainda com o cinto de segurança.

– Porque a *Samson* deixou muitos para trás.

Lachance baixou ainda mais a altitude da nave e se aproximou das pistas de pouso. Ficavam a uns duzentos metros do domo, e Ripley viu resquícios dos túneis de ligação entre elas. Camadas de areia sopravam para todos os lados, jogadas por ventos que eles não sentiam dentro da *Samson*. O cenário era assustador, mas estranhamente belo; esculturas de poeira criando formas graciosas e incríveis. Longe da obra artificial da mina, o deserto parecia um mar congelado, fluindo por anos em vez de momentos.

Quilômetros ao longe, tempestades elétricas lampejavam em nuvens vultuosas.

– Como é que você vai pousar aqui? – perguntou Ripley.

– As pistas normalmente são limpas por equipes de solo – respondeu Lachance. – Máquinas grandes, escavadeiras. Vai dar certo. Eu sou bom.

– É o que você sempre diz. Ainda estou esperando uma prova – brincou ela.

– Nenhum sinal das criaturas – avisou Hoop.

– Nesse tempo? – perguntou Baxter.

– Não dá para saber que tipo de ambiente eles preferem – disse Ripley.

Lembrou-se de Ash – antes que sua verdadeira natureza fosse exposta, quando estava estudando o alien – falando sobre como a criatura se adaptou de forma notável ao ambiente da nave. Talvez cenários açoitados por areias e tempestades fossem seus preferidos.

– Coloquem os cintos, senhoras e senhores – anunciou Lachance.

Ele verificou as leituras, passou a mão pelos controles de navegação projetados diante de si e voltou a se reclinar na poltrona.

Ripley e Hoop voltaram a seus lugares e puseram o cinto. Ela esperou enquanto ele verificava as fivelas dela outra vez e viu Sneddon olhar dela para Hoop com um sorrisinho afetado. Ripley a encarou. A oficial de ciências desviou o olhar.

A *Samson* sacudiu quando os retropropulsores foram ligados. Momentos depois, sentiu um tranco, e os motores começaram a desligar.

– Pronto – disse Lachance. – Eu disse que era bom.

Hoop expirou, e do outro lado da cabine Ripley ouviu Kasyanov murmurar algo que pode ter sido uma prece. Os cintos foram abertos, eles se levantaram e se espreguiçaram, depois se reuniram na frente da nave para olhar o exterior.

Lachance havia pousado de frente para o domo. O contorno do túnel parcialmente enterrado era óbvio, indo da pista até o domo, e a tempestade de repente pareceu mais intensa agora que haviam aterrissado. Talvez porque estivessem no solo, onde havia mais areia para soprar por toda parte.

– Vistam-se – disse Hoop. – Peguem as armas. Lachance, você vai na frente comigo. Vou abrir as portas e as escotilhas. Baxter, você fica na retaguarda.

– Por que tenho que ir por último? – perguntou o oficial de comunicações.

– Porque é um cavalheiro – afirmou Sneddon.

Kasyanov riu, Baxter ficou inseguro e Ripley imaginou que relacionamentos complexos haveria entre essas pessoas. Ela mal tocara a superfície; eles haviam vivido aqui, juntos, por muito tempo.

De repente, o interior da *Samson* pareceu muito mais seguro. Em meio ao medo, Ripley estava determinada, mas não podia ignorar as lembranças terríveis. As novas, de Powell e Welford sendo mortos por aquelas criaturas rápidas e furiosas. E as antigas, da *Nostromo*. Não pôde evitar a sensação de que mais memórias pavorosas logo se forjariam.

Isso se ela vivesse para lembrá-las.

– Vamos ficar bem perto uns dos outros – disse ela.

Ninguém respondeu. Todos sabiam o que estava em jogo, e todos tinham visto os aliens em ação.

– Vamos avançar depressa, mas com cuidado – acrescentou Hoop. – Nada de entrar correndo. Nada de bancar o herói.

Puseram os capacetes, verificaram os trajes e suprimentos de ar uns dos outros, testaram a comunicação e empunharam as armas. Para Ripley, todos pareciam muito vulneráveis: larvas pálidas e brancas prontas para serem perfuradas, rasgadas e comidas pelos aliens. E nenhum deles tinha ideia do que estavam prestes a enfrentar.

Talvez a incerteza fosse uma coisa boa. Talvez, se soubessem o que encontrariam dentro da mina, não se forçariam a entrar. Respirando fundo, pensando em Amanda – que provavelmente achava que a mãe estava morta –, Ripley prometeu silenciosamente fazer de tudo para continuar viva.

Lachance abriu a escotilha externa, e a tempestade entrou.

PARTE 2

SUB
TERRÂ
NEO

10
PELE

– Que diabo é *aquilo*? – perguntou Hoop.

– Parece... couro ou algo assim – respondeu Lachance.

– Eles trocam de pele. – Ripley se aproximou deles, o lança-cargas apontado para a frente. – É como crescem. E vocês viram como isso acontece rápido.

– Quantos deles *existem*?

Hoop quase se aproximou para cutucar o resto de material amarelo-claro com a bota. Mas algo o deteve. Não queria tocar naquela coisa.

– Chega – disse Sneddon. Parecia nervosa, alterada, e Hoop já estava se perguntando se ela deveria mesmo ficar com a outra pistola de spray ácido.

Mas, de qualquer modo, estavam *todos* apavorados.

Tinham atravessado a pista de pouso açoitada pela tempestade até a entrada do túnel sem incidentes. Os ventos brutais, a areia veloz e a tempestade estridente haviam sido quase enervantes, condições primitivas às quais eles nunca poderiam se acostumar depois de ter vivido em naves com clima controlado.

Dentro do túnel, a iluminação ainda funcionava, e no meio do caminho encontraram sinais de combate. Uma barricada fora improvisada com uma série de cápsulas e caixas de armazenagem, todas derrubadas, viradas, quebradas e esmagadas. Havia marcas de impacto nos painéis de metal das paredes e do teto, e uma grande porção do piso estava estufada e cheia de bolhas. Era óbvio que ácido fora jorrado ali, mas não havia sinal do alien ferido ou morto que tivesse feito aquilo.

Chegaram ao fim do túnel, encarando as portas de segurança, pesadas e trancadas, que davam acesso direto à superfície do domo da mina. Ninguém estava ansioso para abri-las. Todos se lembravam do que havia acontecido na última vez.

– Tem como vermos lá dentro? – perguntou Ripley, indicando as portas.

– Baxter? – chamou Hoop.

– Talvez eu consiga uma conexão com as câmeras de segurança da mina – respondeu o oficial de comunicações. Ele deixou o maçarico de plasma no chão com cuidado e tirou um tablet de um dos bolsos largos do traje.

A tempestade ribombou contra a superfície do túnel, a areia jogando-

-se contra o metal em um bilhão de impactos, o vento rugindo ao redor da concha de metal, curva e estriada. Pelo som, era como se algo imenso estivesse tentando entrar. O túnel e o domo de metal haviam sido construídos para proteger a mina contra elementos hostis. Um enorme investimento fora feito ao cavar aquela mina quase trinta anos antes, e a manutenção fora uma dor de cabeça desde então. Mas a atração da trimonita era grande. Seu uso na indústria e seu apelo como joia extremamente rara eram garantia de um bom investimento. Pelo menos, para aqueles que lucravam. Como sempre, eram os trabalhadores, aqueles que desbravavam os elementos e encaravam os perigos, que ganhavam menos.

– Dá para saber quais sistemas estão funcionando? – perguntou Ripley, impaciente.

– Se você me der um minuto... – resmungou Baxter. Ele ajoelhou-se com o tablet equilibrado nas coxas.

Até aqui, tudo bem, pensou Hoop, mas ainda não tinham chegado muito longe. O complexo superior da mina poderia estar lotado daqueles seres. Imaginou os edifícios da superfície e o interior do domo como as entranhas de um ninho imenso, com milhares de aliens enxameando pelo chão, subindo pelas paredes e pendurando-se em vastas estruturas feitas do mesmo material estranho que haviam encontrado na *Samson*. Ele estremeceu, ficando enojado com o pensamento, mas incapaz de se livrar dele.

– Consegui – disse Baxter. Hoop esperou que o homem entrasse em choque ou desse um grito de terror, mas nada disso aconteceu. – Hoop?

Hoop parou ao lado de Baxter e olhou para a tela. No alto havia diversas miniaturas, e na tela principal via-se o interior do domo, de cima e de um dos lados. As luzes ainda estavam acesas. Tudo estava imóvel.

– E as miniaturas? – perguntou Hoop.

– São outras câmeras.

Baxter tocou a tela e as imagens começaram a rolar. Vinham de diferentes ângulos e alturas, todas mostrando o interior do domo. Hoop conhecia os edifícios, cerca de dez, os veículos espalhados ao redor deles, a geografia do planeta alterada e aplainada na extensão relativamente pequena do domo. Nada parecia fora do lugar. Tudo aparentava estar normal.

– Não vejo nenhum dano – comentou Lachance.

– Não estou gostando nada disso – disse Kasyanov. O medo tornara sua voz mais aguda que o normal, soando como se estivesse à beira de um ataque de pânico. – Onde é que eles estão? E os outros mineradores, os que ficaram para trás?

– Mortos nas minas – afirmou Sneddon. – Levados para as profundezas, para onde quer que essas coisas tenham sido encontradas, talvez. Como vespas ou formigas juntando comida.

– Ah, obrigada – respondeu Kasyanov.

– São só possibilidades – comentou Ripley.

Hoop concordou.

– É só o que temos. Baxter, fique no meio do grupo e de olho na tela. Monitore as imagens, fique atento a qualquer movimento que não seja nosso. Grite se vir alguma coisa estranha. – Ele se aproximou da porta e verificou o painel de controle. – Tudo certo aqui. Prontos?

Baxter recuou, e os outros formaram um semicírculo em frente às portas, armas em riste. *Não são armas*, pensou Hoop. *São ferramentas de mineração. O que a gente pensa que está fazendo aqui em baixo?* Mas todos olhavam para ele, que demonstrou calma e determinação. Assentindo uma vez, tocou o painel.

Um chiado, um som de trituração, e as portas se separaram. Uma brisa soprou quando a pressão estabilizou, e por um momento uma nuvem de pó encheu o túnel, obscurecendo a visão deles. Alguém gritou em pânico. Outra pessoa avançou depressa e atravessou a porta, e então Hoop ouviu a voz de Ripley.

– Está tudo bem aqui – disse ela. – Podem vir.

Ele entrou, a pistola de spray ácido pronta nas mãos. Os outros o seguiram, e Kasyanov fechou as portas após todos entrarem. Eram muito ruidosas.

– Sneddon? – chamou Hoop.

– O ar está bom – informou ela, verificando um dispositivo pendurado ao cinto, a tela mostrando uma série de gráficos e números. Levantou o capacete. Os outros a imitaram.

– Baxter? – disse Hoop.

– Eu *aviso* se vir alguma coisa! – rosnou ele.

– Certo, ótimo. Só estou verificando se você está atento. – Hoop indicou uma série de contêineres de aço enfileirados ao longo da parede do domo, ao lado da porta. – Tá legal, vamos tirar esses trajes e guardá-los em um desses armários de equipamentos. A gente pega de novo na saída.

Todos despiram os trajes rapidamente, e Hoop os empilhou dentro de uma das unidades.

– Onde fica a entrada da mina? – perguntou Ripley, e Hoop apontou.

Na verdade, havia duas entradas, ambas abrigadas dentro de prédios retangulares simples. Usariam a mais próxima.

Hoop foi na frente. Carregava a pistola de spray ácido de forma desajeitada, sentindo-se levemente ridículo por empunhá-la como uma arma, embora conhecesse os inimigos. Nunca havia disparado uma arma na vida. Quando era criança, vivendo em uma área remota da Pensilvânia, seu tio Richard o levava para atirar. Tentara enfiar uma arma nas mãos de Hoop – uma antiga Kalashnikov, a réplica de um Colt .45 e até um rifle de pulso pegado emprestado ilegalmente de um vizinho que tirara licença do Sexagésimo Nono Regimento da Marinha Colonial, os Heróis de Homero.

Mas Hoop sempre havia resistido. Aqueles objetos negros e maciços sempre o assustaram, e a noção que tinha quando criança da função deles havia aumentado o medo. *Não quero matar ninguém*, pensava sempre, com o rosto do tio em mente, quando o homem atirava em árvores, pedras ou alvos feitos em casa e pendurados na floresta. Havia algo em sua expressão que fizera com que Hoop nunca confiasse totalmente nele. Algo como sede de sangue.

Seu tio fora morto anos depois, pouco antes da primeira viagem de Hoop ao espaço. Recebera um tiro nas costas durante uma expedição de caça. Ninguém sabia direito o que havia acontecido. Muita gente morria assim.

Mas agora, pela primeira vez na vida, Hoop gostaria de ter pegado uma daquelas armas, ponderado de que formas poderia tê-la usado, lutado contra a repulsa que sentia pelo metal negro e baço.

Uma pistola de spray ácido. *Porra, a quem estou enganando?*

O espaço dentro do domo sempre fora um lugar estranho. Hoop já estivera aqui muitas vezes, e sempre o achara perturbador – era a paisagem natural do planeta, mas o domo criava essa impressão no *interior*, com o clima artificial e inteiramente sob controle. Então, eles pisaram na areia e na poeira que o vento não mais tocava. Respiraram o ar falso que o sol de LV178 não aquecia. O lado de baixo da estrutura formava um céu irreal, iluminado pelos vários holofotes que pendiam das vigas e colunas, formando faixas cinzentas.

Era como se tivessem capturado uma parte do planeta e tentado torná-la sua.

Veja só aonde isso os levara…

Enquanto se aproximavam da primeira entrada, Hoop sinalizou que deveriam se espalhar e se aproximar em fila. A porta estava aberta, parecia apoiada num calço ou emperrada. Se uma daquelas coisas emergisse, era melhor que encarasse uma série de alvos em potencial. Todos armados.

Eles pararam. Ninguém queria ser o primeiro a passar.

– Hoop – sussurrou Ripley. – Tenho uma ideia. – Ela passou a alça do lança-cargas por cima do ombro, virando-o para trás, e partiu rapidamente na direção do prédio. Ao lado da porta entreaberta ela desafivelou o cinto e o tirou.

Hoop entendeu o plano dela. O coração acelerou, os sentidos aguçaram. Ele se agachou, tratando de apontar o cano da arma levemente para a esquerda da porta. Se alguma coisa acontecesse, não queria atingir Ripley com o spray ácido.

Ela fez um laço com a ponta do cinto e se inclinou para a frente, passando-o pela robusta maçaneta. Olhou para os outros, notando que assentiam. Então, ergueu a outra mão com três dedos erguidos, depois dois, um…

E puxou.

A porta se abriu rangendo sobre os pedriscos acumulados. O cinto escorregou da maçaneta e nada emergiu.

Antes que Hoop pudesse falar, Ripley já havia virado o lança-cargas para a frente e entrado.

– Baxter! – chamou Hoop enquanto corria.

– Não há câmeras lá dentro! – exclamou Baxter em resposta.

No interior, não estava tão escuro quanto Hoop tinha esperado. Havia luzes baixas no teto opaco – iluminação artificial emprestada do exterior –, e as lâmpadas do elevador ainda estavam ligadas. A iluminação era boa.

O que ela revelava, não.

Havia um minerador morto no elevador. Hoop não conseguiu distinguir o sexo. Nos setenta dias desde que tinham morrido, bactérias trazidas à mina pelos humanos haviam começado a trabalhar, consumindo o cadáver. O controle atmosférico fizera o resto; a atmosfera úmida e quente fornecera as condições ideais para a multiplicação dos microrganismos. O resultado fizera a carne do cadáver inchar e apodrecer.

O cheiro havia diminuído até restar apenas um toque adocicado de podridão no ar, mas foi suficiente para fazer Hoop desejar que tivessem continuado com os trajes e os capacetes. A boca da vítima infeliz estava aberta como numa gargalhada, ou um grito.

– Nenhum sinal do que os matou – disse Kasyanov.

– Acho que podemos descartar ataque cardíaco – gracejou Lachance.

Hoop foi até os controles do elevador e os acessou. Pareciam funcionar perfeitamente, sem nenhum símbolo de aviso na tela e nenhum sinal de queda de energia. O pequeno gerador nuclear num dos edifícios da superfície continuava ativo, executando bem seu trabalho.

– Está funcionando? – perguntou Ripley.

– Você não espera mesmo que a gente desça nisso aí, espera? – questionou Sneddon.

– Prefere ir pelas escadas? – retrucou Hoop.

Havia duas rotas de fuga de emergência em buracos adjacentes ao poço dos elevadores. Os quase mil e quinhentos metros de profundidade e a ideia de descer sete mil degraus – quinhentos lances – não atraíam ninguém.

– Não podemos pelo menos tirá-lo daí? – sugeriu Ripley.

Ela e Kasyanov se adiantaram e começaram a deslocar o corpo. Hoop teve que ajudar. Estava em pedaços.

Com o elevador livre, todos entraram, tomando o cuidado de evitar o canto onde estivera o cadáver. Hoop achou ainda mais perturbador não conseguir saber quem era. Todos tinham conhecido a vítima, disso tinha certeza. Mas não a conheciam mais.

Aquela situação atingiu o engenheiro-chefe novamente. Gostava de pensar que era bom em lidar com abalos emocionais – ele deixara os filhos para trás, tendo sucesso em fugir para o espaço profundo, e sob certos aspectos havia feito as pazes com a razão pela qual fugira –, mas, desde o desastre, acordara várias vezes suando frio, os sonhos nos quais era sufocado e devorado vivo assombrando os vestígios de sono. Seus sonhos com monstros haviam se tornado mais reais. Achou que talvez estivesse gritando enquanto dormia, mas ninguém jamais lhe dissera nada. Talvez porque quase todos tivessem pesadelos agora.

– Hoop? – sussurrou Ripley. Ela estava de pé ao lado dele, também fitando o painel de controle do elevador.

– Estou bem.

– Tem certeza?

– O que são aquelas coisas, Ripley?

Ela deu de ombros.

– Sei tanto quanto você.

Ele se voltou para os outros. Não havia olhares de censura nem sorrisos zombeteiros devido ao seu lapso momentâneo de concentração. Todos sentiam a mesma coisa.

– Vamos descer até o nível quatro – avisou ele –, pegar a célula de combustível e sair daqui o mais rápido possível.

Alguns assentiram. Expressões severas. Ele inspecionou as armas improvisadas, ciente de que ninguém ali sabia como usá-las direito. Era bem provável que atirassem uns nos outros.

– Vão com calma – disse suavemente, tanto para si quanto para os outros. Então, voltou-se para o painel de controle e fez um diagnóstico rápido do elevador. Tudo parecia bem. – Descendo.

Apertou o botão do nível quatro. A gaiola trepidou um pouco e começou a descer.

Hoop tentou se acalmar e se preparar para o que poderiam achar quando as portas se abrissem novamente, mas seu estômago se embrulhou, a tontura o atingiu e alguém gritou:

– Estamos caindo! *Caindo*!

O elevador começou a guinchar.

A velha casa de campo feita de pedra no norte da França, destino de veraneio de sua família desde sempre. Ela está sozinha agora, mas não solitária. Nunca fica solitária quando sua filha está tão perto.

O silêncio só é interrompido pela brisa suave, roçando as folhas do bosque lá no final do jardim, sussurrando entre as poucas árvores próximas, espalhadas. O sol brilha, fazendo o céu arder num tom mais claro de azul. Está quente, mas não desconfortável – a brisa leva a umidade do rosto de Ripley, escorregadio devido ao filtro solar que ela teve o cuidado de passar. Pássaros entoam canções enigmáticas.

No alto, uma família de gaviões voa num círculo preguiçoso, espiando a paisagem em busca de presas.

Amanda corre em sua direção em meio a um campo recém-cortado, os tocos das plantas arranhando de leve as pernas, as papoulas salpicando o cenário de vermelho, e seu sorriso rivaliza até com o calor e a glória do sol. Ela está rindo, segurando no alto um presente para a mãe. Amanda é uma garotinha muito curiosa. Às vezes, emerge do bosque com lesmas coladas aos braços e aos ombros, sapinhos nas mãos ou um pássaro ferido aninhado junto ao peito.

Enquanto a filha sobe os degraus baixos de madeira entre o jardim e o campo e vem correndo pelo gramado, Ripley imagina o que é que ela trouxe para casa desta vez.

"Mãe, achei um polvo!", grita a menina.

Um instante depois, ela está caída no gramado aos pés de Ripley, estremecendo enquanto a coisa de pernas finas enrola a cauda com mais força em torno do seu lindo pescoço, e Ripley está tentando enfiar os dedos debaixo das muitas pernas da criatura, desprendê-la, afastá-la de Amanda sem arrancar os cabelos de seu anjinho. Vou cortar, *pensa ela, mas tem medo que o ácido comece a corroer o chão e não pare mais.*

Então, do bosque, surge uma série de guinchos agudos. Sombras se abatem. O sol se retira, os pássaros silenciam e os gaviões desapareceram. O jardim é subitamente lançado no crepúsculo, e aquelas sombras que sempre a perturbaram emergem dentre as árvores. Estão procurando sua filha. "É minha!", grita Ripley, ajoelhando-se e protegendo Amanda com o corpo. "O que há dentro dela é meu!"

As sombras se aproximam. Nada mais é bonito.

– Ripley! – gritou Hoop, cutucando-a. – Segure em alguma coisa!

Ela balançou a cabeça. A visão acontecera num instante e depois se fora, deixando apenas uma sensação pungente.

O elevador mergulhava, guinchando contra a estrutura do poço, soltando faíscas visíveis por entre as grades, vibrando violentamente, sacudindo a visão de Ripley e fazendo com que tudo e todos ao redor dela parecessem um borrão. Ouviu o som das armas caindo no chão e largou a sua, cambaleando para trás até se apoiar na parede. Mas não havia nada a que se segurar. E, mesmo que houvesse, não teria feito diferença. O estômago parecia pular e revirar, e ela engoliu o impulso súbito da náusea. Outra pessoa vomitou.

Hoop segurava-se à alça longa da parede ao lado da porta, uma mão segurando ali e a outra operando os controles.

– Que diabo...?! – gritou Baxter.

– Eu consigo! – interrompeu Hoop.

Mas estava claro para Ripley que ele *não* conseguiria. Ela se deslocou até lá, temendo que a qualquer momento ela e os outros seriam erguidos do chão e começariam a flutuar.

Não podemos estar indo tão rápido, pensou. *Já teríamos batido no fundo!* Mil e quinhentos metros, Hoop dissera. Ela pensou nos números, tentando calcular quanto tempo poderiam ficar em queda livre, mas...

– O elevador tem amortecedores! – berrou Hoop. – Em cada nível. Já passamos pelos primeiros quatro, mal sentimos. Chegando ao quinto...

Bam!

Uma forte vibração passou pelo elevador, acertando Ripley no peito.

– Não estamos desacelerando! – gritou ela.

– Daqui a pouco! – exclamou ele. – Os amortecedores foram instalados por cima dos últimos dois níveis, para casos...

– Como este?

Ele a olhou. Ao lado dele, Ripley viu um conjunto de números no painel de controle. Estavam chegando a quase oitocentos metros de profundidade, os números mudando rápido demais para acompanhar.

– Só há um jeito de testá-los – disse ele.

Ripley sentiu um jorro de emoção. Estavam desamparados, e ela odiava essa sensação. No espaço, havia muitas variáveis que apresentavam inúmeros níveis de perigo, mas normalmente eram combatidas por meios mecânicos, elétricos ou psicológicos.

Mesmo com aquela coisa a espreitá-los na *Nostromo*, eles haviam adotado uma estratégia mais ofensiva, caçando-a, procurando aprisioná-la na câmara de pressurização. E depois que Dallas se fora e Ash revelara o que realmente era... mesmo assim, tinham agido em prol do próprio bem.

Aqui, agora, ela só podia ficar parada esperando a morte.

Passaram voando pelos níveis seis e sete, e a cada vez o impacto dos amortecedores parecia mais forte. Será que a descida estava mesmo desacelerando? Ripley não tinha certeza. Fagulhas voavam ao redor do elevador, o metal gemia e guinchava, e, na velocidade que caíam, Ripley achou que não saberiam quando chegassem ao nível nove.

Contemplou aquele momento final, o instante em que o elevador se chocaria no fundo e eles seriam esmagados no chão sólido, juntos... e imaginou se sentiria alguma coisa.

O breve pesadelo desperto pareceu, de alguma forma, piorar.

– Estamos desacelerando! – anunciou Hoop.

Passaram com uma pancada pelo amortecedor no nível oito, e depois um som alto de trituração chegou aos ouvidos deles.

Ripley e os outros foram lançados ao chão. Um ruído rítmico começou, explosões ressoando por todos os lados, vibrando pela estrutura do elevador. Rebites, parafusos e raspas de metal choveram ao redor, e Ripley acreditou que o elevador se partiria ao meio a qualquer instante. O ruído ficou quase insuportável, pulsando em seus ouvidos e em seu peito, e as vibrações ameaçavam desmontá-la osso por osso. Deitada no chão, tentou olhar para Hoop. Ele estava sentado, apoiado em um canto, a cabeça virada para o outro lado, tentando ver o painel de controle.

Ele olhou para ela.

– Os amortecedores estão funcionando! – berrou.

Então, atingiram o fundo. Ripley perdeu o fôlego ao bater contra o chão. Algo pesado caiu em cima de sua perna. Ela gritou, mas outra pessoa grunhiu e começou a gemer.

O mecanismo do elevador fumegava, enchendo o ar com uma névoa acre. Luzes tremulavam, apagando e voltando a se acender, zumbindo e passando a um fulgor regular. O súbito silêncio era mais chocante do que o ruído e a violência.

Ripley tentou se levantar, ficando de quatro e respirando fundo e esperando que a dor incandescente das costelas rachadas ou dos membros quebrados se anunciasse. Mas, fora a coleção de arranhões, o nariz sangrando e a sensação de que era impossível terem sobrevivido, ela parecia estar bem.

– Ainda estamos caindo? – perguntou Sneddon. – Meu estômago diz que sim.

– Bela aterrissagem – disse Lachance para Hoop. – Você ainda vai ser piloto um dia.

Hoop retribuiu o sorriso.

– Acho que... – começou Baxter. Ele ficou de pé e uivou de dor, escorregando de lado e voltando a cair. Kasyanov o amparou. – Meu tornozelo – disse ele. – Tornozelo!

A médica começou a examiná-lo.

– Mais alguém se machucou? – perguntou Hoop.

– Só meu orgulho – respondeu Lachance. Sua roupa estava respingada de vômito, que ele esfregou com a luva.

– Melhor piloto da galáxia, sei! – disse Ripley, feliz por ver o francês sorrir.

– Estamos bem? – perguntou Sneddon. – Não estamos pendurados, esperando o resto da queda, estamos? Sabe como é, do jeito que anda a nossa sorte...

– Não, chegamos ao fundo – respondeu Hoop. – Olhem.

Ele indicou as portas do elevador, depois tirou uma lanterna pequena e estreita do cinto de ferramentas. Ela os surpreendeu com um facho intenso de luz. Hoop apontou para as barras deformadas da porta do elevador, revelando o metal liso de portas mais sólidas.

– Nível nove? – perguntou Ripley.

Ele assentiu.

– E o elevador está destruído – disse Baxter. – Porra, que maravilha. – Encolheu-se enquanto Kasyanov examinava o pé e a perna dele, depois gemeu quando ela o encarou.

– Você quebrou o tornozelo – declarou ela.

– Não brinca – respondeu Baxter.

– Dá para fazer uma tala? – perguntou Hoop. – Ele tem que conseguir andar.

– Eu *consigo* andar! – exclamou Baxter com leve histeria.

– Podemos ajudar – ofereceu Ripley, lançando um olhar de aviso a Hoop. – Temos bastante gente. Nada de pânico.

– Quem está em pânico? – retrucou Baxter, parecendo desesperado, os olhos arregalados de dor e terror.

– Não vamos abandonar você aqui – garantiu Ripley, e ele pareceu encontrar conforto em suas palavras.

– Mais alguém? – perguntou Hoop.

Sneddon sinalizou que estava bem, Lachance ergueu a mão em um aceno casual.

– Ripley?

– Estou ótima, Hoop – disse ela, tentando não parecer impaciente. Estavam cansados, maltratados e feridos, mas não podiam se dar ao luxo de parar. – E agora?

– Agora temos duas escolhas – respondeu Hoop, olhando de relance para Baxter. – Primeira, começar a subir.

– Quantos degraus? – perguntou Kasyanov.

– Estamos no fundo, no nível nove. Sete mil degraus até...

– Porra, *sete mil*? – vociferou Sneddon.

Baxter continuou em silêncio, mas olhou para o chão. Todo o seu peso estava apoiado no pé saudável.

– Segunda – continuou Hoop –, vamos andando até o outro elevador.

Silêncio. Todos olharam ao redor, esperando que alguém o contestasse.

– E o que quer que eles tenham encontrado veio daqui, onde estavam trabalhando na nova jazida – lembrou Baxter. – No nível nove.

– Não temos escolha – afirmou Kasyanov. – A que distância fica o outro elevador?

– Em linha reta, pouco mais de quatrocentos metros – respondeu Hoop. – Mas nenhum dos túneis é reto.

– E não temos ideia do que aconteceu aqui embaixo? – perguntou Ripley.

Ninguém respondeu. Todos olharam para Hoop. Ele deu de ombros.

– Só disseram que encontraram uma coisa terrível. E já sabemos o que foi.

– Não, não sabemos! – disse Kasyanov. – Pode haver centenas deles!

– Acho que não – disse Sneddon, que fitava a pistola de spray ácido que voltara a pegar do chão. – Eles chocam dentro das pessoas, certo? Nós vimos isso acontecer. Então, pelas minhas contas…

– Dezoito – completou Ripley. – Talvez menos.

– Dezoito daquelas coisas? – disse Kasyanov. – Ah, bom, agora *sim*!

– Estamos melhor preparados – declarou Ripley. – E, além disso, qual é a alternativa? De verdade?

– Não há nenhuma – falou Hoop. – Vamos até o outro elevador, subimos até o nível quatro para pegar a célula de combustível e depois voltamos à superfície.

– Mas e se… – começou Kasyanov, mas Hoop a interrompeu.

– O que quer que aconteça no caminho, vamos dar um jeito. Vamos continuar otimistas. Vamos manter a calma, a cabeça fria e os olhos abertos.

– E rezar para que as luzes continuem funcionando – acrescentou Lachance.

Enquanto recolhiam as armas e Kasyanov fazia o melhor que podia para enfaixar o tornozelo de Baxter com os itens do kit de primeiros socorros, Ripley refletiu sobre o que Lachance havia dito. Aqui embaixo, no escuro. Tateando o caminho com a ajuda de lanternas fracas, bilhões de toneladas de planeta acima deles.

Não, era insuportável pensar nisso.

Quando piscou, viu Amanda usando um vestido floral debatendo-se na grama verde e fresca com um daqueles monstros grudado no rosto.

– Vou ver você de novo – sussurrou ela.

Hoop ouviu, olhou-a de soslaio, mas não disse nada. Talvez todos estivessem encontrando um jeito de rezar.

11
MINA

Enquanto saía dos restos do elevador – imaginando se eram incrivelmente sortudos por terem sobrevivido ou incrivelmente azarados porque aquilo acontecera –, Ripley percebeu, de supetão, que aquele era o único planeta (tirando a Terra) no qual ela já pusera os pés. A viagem a bordo da *Nostromo* fora sua primeira, logo depois que recebera a permissão para voos espaciais, e, mesmo após o desembarque em LV426, ela nunca chegara a sair da nave.

Sempre tinha presumido que esse momento teria sido de introspecção. Um instante de espanto, de intensa alegria. Uma profunda imersão em si mesma e em seu lugar no universo. Às vezes, depois de ter viajado por tanto tempo, ela temera não ter nenhuma história verdadeira para contar.

Mas, agora, tudo o que sentia era terror. A rocha sob seus pés parecia apenas rocha, o ar que respirava era áspero e poeirento, azedo e desagradável. Não tivera nenhuma epifania. As criaturas haviam arruinado tudo para ela – qualquer chance de alegria, qualquer sinal de deslumbramento inocente –, e rapidamente o medo fora substituído pela raiva.

O elevador dava para um espaço aberto com colunas de metal a intervalos frequentes. De um lado, havia uma fileira de armários, com quase todas as portas abertas. Havia também caixas de armazenamento empilhadas e encostadas em uma parede, marcadas com símbolos que ela não entendia. A maioria estava vazia, as tampas ao lado. Caixas de trimonita esperando serem preenchidas, talvez. Ripley as achou tristes, pois nunca seriam usadas.

A iluminação era fornecida por uma cadeia de lâmpadas nuas, todas ainda acesas. Os fios estavam bem presos ao teto de pedra áspera.

A princípio, olhando ao redor, Ripley prendeu a respiração, pois pensou que as paredes estivessem revestidas por aquele estranho composto orgânico expelido pelas criaturas que encontraram na nave. Mas, quando se aproximou, viu que era a rocha que havia derretido e se solidificado, formando uma barreira contínua à rocha solta que poderia haver atrás. Ainda havia calços e escoras forrando as paredes e o teto, mas a maior parte da sustentação jazia na rocha alterada. Eles tinham usado os maçaricos de plasma maiores para isso, ela supôs. O calor deve ter sido inacreditável.

– Todos estão bem? – perguntou Hoop, rompendo o silêncio. Ele estava de pé próximo a um conjunto de cortinas de plástico que levava a um túnel.

Ninguém se pronunciou. Hoop interpretou isso como uma confirmação de que, sim, estavam todos bem, e empurrou as cortinas para o lado.

Ripley o acompanhou depressa. De todos eles, Hoop parecia o mais seguro. O mais forte. Ela nem sabia por que acreditava nisso, mas seguiu seus instintos e decidiu ficar perto do engenheiro. Se entrassem em uma briga, preferia lutar ao lado dele.

O corredor após a área do elevador era mais estreito e funcional. As luzes continuavam ao longo do teto. As paredes eram lisas e exibiam padrões estranhamente fluidos, quase orgânicos, onde tinham sofrido a ação dos maçaricos. Valas rasas haviam sido abertas na base de cada parede, e a água empoçada ali era tão escura que chegava a ser negra. Estava parada, estagnada, parecendo tinta. Ripley se perguntou o que continha.

Hoop acenou para que avançassem.

Baxter, com um braço nos ombros de Kasyanov, seguia mancando. Ele resmungava e arfava, e, embora não conseguisse evitar a dor, Ripley desejou que ele não fizesse tanto barulho. Cada som que fazia era amplificado, ecoando ao longo dos túneis de pedra muito mais alto que os passos cuidadosos do grupo.

Eles vão descobrir que estamos aqui, pensou ela. *Provavelmente já sabem. Se alguma coisa tiver que acontecer, vai acontecer, e tomar cuidado não vai mudar isso.*

Chegaram a um cruzamento. Hoop parou por um momento e, em seguida, decidiu-se pelo caminho à esquerda. Andava com rapidez e cautela, segurando a lanterna em uma das mãos e a pistola de spray na outra. A luz adicional ajudava a iluminar os contornos e os pontos no chão onde poderiam tropeçar.

Não tinham avançado muito no túnel quando encontraram o primeiro sinal da presença dos aliens.

– Que diabo é isso? – perguntou Baxter. Parecia cansado e à beira do pânico. Talvez imaginasse que os outros seriam forçados a deixá-lo para trás, afinal.

– Alguma coisa da mina? – sugeriu Lachance. – Um depósito mineral deixado pela água?

Mas Ripley já sabia que não era o caso.

Começou gradualmente – uma mancha na parede, a mesma substância espalhada pelo chão –, mas a dez metros dali o material alienígena cobria todas as superfícies do túnel em camadas espessas, formando arcos naturais sob o teto e espraiado pelo chão em padrões complexos, espiralados.

Uma névoa suave tomava o ar. Ou talvez fosse vapor. Ripley tirou uma luva e balançou a mão diante de si, sentindo a umidade, mas era difícil discernir se a névoa era quente ou fria. Outra contradição, talvez. As estruturas eram estranhas, impressionantes e vagamente belas, como a beleza que há em uma teia de aranha. Mas as coisas que as tinham criado eram o oposto disso.

– Não – afirmou Sneddon. – São eles. Nós vimos algo assim na *Samson*.

– Sim, mas... – começou Lachance.

– Foi numa escala muito menor – disse Ripley. – Não era assim.

A respiração dela agora era rápida e superficial, pois conseguia sentir as criaturas ali, um fedor levemente cítrico que se agarrava ao fundo da garganta e dançava na língua.

– Não estou gostando nada disso – sussurrou Baxter.

– Também não – concordou Lachance. – Quero a minha mãe. Quero ir para casa.

O túnel ficava mais estreito a cada passo, onde a substância se projetava das paredes, se alastrava pelo chão e escorria do teto. Aqui e ali, formavam-se estalactites e estalagmites, algumas finas e delicadas, outras mais grossas e sólidas. Havia indícios de luz no cerne da estrutura alienígena, mas só às vezes. As luzes do teto ainda funcionavam, mas a maioria estava encoberta.

Hoop se aproximou um pouco mais e apontou a lanterna para o interior do túnel.

Ripley queria puxá-lo de volta. Mas não pôde deixar de olhar.

A luz não ia muito longe. A umidade no ar revelou-se mais plenamente ao ser iluminada pela lanterna, faixas claras e escuras deslocando-se e ondulando à brisa suave. Se a brisa era causada pela presença do grupo, sua respiração ou outra coisa, Ripley não queria descobrir.

– Não vou entrar aí – disse Sneddon.

– Nem eu – concordou Kasyanov. – Estou com você.

– Não sei se conseguiríamos passar, de qualquer forma – disse Hoop. – E, mesmo se conseguíssemos, isso nos atrasaria.

– Parece um ninho – comentou Ripley. – Um ninho de vespas gigantes.

– Há outro caminho até o poço do elevador? – perguntou Baxter.

– Esta é a rota direta – respondeu Hoop. – A espinha dorsal deste nível. Mas todas as seções da mina têm saídas de emergência em vários pontos. Então vamos voltar, pegar a bifurcação e ir até o próximo elevador, assim que encontrarmos uma saída.

Ripley sabia o que todos estavam pensando, mas não disse nada. *E se todos os túneis estiverem assim?* Mas encontrou o olhar de Baxter, e a verdade se revelou entre os dois: ele nunca conseguiria subir tantos degraus. Talvez nenhum deles conseguisse.

Não rápido o bastante.

Eles voltaram, tomaram o outro caminho e, em seguida, desceram uma série de grandes degraus esculpidos no chão. Ali, a água fluía mais livremente ao longo das valas, tilintando em vários pontos ao penetrar nas profundezas ocultas. Corria junto às paredes, produzindo um ruído de fundo que no início pareceu acolhedor, mas logo se tornou inquietante. Disfarçada pelo som da água corrente, qualquer coisa poderia se aproximar deles.

– Acho que esta é a obra mais recente da mina – disse Hoop. – Eles passaram duzentos dias trabalhando neste veio, talvez mais.

– Então foi aqui que encontraram os aliens – completou Sneddon. – Em algum lugar neste nível.

– Talvez – respondeu ele. – Não sabemos os detalhes. Mas não temos muita escolha.

Ele continuou em frente, e os outros o seguiram.

Havia vários corredores laterais, menores e com o teto mais baixo, e, enquanto Hoop os conduzia, Ripley imaginou que também eram poços de mineração. Não tinha ideia de como funcionava uma mina, mas tinham-lhe dito que as quantidades de trimonita encontradas ali eram pequenas se comparadas com a maioria das minas. Aquilo não era mineração em escala industrial, mas uma prospecção das quantidades ocultas de um material quase inestimável. Escavando um milhão de toneladas de rocha para encontrar meia tonelada de produto.

Ela esperava que Hoop reconhecesse uma saída de emergência quando a visse.

Atrás dela, alguém espirrou, proferindo um "Ih!" baixinho em seguida. Amanda costumava espirrar assim – um som suave, seguido de uma expressão quase surpresa.

***

Amanda tem 11 anos. Ripley sabe disso porque a filha usa um distintivo enorme na camisa jeans, todo roxo e rosa, corações e flores. Comprei isso para ela, *pensa, e embora se lembre de acessar o site, encomendar o cartão, o distintivo e os presentes que ela sabia que Amanda queria no aniversário – lembra-se do sorrisinho de satisfação quando confirmou o pedido, sabendo que tudo o que a filha queria estava a caminho –, tem a sensação de não pertencimento, como se isso nunca tivesse acontecido.*

A família e os amigos estão lá. Assim como Alex, ex-marido de Ripley que as deixou quando Amanda tinha 3 anos e nunca, nunca mais voltou. Nenhum telefonema, nenhum contato, nenhum sinal de que ainda estava vivo;

Ripley só soube que estava por meio do amigo de um amigo. Inexplicavelmente, até Alex está lá, sorrindo para Ripley, do outro lado de uma mesa lotada de guloseimas e bolo, com um sorriso que diz "não é uma pena nós nunca termos feito isso?".

E Ripley, também inexplicavelmente, sorri para ele. Há outros rostos, outros nomes, mas estão confusos na sua memória, ambíguos no cenário onírico. As pessoas cantam e riem, e Amanda sorri para a mãe aquele sorriso de amor e adoração, sincero e profundo, que deixa Ripley muito feliz por estar viva.

O peito da aniversariante explode. O distintivo de "Tenho 11 anos" salta da camisa e sai voando, cai na mesa e atinge um copo de suco de laranja, derrubando-o. A camisa jeans muda de clara para escura. O sangue espirra, manchando tudo, e, quando atinge o rosto de Ripley e embaça sua visão, ela esfrega a pele, limpando-o, fitando a filha trêmula – não é mais bonita, não é mais imaculada – e a coisa que sai de seu peito, mostrando as garras.

O monstro é extremamente grande. Maior do que o corpo inocente do qual brotara, maior do que as pessoas sentadas à mesa, congeladas, à espera de serem as próximas vítimas da besta.

Ripley começa a gritar.

Tinha sido um instante, só isso, deixando um sentimento de medo em seu encalço, que também se desvaneceu. Mas não por completo.

A pessoa que havia espirrado ainda estava inspirando após o espirro, e Hoop olhou para trás, nem sequer preocupado o bastante para mandá-los ficarem quietos. Ripley o encarou, e ele hesitou, franzindo a testa, captando alguma coisa no olhar dela. Mas Ripley ofereceu-lhe um sorriso tenso e ele continuou seu caminho.

Dez minutos, talvez mais. Foram em frente, Hoop tomando a dianteira com a pistola de spray que poderia ou não funcionar contra os aliens, os outros o seguindo de perto. Os túneis aqui eram menos bem-acabados, e Ripley imaginou que fosse por serem os túneis de mineração secundários do nível nove, não a passagem principal. Mas estava preocupada. Se houvera evidências de aliens no corredor principal, não havia uma boa chance de que eles tivessem ocupado todos os lugares?

Até mesmo os andares superiores?

Quanto mais se aprofundavam no túnel, mais sinais de mineração surgiam. O túnel se alargava em alguns pontos, tetos baixos sustentados por suportes de metal ou derretidos e endurecidos. As paredes mostravam evidências de escavação mecanizada, e, espalhados ao longo do túnel, havia pesados vagonetes com rodas, que deviam ter sido usados no descarte do material escavado. Passaram por uma máquina esférica que tinha vários braços salientes com lâminas e conchas na ponta.

Ripley se perguntou por que eles não utilizavam mais androides ali embaixo; percebeu que não chegara a questionar isso. Talvez alguns dos mineradores que tinham morrido nas dropships fossem androides.

Desses sobreviventes, apenas Sneddon provara a Ripley que era humana. E só porque fora desafiada.

Não importava. Seus problemas com Ash – e tudo o que ele havia se tornado, depois que a inteligência artificial se infiltrara no computador da nave – não deviam afetar sua confiança nessas pessoas. Todas estavam lutando para sobreviver. Até Sneddon, com seu óbvio fascínio pelas criaturas, só queria fugir.

Estou paranoica?, pensou Ripley. Mas, ao mesmo tempo, não tinha certeza de que paranoia fosse algo ruim naquele momento.

Hoop tinha avançado uns dez metros. De repente, parou.

– Aqui… – disse ele.

– Aqui? – perguntou Ripley.

– É o túnel de emergência? – questionou Lachance logo atrás dela.

Ela esquadrinhou o túnel à sua frente, por cima do ombro de Hoop e além, mas, embora a iluminação fosse adequada, via apenas sombras. Talvez uma delas estivesse escondendo a entrada para um túnel lateral, uma porta ou uma abertura. Mas ela achava que não. Só o que podia ver era… algo estranho.

– Não… – sussurrou Hoop. – Aqui. Foi isso que eles encontraram. Foi aqui que tudo mudou. – Ele parecia distante. Impressionado, temeroso, quase enfeitiçado. E, por um momento dolorido, poderoso, tudo o que Ripley quis fazer foi virar e correr.

Voltar pelo caminho que tinham seguido, tão rápido quanto pudesse.

Voltar para a escadaria, depois subir, depois entrar na *Marion*, onde poderia se esconder na *Narcissus* e viver os últimos dias da sua vida aconchegada na câmara de estase com Jonesy e as lembranças de uma época melhor.

Mas sua memória parecia estar lhe pregando peças. Ela estava começando a duvidar de que já tivesse vivido dias melhores.

Foi em frente até ficar ao lado de Hoop, e os outros a seguiram.

– Por ali… – disse ele. – Olhe. Não está sentindo? O espaço, o… potencial.

Ripley sentia. Enxergava o que ele estava apontando – uma área mais larga do túnel logo adiante e uma fenda estreita na base da parede à esquerda –, e, embora houvesse apenas o fraco brilho de uma luz dentro da fenda, a sensação de um espaço além, amplo e expansivo, foi vertiginosa.

– O que é? – perguntou Sneddon.

– É o que eles encontraram – respondeu Hoop. – Um ninho. Talvez aquelas coisas estivessem dormindo.

– Talvez ainda estejam lá embaixo – sugeriu Kasyanov. – Temos que ir, deveríamos…

– Se estivessem lá, já teriam nos ouvido – afirmou Lachance.

– Então, onde estão? – perguntou Baxter.

Ninguém respondeu. Nenhum deles tinha uma resposta.

Hoop começou a avançar em direção à parede e o que quer que existisse além dela.

– Hoop! – chamou Ripley. – Não seja burro!

Mas ele já estava lá, ajoelhado, olhando para dentro da rachadura.

Agora, ela via os cabos seguindo para lá, a prova de que os mineradores também tinham ido por ali. Hoop deslizou pela abertura, a lanterna em uma das mãos e a pistola de spray na outra.

– Ah, meu Deus – disse ele. – É *enorme*!

Então, desapareceu totalmente. Não havia sinal de que ele tivesse caído ou sido puxado para dentro, mas Ripley tomou cuidado ao se aproximar do buraco mesmo assim, agachando-se e apontando o lança-cargas. Ela viu a luz se mover lá dentro, e então o rosto de Hoop reapareceu.

– Venham – disse ele. – Vocês têm que ver isso.

– Não, não temos! – retrucou Kasyanov. – Não temos que ver nada!

Mas a expressão do engenheiro persuadiu Ripley. Foi-se o medo ao qual ela se acostumara tão rapidamente. Havia algo nele agora, uma admiração repentina, anteriormente oculta, que o fazia parecer outro homem. Talvez o homem que sempre estivera destinado a ser. Então ela se deitou de costas e deslizou pela rachadura, tateando em busca de apoio e aceitando a ajuda de Hoop para descer. Pousou suavemente e adiantou-se para permitir que os outros também viessem.

Ela perdeu o ar na mesma hora. O cérebro se esforçou para acompanhar o que seus sentidos transmitiam – as dimensões, o propósito, o tamanho impossível e a realidade surpreendente do que ela estava vendo.

A vasta caverna se estendia além e abaixo da parte mais funda da mina. Os mineradores tinham feito o melhor possível para iluminar a área, passando cabos e lâmpadas ao longo das paredes e os apoiando em longos mastros nos espaços abertos. O teto era alto demais para alcançar, chegando a ser invisível em certos pontos, como um céu escuro e vazio.

E os mineradores também haviam escalado e ultrapassado a estrutura que ocupava boa parte do chão da caverna.

Ripley achou difícil avaliar quão grande era o local. Não havia nenhum ponto de referência. A coisa lá dentro era tão desconhecida, tão misteriosa que poderia ser do tamanho da *Narcissus* ou da *Marion*. Em um palpite vago, diria que a caverna tinha uns cento e oitenta metros de comprimento, mas poderia ser menos, e talvez fosse muito, muito mais. Pensou no objeto a sua frente como uma espécie de face esculpida, talhada na base rochosa há muito, muito tempo.

Tinha a impressão de que as feições já haviam sido muito nítidas e definidas, cada traço claro e evidente. Contudo, ao longo do tempo, a estrutura fora desgastada. O tempo a tinha corroído, e era como se Ripley olhasse através de olhos imperfeitos para algo cujas bordas tinham sido suavizadas ao longo dos milênios.

Ela ouviu os outros logo atrás, percebeu que estavam reunidos à volta dela e de Hoop. Eles arfaram.

– Ah, não – disse Kasyanov, e Ripley foi surpreendida pela infelicidade na voz da mulher. Certamente todos deveriam estar sentindo admiração. Isso era espantoso, incrível, e ela não conseguia olhar para a estrutura sem um sentimento de profundo assombro.

Então, Lachance mudou tudo.

– É uma nave.

– O quê?

Ripley ofegou. Ainda não tinha considerado essa possibilidade. Enterrado a mais de um quilômetro abaixo da superfície, certamente isso não poderia ser nada além de um edifício, um templo ou alguma outra estrutura de propósito mais obscuro.

– Aqui embaixo? – perguntou Hoop.

Houve silêncio outra vez enquanto todos observavam o achado com novos olhos. E Ripley soube que Lachance estava certo. Tinha certeza de que o objeto não estava inteiramente visível – obviamente ele se projetava além das bordas da caverna em certos pontos –, mas havia traços que começavam a fazer sentido, formas e linhas que só poderiam estar em um transporte construído para voar. Toda a metade esquerda da superfície exposta poderia ter sido uma asa, curvando-se para baixo em uma parábola graciosa, projeções aqui e ali que pareciam voltar-se para trás de forma aerodinâmica. Havia áreas abertas que poderiam ter sido pórticos de entrada ou dutos de exaustão, e, onde a superfície mais alta do objeto se erguia a partir da asa, Ripley podia ver uma série de cavidades que pareciam o resultado de pancadas no casco curvo.

– Nunca vi nada parecido antes – sussurrou Lachance, como se tivesse medo de sua voz ecoar. – Mas, quanto mais eu olho, mais certeza eu tenho.

Nenhuma piada. Nenhum gracejo casual. Ele estava tão assombrado quanto os outros.

– Os mineradores chegaram perto – disse Hoop. – Penduraram aquelas luzes lá em cima e ao redor dessa coisa.

– Mas não vamos cometer o mesmo erro, certo? – propôs Baxter. – Eles chegaram perto demais, e olha o que aconteceu com eles!

– Incrível – murmurou Sneddon. – Eu deveria…

Ela tirou uma minicâmera do bolso e começou a filmar.

– Mas como é que isso veio parar aqui embaixo? – inquiriu Kasyanov.

– Você já viu como é este planeta – respondeu Hoop. – As tempestades, o vento, a areia. Isso parece antigo. Talvez esteja enterrado há muito tempo. Há eras… dez mil anos. Afundou na areia, e as tempestades cobriram tudo. Ou talvez houvesse um jeito de chegar aqui embaixo, muito tempo atrás. Talvez este seja o fundo de um vale que fora preenchido por areia. O que quer que seja… está aqui.

– Vamos embora – disse Baxter. – Vamos dar o fora…

– Não há sinal dos aliens – argumentou Hoop.

– Ainda não! Mas deve ter sido daqui que eles vieram.

– Baxter… – começou Kasyanov, mas sua voz sumiu.

Ela não conseguia tirar os olhos do imenso objeto. Fosse o que fosse, devia ser a coisa mais incrível que qualquer um deles já tinha visto.

– Ripley, isso aqui parece com o que o seu pessoal encontrou? – perguntou Hoop.

– Acho que não – respondeu. – Eu não estava com a equipe que desceu ao planeta, só vi as imagens que as câmeras dos trajes transmitiram. Mas não, acho que não. Aquela nave era grande, mas isso… – Ela balançou a cabeça. – Isso é *enorme*! Numa escala muito diferente.

– A descoberta do século – declarou Sneddon. – Sério. Este planeta vai se tornar famoso. *Nós* vamos ficar famosos.

– Você só pode estar de brincadeira! – respondeu Baxter. – Nós vamos estar *mortos*!

– Ali – disse Lachance, apontando para o outro lado da caverna. – Olhem onde ela se ergue formando o que pode ser a… fuselagem, ou a estrutura principal da nave. Em direção à traseira. Estão vendo?

– Estou – respondeu Ripley. – Danos. Talvez devido a uma explosão.

A área que Lachance havia apontado era mais irregular do que o restante, as linhas suaves e fluidas transformando-se em uma ruína esfarrapada, rasgada ao longo do casco, e um oco cheio de escuridão. Até mesmo essa área áspera e destruída fora suavizada pelo tempo. A poeira havia assentado, a areia cobrira o material rompido e tudo parecia turvo.

– Sério, eu acho que deveríamos voltar – insistiu Baxter. – Dar o fora daqui e, quando chegarmos em casa, relatar tudo. Eles vão enviar uma expedição. A Marinha Colonial é que precisa vir aqui. Um pessoal com armas grandes.

– Concordo – disse Kasyanov. – Vamos embora. Isso não é para nós. Não deveríamos estar aqui.

Ripley assentiu, mas ainda não conseguira tirar os olhos do achado, lembrando os horrores de seus pesadelos despertos.

– Eles têm razão. – Lembrou-se das vozes da tripulação da *Nostromo* quando encontraram aquela estranha nave alienígena, a admiração indisfarçável que rapidamente se transformara em pavor. – Temos que ir.

Foi quando ouviram um barulho atrás deles. No fundo, passando pela seção desabada da parede da caverna, de onde tinham vindo. Nos túneis. Um silvo longo e baixo. Em seguida, um guincho, como unhas afiadas raspando na pedra. Uma coisa com muitas patas correndo.

– Ah, não... – Kasyanov se virou e apontou o maçarico de plasma para o buraco por onde haviam entrado.

– Não, espere! – exclamou Hoop, mas era tarde demais. Kasyanov apertou o gatilho e um novo sol explodiu ao redor deles.

Ripley foi arrastada para trás por uma mão segurando a gola de sua camiseta. Os outros também recuaram, e a descarga de plasma subiu pela rachadura, pedras ricocheteando, o calor fulgurando no ar em ondas fluidas. Ripley apertou os olhos para enxergar na luz escaldante, sentindo o calor em torno do rosto, ressecando a pele exposta, fazendo os cabelos murcharem.

Ela tropeçou e caiu em cima de Hoop, que já estava no chão. Rolou para o lado e parou de barriga para baixo próxima a ele. Os dois se encararam. Ela viu um breve desespero lá – os olhos arregalados, os lábios comprimidos –, e então, subitamente, ele reafirmou sua determinação.

Ripley ficou atrás dele enquanto Kasyanov recuava diante do que havia feito. O maçarico de plasma emanava calor, o sistema de refrigeração embutido espirrando uma bruma ao redor do cano. À frente deles, as rochas brilhavam, vermelhas, pingando, derretidas, mas já estavam se resfriando em novos formatos. A neblina quente fazia com que a parede da caverna ainda parecesse amolecida, mas Ripley ouviu as rochas estalando e rachando enquanto se solidificavam mais uma vez.

A fenda pela qual haviam entrado se fora, as camadas de rocha derretida por cima dela formaram uma nova parede.

– Nós podemos disparar de novo, abrir uma passagem! – disse Baxter. – Kasyanov e eu podemos usar os dois maçaricos para...

– Não – interrompeu Sneddon. – Você não ouviu o que estava vindo dali?

– Ela fritou o bicho! – protestou Baxter.

– Esperem – disse Ripley, erguendo a mão e se aproximando.

O calor que irradiava da pedra era tremendo, quase lhe tirava o fôlego. Embora pudesse ouvir os sons da refrigeração em processo, e a discussão em voz baixa às suas costas, também ouvia outra coisa. A abertura que levava à mina quase não existia mais – restavam só algumas rachaduras –, e, se ela não soubesse que estava lá, não teria sido capaz de encontrá-la. Mas o som chegava sem impedimentos.

– Ainda estou ouvindo – sussurrou ela. – Lá em cima.

O som era terrível: guinchos baixos, o estalo dos membros rígidos batendo na pedra, um sibilo suave que ela não achava que tivesse alguma coisa a ver com o calor. Virou-se e olhou para os companheiros, de pé ao seu redor com as ferramentas de mineração, suas armas, em riste.

– Acho que há mais de um.

– Deve ter outro jeito de voltar para a mina – disse Hoop.

– *Por que* teria? – questionou Kasyanov.

– Porque, se não tiver, estamos fodidos!

– Se não tiver, podemos fazer um – propôs Lachance. – Só que não aqui.

Ele se virou e olhou para os confins da caverna, os olhos constantemente voltando à enorme estrutura enterrada.

Nave, pensou Ripley, lembrando-se do impossível. *Estamos a poucos passos de uma nave alienígena!* Não havia mais a menor dúvida do que aquilo era. A avaliação de Lachance fazia sentido, assim como a ideia de que os aliens tinham vindo dali. Ela já vira tudo isso antes.

– Tem que haver outra entrada – insistiu Hoop, com um toque de esperança na voz. – As luzes ainda estão acesas. O maçarico de plasma fritou aqueles cabos, então deve haver mais vindo de outro lugar.

– Vamos procurar nas extremidades da caverna – sugeriu Sneddon, apontando. – Por ali. Acho que é na direção do segundo elevador, não é?

Ela olhou ao redor, buscando apoio.

– Talvez – disse Lachance. – Mas os túneis da mina fazem várias curvas, não dá para ter certeza…

– Vamos logo – decidiu Hoop. Ele começou a andar, e Ripley e os outros o seguiram.

À sua direita, o misterioso objeto enterrado. À esquerda, as bordas irregulares da caverna. Apontar as lanternas para as paredes pouco adiantava para banir as sombras. Elas só se encolhiam mais. E não demorou muito para Ripley começar a sentir que o perigo os espreitava daquela direção.

Ela prendeu a respiração enquanto caminhava, tentando não fazer barulho ao pisar para que pudesse ouvir todos os sons provenientes das áreas de sombras. Mas havia seis deles, e, apesar de todos tentarem se mexer o mais silenciosamente possível, as botas faziam barulho. Arranhões na rocha, o resmungo de pedrinhas chutadas para o lado, o farfalhar das roupas, o encontro ocasional do metal com a pedra.

Hoop parou tão de repente que Ripley trombou com ele.

– Estamos sendo vigiados – declarou ele.

A escolha da palavra "vigiados" lhe causou um calafrio. Ela não sabia se aquelas criaturas eram capazes de ficar de tocaia.

– Onde? – sussurrou.

Hoop se virou e fez um gesto com a cabeça indicando as rachaduras, fissuras e pedras caídas que compunham a extremidade da caverna.

– É – concordou Sneddon. – Tenho essa sensação também. Devíamos...

Eles ouviram um silvo baixo, como ar comprimido saindo de uma lata.

– Ah, merda! – resmungou Kasyanov. – Ah, merda, agora estamos...

Baxter cambaleou para trás, o tornozelo ferido cedeu, e uma luz incandescente irrompeu da arma, chamuscando o ar e abrindo-se rumo ao teto baixo na borda da caverna. Ele devia estar com o dedo no gatilho do maçarico de plasma. Alguém gritou. Ripley se jogou contra Kasyanov pouco antes que uma chuva de rocha derretida desabasse sobre elas. Mais alguém gritou.

A erupção terminou tão rapidamente como começara, e Baxter se levantou de um salto, recuando.

– Desculpa, desculpa, eu ouvi...

– Merda! – rosnou Hoop. Estava mexendo nas calças, ficando mais frenético a cada segundo. – *Merda*!

Lachance sacou uma faca do cinto, ajoelhou-se ao lado de Hoop e cortou a calça dele do joelho até a bota, então largou a faca e rasgou o tecido resistente. Depois pegou a faca novamente.

Hoop havia começado a tremer, respirando com dificuldade.

– Hoop – chamou Lachance. – Não se mexa. – O piloto não esperou por uma resposta, mas segurou a perna do engenheiro e a espetou com a ponta da faca.

Ripley ouviu a pelota de rocha endurecida atingir o chão. Sentiu o cheiro enjoativo da carne queimada. Então, nas sombras atrás deles, mais uma vez, ouviram um silvo longo e baixo.

E o estalo terrível de dentes.

– Vamos – disse Hoop. Estava olhando para algo atrás de Ripley, nas sombras. Quando ela viu os olhos dele se arregalarem, não precisou se virar para olhar. – *Vamos!*

Eles correram, descendo pela caverna rumo à estrutura inclinada da asa que saía em curva do chão. Hoop gemeu enquanto corria, mancando, as calças esfarrapadas batendo na canela ferida. Baxter mancava, apoiado em

Kasyanov. Os outros ergueram as armas e avançaram rapidamente, cuidadosos, no solo desigual.

Havia apenas uma direção que poderiam tomar, e a abertura estourada que dava para o interior da nave parecia mais escura do que nunca.

O único pensamento de Ripley lhe trouxe apenas terror.

Eles estão nos conduzindo…

12
GADO

… *na direção da nave*, pensou Hoop. *Conduzindo-nos como gado. E nós estamos fazendo exatamente o que eles querem.*

Não havia outra explicação. Os aliens não tinham atacado. Em vez disso, estavam espreitando o grupo de sobreviventes, movendo-se pelas fissuras sombrias das rochas, deixando que notassem sua presença, mas sem se expor.

Tudo o que Hoop tinha visto – tudo o que sabia sobre o que acontecera a bordo da *Marion* e com Ripley há mais de trinta anos – indicava que aqueles eram monstros brutais e irracionais.

Mas aquilo era diferente. Se estivesse certo, as criaturas estavam planejando, conspirando, trabalhando juntas. Esse pensamento o aterrorizou. Sua perna doía, uma queimadura profunda e incandescente que parecia arder nos ossos, percorrer os músculos, penetrar as veias. Toda a parte inferior da perna direita parecia ter sido mergulhada em água fervente, e cada passo era uma agonia. Mas não havia escolha além de fugir. Ele sabia que o dano fora mínimo – havia olhado –, e a ferida provavelmente já fora cauterizada pela massa brilhante de pedra derretida que a causara.

Então, fez o que pôde para ignorar a dor.

Quando seu filho fora ao dentista pela primeira vez, apavorado com a ideia de tomar a injeção anestésica para extrair um dente, Hoop tinha conversado com ele no caminho até o consultório, dizendo que a dor seria passageira, uma reação física a um ferimento que, ele sabia, não lhe faria mal algum, e que depois o menino nem lembraria daquela sensação. "A dor é um conceito difícil de conjurar na memória", dissera Hoop. "Como experimentar o bolo mais gostoso do mundo. Esses pensamentos só significam mesmo alguma coisa quando a degustação, ou a dor, acontece."

Ele pensava nisso agora, repetindo um mantra para si mesmo enquanto o grupo corria pela estranha caverna. *Não significa nada, não significa nada*. Tentou analisar a sensação, interessar-se por ela em vez de deixar que o dominasse. E, até certo ponto, funcionou.

Kasyanov seguia na frente ao lado de Sneddon, que apontava a pistola de spray ácido. Baxter e Lachance fechavam a retaguarda; O oficial de comunicações estava com um ar determinado em meio à própria agonia. Ripley ficou com Hoop, sempre de olho nele enquanto o acompanhava. Ele fez o melhor que pôde para não dar a ela razão para se preocupar, mas não conseguia conter grunhidos e gemidos de vez em quando. A responsabilidade era um fardo pesado que ele não podia afastar com racionalizações. Estava no comando, e, embora os sobreviventes da *Marion*, com Ripley a tiracolo, estivessem agindo mais como um grupo sem líder, ele ainda se sentia, em todos os aspectos, responsável pelo destino deles.

Mesmo enquanto corriam, ele queimava os neurônios, tentando determinar se tinha tomado as decisões certas. Deveriam ter permanecido na *Marion*, passado mais tempo se preparando? Ele deveria ter avaliado os dois elevadores antes de decidir em qual deles descer até a mina?

Talvez, se tivessem pegado o outro, já estivessem voltando para a superfície agora, com as preciosas células de combustível transportadas em um vagonete. Mas não podia lidar com "se" e "talvez". Só podia trabalhar com o que tinham. As certezas.

Precisavam chegar ao outro elevador, e logo.

Os aliens os perseguiam, fazendo-os seguirem adiante. Hoop odiava sentir que não tinha controle, incapaz de ditar o próprio destino, ainda mais quando havia outros dependendo de suas decisões.

Ele parou e se virou, respirando com dificuldade.

– Hoop? – chamou Ripley.

Ela parou também, e os outros se detiveram. Estavam perto de onde a asa da nave se erguia do chão, embora fosse difícil distinguir a diferença entre os materiais.

– Nós estamos fazendo o que eles querem – sussurrou ele, inclinando-se para a frente.

– O quê, fugindo? – inquiriu Kasyanov.

– Não estamos fugindo – afirmou Hoop, endireitando-se.

– Ele tem razão – concordou Ripley. – Eles estão nos conduzindo para cá.

– Para mim, qualquer lugar longe deles está bom – disse Baxter.

– O que você...? – começou Ripley, e por um brevíssimo momento Hoop poderia ter acreditado que os dois eram as únicas pessoas ali. Seus olhares se cruzaram, e algo se passou entre eles. Ele não sabia o quê. Nada tão banal quanto compreensão, ou mesmo afeto. Talvez tenha sido o reconhecimento de que estavam pensando a mesma coisa.

Então, Sneddon arfou.

– Ah, meu *Deus*! – gritou ela.

Hoop olhou para trás.

Eles estavam vindo. Três aliens, pouco mais do que sombras, e mesmo assim distintos, porque aquelas sombras estavam se *movendo*. E rápido. Dois surgiram de algum lugar perto de onde os sobreviventes haviam entrado na caverna, o terceiro veio de um ponto diferente, os três convergindo.

Lachance se agachou, apoiando os pés com firmeza, e disparou o lança--cargas. O estampido ecoou pela caverna, perdido no espaço vasto.

– Não perca tempo! – disse Baxter. – Espere até eles estarem a poucos passos de distância…

– Se eles chegarem perto, estamos mortos! – retrucou Lachance.

– Corram! – mandou Hoop.

Os outros foram, e ele e Ripley ficaram para trás só por um instante, partilhando novamente um olhar, um sabendo o que o outro estava pensando. *Eles estão nos conduzindo outra vez.*

Houve uma ligeira mudança na superfície sob os pés deles enquanto subiam até a asa enorme e curva. Hoop ainda sentia como se estivesse correndo sobre rocha, mas agora em uma ladeira, gerando um tipo de dor inteiramente novo em sua perna ferida enquanto ele se apoiava em diferentes músculos para continuar.

Ao longo do tempo aquela estrutura fora enterrada ali, a areia e a poeira deviam ter se acumulado sobre ela e se solidificado. Pedregulhos haviam caído, e assim, de perto, ele viu uma série de depósitos minerais formando cristas sobre toda a asa, como um enorme anel de ondas se expandindo, congeladas no tempo. Cada anel chegava à altura dos joelhos, e saltar por cima de cada crista fez Hoop gritar de dor. Seus gritos se juntaram aos de Baxter.

– É só dor! – exclamou Ripley, e pareceu surpresa quando Hoop riu.

– Para onde? – perguntou Sneddon. Ela havia desacelerado o passo e se virou, a pistola de spray ácido apontada para a frente.

Hoop olhou para trás. Só via dois alienígenas agora, as silhuetas repulsivas deslizando e saltando pelo chão. *Eles deveriam estar mais perto,* pensou ele, *são muito mais rápidos do que nós.* Mas não podia se preocupar com isso agora.

Olhou ao redor procurando a terceira criatura, mas não a viu em parte alguma.

– Para a área danificada – disse ele, apontando. – É a único jeito garantido de entrar.

– Nós *queremos* entrar? – perguntou Ripley.

– Você acha que deveríamos enfrentá-los aqui? – perguntou Hoop.

Sneddon bufou, caçoando da sugestão, mas Hoop falava sério. Ripley sabia disso e franziu a testa, examinando os arredores. Não havia onde se esconder; eles ficariam expostos.

– Aqui é aberto demais – respondeu ela.

– Então, lá em cima, onde a fuselagem está danificada – propôs ele. – E lembrem-se, tem outro em algum lugar, então fiquem…

O terceiro alien apareceu. Emergiu das sombras à esquerda do grupo, já em cima da asa, surgindo por trás de uma enorme quantidade de pedras, como se estivesse esperando por eles. Talvez estivesse a alguns metros de distância, agachado, sibilando e pronto para atacar.

Ripley disparou o lança-cargas, e, se o ódio e a repulsa pudessem propelir um projétil, o alien teria se partido em pedaços apenas pela energia contida no tiro. Mas ela nem viu se conseguiu acertar o alvo, e, se as criaturas estivessem mesmo conduzindo-os em direção à velha nave, provavelmente aquela nem teria reagido.

Ripley manteve a posição, olhando ao redor. Hoop ergueu a pistola de spray ácido. Os outros apontaram as armas. O alien mais próximo desviou para o lado, rodeando-os, mas sem se aproximar. A pele de Hoop se arrepiou quando viu a criatura se mexer. Lembrava uma aranha gigantesca… mas não exatamente. Assemelhava-se mais a um escorpião pavoroso. Porém, havia diferenças. Deslocava-se com gestos fluidos e fáceis, deslizando pela superfície áspera da asa gigante, como se tivesse passado por ali muitas vezes antes.

Ele disparou a pistola de spray. Foi uma reação natural ao nojo que sentia, um desejo de ver a coisa se afastar. Os jatos irregulares de ácido atingiram uma área entre ele e o monstro, chiando alto enquanto o ácido derretia poeira, pedra e o que quer que houvesse embaixo. E, embora o líquido não tivesse atingido o alien, a criatura se esquivou. Só um pouco, mas o suficiente para Hoop notar.

Prendendo a respiração para não inalar qualquer fumaça tóxica, ele recuou rapidamente. Isso fez com que os outros se mexessem também.

– Podemos atacá-lo – disse Ripley.

– O quê?

– Todos nós, de uma vez só. Correr para cima dele. Se ele avançar, nós todos disparamos. Se sair da frente, avançamos.

– Para onde?

– Uma saída.

– Não sabemos *onde* tem uma saída! – exclamou Hoop.

– É melhor do que fazer o que eles querem, não é? – retrucou Ripley.

– Que tal ir para onde eles não estão? – opinou Baxter. – Eles estão ali, eu vou por aqui. – Ele se virou e mancou em direção à estrutura principal da nave, o braço direito novamente apoiado no ombro de Kasyanov.

– Temos que ficar juntos – disse Hoop, seguindo Baxter e Kasyanov.

Ele não pôde deixar de pensar que Ripley estava certa – em atacar, levar a luta até eles –, e esperava não ter motivos para lamentar sua decisão mais tarde.

O chão se tornava mais íngreme antes de voltar a ser plano, a curva da asa ainda coberta por pedregulhos e por aquelas camadas estranhas e onduladas de depósitos minerais. Hoop achou que talvez a caverna inteira já tivesse estado debaixo d'água, mas não havia como comprovar isso agora. E saber disso não iria ajudá-los.

O que *poderia* ajudá-los era um lugar onde parar. Algum lugar fácil de defender, uma posição da qual pudessem opor resistência. Uma rota ao redor da estranha nave ou através dela, levando de volta para a mina acima.

Uma porra de um milagre.

Talvez *ele* devesse opor resistência, ali mesmo. Só ele. Virar e atacar o alien, a pistola de spray cuspindo ácido, e quem sabe, talvez tivesse sorte. A criatura era só um animal, afinal. Talvez ela se virasse e fugisse, e ele e os outros pudessem aproveitar a vantagem e retroceder pelo mesmo caminho. Usando os maçaricos de plasma, não demoraria muito para abrir o acesso novamente. Um olhar para trás disse-lhe tudo o que precisava saber. Os três aliens estavam perseguindo-os, sombras angulosas dançando por toda a superfície da enorme asa, voando da rocha para a fenda em busca de esconderijos naturais. Moviam-se em silêncio e com facilidade, os gestos fluidos tão suaves que as sombras escorriam como tinta derramada. Eram caçadores, pura e simplesmente. Se a presa de repente se virasse e atacasse, isso não os perturbaria em nada.

Foda-se.

Ele não ia se sacrificar por nada.

– Mais rápido – murmurou.

– Quê? – perguntou Lachance.

– Precisamos ir mais rápido. O mais rápido que pudermos, chegar lá o mais cedo possível e encontrar um lugar para nos defendermos. Talvez isso os confunda um pouco.

Ninguém respondeu, e ele percebeu a dúvida no silêncio. Porém, todos aceleraram mesmo assim. Até mesmo Baxter, pulando, xingando em voz baixa, e Kasyanov, suando sob o peso do homem. O que quer que Hoop pensasse de seu oficial de comunicações, havia nele uma coragem resoluta que era preciso ser respeitada. E o medo de Kasyanov parecia estar alimentando a determinação da médica.

A perna de Hoop era um peso sólido e dolorido, mas ele usou a dor para resistir, batendo-a em cada passo, seguindo em frente, impulsionando os eventos na direção do que esperava ser uma boa resolução. Nunca tinha sido do tipo que rezava, e a fé era algo que deixara para trás com outras fantasias da infância. Mas tinha a estranha sensação de que tudo aquilo fazia parte de algo maior. Por mais azar que houvessem tido – a queda da *Delilah*, os danos à *Marion*, as feras na *Samson* e agora o mau funcionamento do elevador e a queda até este lugar estranho –, ele não deixava de sentir que havia questões maiores em jogo.

Talvez fosse o efeito de suas descobertas. Essa nave era um sinal incrível e inegável de inteligência alienígena, do tipo que ninguém jamais vira antes. Tinha aberto uma porta em sua mente para possibilidades maiores e mais amplas. Mas havia algo mais. Algo que não conseguia identificar. Ripley era parte disso, ele tinha certeza. Talvez encontrar alguém como ela no meio de tudo isso estivesse fodendo a mente dele.

Alguém como ela?, pensou ele, rindo em silêncio. Fazia muito tempo que não gostava de alguém a sério. Jordan tinha sido um caso e continuara a ser uma boa amiga. Mas com Ripley havia algo mais. Uma compreensão instintiva que ele não havia experimentado com ninguém desde... Pensou brevemente em casa, na ex-esposa e nos filhos que deixara para trás. Mas pensar neles por muito tempo causava muita dor e culpa.

Baxter gritava a cada passo, arrastando o pé do tornozelo quebrado atrás de si. Ainda assim, mantinha o maçarico de plasma em riste. Enquanto se aproximavam do declive íngreme rumo ao que devia ter sido a parte principal da fuselagem da nave, Hoop começou a olhar em frente.

A área danificada que tinham visto ao longe era maior do que ele pensara. Estendia-se desde acima da asa até a curva suave do corpo da nave, a superfície dilacerada projetando-se em esculturas austeras e afiadas em toda a extensão dos danos. O buraco não era grande, mas havia uma série de feridas menores, como se alguma coisa tivesse explodido dentro da nave, rompendo o casco em vários lugares. Mesmo depois de tanto tempo, havia marcas evidentes de queimado.

– O primeiro buraco – ordenou Hoop, apontando. Avançou com ímpeto e rapidez, enganchando o braço no de Baxter, tomando o cuidado de deixá-lo empunhar o maçarico. – Você está bem? – perguntou em um sussurro.

– Não – respondeu Baxter, mas havia força em sua voz.

– Hoop, eles estão se aproximando – disse Ripley atrás deles.

Ele largou o braço de Baxter, deu-lhe um tapinha no ombro e, em seguida, virou-se. Ladeira acima, os três aliens rastejavam na direção deles, sua marcha normal tão rápida quanto a corrida de um ser humano. E *estavam* cada vez mais perto.

– Vamos! – disse aos outros.

Hoop e Ripley fizeram uma pausa, olhando para trás.

– Vamos atirar na cabeça deles? – sugeriu Ripley.

– Sim.

Ela ergueu e disparou o lança-cargas contra a criatura mais próxima. Quando o alien parou e saltou para o lado, Hoop disparou a pistola de spray. Os espirros não atingiram o alvo, mas causaram impacto na asa inclinada perto dele, crepitando, chamuscando. Mais uma vez, ele viu a criatura se encolher diante do ácido. Ripley atirou contra os outros dois também, os disparos ecoando pela caverna maciça, o som se multiplicando. Os monstros se esquivavam com incrível destreza, dançando sobre os membros longos. Sob tiros ressoantes, Hoop os ouviu sibilar. Esperava que fosse de raiva. Se estiverem irritados o bastante, talvez avancem até estarem ao alcance das pistolas de spray e dos maçaricos.

– Vamos – disse ele para Ripley. – Estamos quase lá.

Enquanto subiam a parte mais íngreme da ladeira, a superfície debaixo dos seus pés se alterou. Ficou mais lisa, e a sensação de cada passo também era diferente. Não havia elasticidade nem eco, mas a sensação definitiva de que corriam acima de um espaço oco. O interior da nave quase suportava o peso.

Quando chegaram à primeira das áreas estouradas, Hoop correu à frente. Os mineradores haviam instalado uma série de luzes por ali, algumas penduradas nas partes salientes do casco arruinado. E, olhando lá para dentro, ele viu um arranjo semelhante.

Era por ali que os mineradores tinham entrado na nave.

Sua preocupação se intensificou. Ele balançou a cabeça, voltando-se para encarar os outros, pronto para sugerir que…

– Hoop – chamou Ripley, sem fôlego. – Veja.

No caminho por onde tinham passado para chegar até ali, várias novas sombras surgiram. Moviam-se rapidamente por toda a superfície da asa. Àquela distância, pareciam formigas. A analogia não foi nem um pouco tranquilizadora.

– E ali – disse Sneddon, apontando para o topo do declive da fuselagem. Havia mais sombras lá, menos definidas; no entanto, as silhuetas eram óbvias. Imóveis. À espera.

– Legal – disse ele. – Vamos entrar. Mas não toquem em *nada*. Na primeira oportunidade que tivermos, vamos lutar para sair daqui.

– Você já teve a sensação de que estava sendo usada? – perguntou Sneddon.

– O tempo todo – murmurou Ripley.

Hoop foi o primeiro a entrar na nave.

13
ALIENS

Talvez ela tenha 9 anos. Há uma porta que conduz à velha ruína abaixo, degraus gastos por décadas de turistas e séculos de monges há muito, muito tempo. Uma grade de metal pesada está fixada na parede, o cadeado pendurado aberto, e à noite eles fecham as catacumbas, supostamente para impedir que vândalos profanem o seu conteúdo. Mas, desde que chegaram, Amanda tem inventado histórias sobre os seres noturnos que eles querem manter trancafiados.

Quando o sol se põe, diz ela, as sombras lá embaixo ganham vida.

Ripley ri enquanto observa a filha escapar sorrateira do sol, adotando uma falsa expressão de medo, as mãos imitando garras, rosnando. Então ela grita para que a mãe a acompanhe, e Ripley percebe que as pessoas se aglomeram atrás dela. As ruínas em que estão são populares, uma das principais atrações turísticas da cidade, e raramente há tranquilidade por ali.

As sombras a envolvem. Trazem um arrepio curioso e o cheiro úmido e bolorento de lugares jamais tocados pela luz solar. Mais adiante, Amanda desapareceu. Ripley não sente a necessidade de chamar pela filha, mas então olha para trás e nota que está sozinha. Sozinha ali embaixo, nas sombras, na escuridão.

Alguém grita. Ela avança, a mão acompanhando pela parede áspera. O piso é irregular, e ela quase tropeça. Em seguida, sua mão toca algo diferente. Liso, mais leve do que as rochas e texturizado.

Há crânios nas paredes. Os crânios são as paredes, milhares deles, e cada um tem um enorme ferimento – um buraco, um rosto esmagado. Ela acha que consegue ver marcas de dentes nos ossos, mas talvez seja só… Minha imaginação, *pensa, mas depois ouve o grito de novo.*

É Amanda, e reconhecer a voz parece conjurar a garota. Ela está presa na parede do outro lado de uma sala pequena, forrada de ossos, os braços, os ombros e as pernas presos pelos dedos esqueléticos dos que morreram há muito. Ela vê a mãe, mas não há alegria em seus olhos.

O peito da menina explode sob o vestido largo, e dentes terminam de arrebentá-lo, abrindo caminho. Dentes afiados, terríveis.

– Puta merda – sussurrou Ripley, e olhou para a escuridão abaixo. Por um segundo ela ficou perdida, sem saber onde ou em que momento no tempo estava, se isso havia sido uma memória distorcida ou uma visão do futuro. O momento passou girando, incerto e deselegante.

Não sei mais quanto consigo aguentar.

Kasyanov franziu a testa para ela e abriu a boca para falar alguma coisa, mas Ripley se afastou.

– Desçam aqui! – gritou Hoop de dentro da nave. – Tem luzes. E… é esquisito.

– Esquisito como? – perguntou Ripley, pensando: *Degraus gastos e crânios e ossos nas paredes…*

– Vem ver logo.

Ela desceu, caindo ao lado de Hoop, ainda tentando apagar da mente os vestígios daquela visão breve e horrível. Os mineradores haviam passado por ali. Isso não confortava Ripley nem um pouco, embora as luzes que penduraram dentro daquela parte danificada da nave de fato ajudassem. A explosão tinha aberto um buraco no casco, e, no interior, havia percorrido os primeiros níveis, derrubando as partições e demolindo qualquer coisa que estivesse no caminho. Para Ripley, parecia um ninho de vespas, camada após camada instaladas numa simetria fluida, e, de onde estavam – no epicentro da área devastada –, podiam ver pelo menos quatro níveis inferiores expostos.

Imaginou que, se a *Marion* fosse cortada ao meio, algo semelhante se revelaria.

Mas as paredes, os pisos e tetos daquela nave não se pareciam em nada com os da *Marion*. Tubos espessos passavam entre os níveis, e um líquido solidificado pendia dos pontos onde tinham sido rompidos. Parecia mel cristalizado, ou uma areia fina paralisada enquanto se derramava. As paredes tinham apodrecido, expondo a estrutura da base, com as vigas tortas e deformadas pela antiga explosão.

Os andares não eram tão equidistantes quanto ela havia imaginado, e isso não parecia ser resultado do dano. Eles pareciam ter sido feitos dessa maneira.

– Isso é… esquisito – ecoou Sneddon, obviamente fascinada. Filmando outra vez com a câmera, seguiu em frente, descendo um declive de detritos até o primeiro piso firme. A superfície era desigual, com cavidades em alguns pontos e riscos aqui e ali, parecendo bastante com uma pele envelhecida.

– Não estou gostando nada disso – disse Ripley. – Nem um pouco.

Ela já tinha ouvido dizer que a natureza não criava ângulos retos, e não havia nenhum aparente ali. O material nas paredes e nos pavimentos era de um tom cinza-escuro, mas não uniforme. Num ponto havia trechos onde era mais claro e parecia mais fino. Em outro, era quase preto, como se o sangue tivesse se acumulado logo abaixo da superfície, criando um hematoma. Assemelhava-se à pele manchada de um cadáver.

– Ótimo jeito de fazer uma nave – comentou Lachance.

– O quê? – perguntou Baxter. – O que quer dizer?

– Cultivá-la – respondeu Sneddon. – Isso não foi construído, foi *cultivado*.

– Fala sério… – disse Kasyanov, mas, quando Ripley olhou para a médica, viu o fascínio refletido nos olhos arregalados da russa.

– Não deveríamos estar fazendo isso – declarou Ripley.

– Não podemos voltar lá para fora – contrapôs Hoop.

– Mas eles nos *fizeram* vir para cá! Vamos fazer o que eles querem agora?

– Como é que eles podem querer alguma coisa? – protestou Lachance. – São só animais burros, e nós somos suas presas!

– Nenhum de nós sabe o que eles são – retrucou Ripley. – Sneddon?

A oficial de ciências deu de ombros.

– Eu já disse antes: nunca vi nada parecido. A crueldade aparente deles não significa que não possam agir e pensar em conjunto. Em tempos pré-históricos, os velociraptors caçavam juntos, e existem teorias que presumem uma comunicação avançada entre eles. Mas… – Ela olhou ao redor, balançando a cabeça. – Acho que esta nave não é deles.

De fora ouviram os sons das garras rígidas deslizando no casco da nave. Todos olharam para cima, e Ripley viu uma sombra passar pela área danificada pela qual tinham entrado. A silhueta se esticou por um momento, deixando-se ver contra o teto elevado da caverna antes de desaparecer outra vez.

– Estão esperando lá em cima – disse ela. Sentia-se tão impotente.

– Temos que ir – afirmou Hoop. – Lá para dentro. Seguir as luzes que ainda estão funcionando o mais rápido possível. Assim que encontrarmos outra saída, fugimos. – Ele olhou para todos ao redor, e seu rosto estava contraído de dor. – Detesto isso tanto quanto vocês, mas lá fora há muitos deles. Se pudermos enganá-los, em vez de combatê-los, eu aceito.

– Mas alguma coisa aconteceu com os mineradores aqui dentro – argumentou Sneddon.

– É, mas temos uma vantagem. Sabemos o que aconteceu e sabemos que precisamos ter cuidado.

Ele esperou por algum protesto, mas não houve nenhum.

Não estou gostando nem um pouco disso, pensou Ripley. Mas olhou mais uma vez para a abertura irregular no casco da estranha nave e soube que não havia alternativa. A ideia de voltar lá para cima, com aquelas coisas à espreita... não era uma opção válida.

Hoop foi na frente, segurando a lanterna. As lâmpadas penduradas pelos mineradores continuavam a funcionar, mas a luz de Hoop bloqueou as sombras que elas projetavam.

O grupo andou depressa. Quase com confiança. Ripley tentou apagar a visão recente da cabeça. Os outros pesadelos despertos tinham sido mais surreais, mas menos preocupantes, mostrando Amanda em uma idade em que Ripley nunca a tinha visto. Mas este último fora o pior. Sua filha jovem, doce, inocente e linda, exatamente como Ripley se lembrava. E a incapacidade dela de proteger a menina contra os monstros ainda parecia verdadeira, acomodando-se em sua alma como um cancro de culpa, devorando-a, consumindo-a, como se tudo tivesse sido real.

Ela até sentiu que começava a chorar. Mas as lágrimas só serviriam para embaçar sua visão, tornando tudo mais perigoso. Tinha que manter a sanidade. Tinha que sobreviver.

À medida que se afastavam da área danificada e penetravam mais na nave extraterrestre, o ambiente se tornava ainda mais estranho. Ripley pensou na velha história de Jonas dentro da baleia, uma imagem tão perturbadora quando a sua situação atual. A maior parte do cenário exibia características distintamente biológicas – pisos irregulares forrados de tubos embutidos que se assemelhavam a veias; paredes com aparência de pele endurecida pelo tempo, mas ainda salpicada de imperfeições e poros cheios de poeira.

Então, começaram a encontrar objetos que deviam ter composto algum tipo de tecnologia. Um corredor estreito se abria em uma galeria de visualização por cima de um poço profundo. Era circundado por uma barreira que batia na cintura. Na galeria havia várias unidades metálicas idênticas. Poderiam ter sido assentos rodeados por algum tipo de equipamento de controle, com detalhes obscuros, arcanos. Se fossem realmente assentos, então Ripley não conseguia identificar facilmente a forma dos seres para os quais eles haviam sido feitos.

O poço estava cheio até pouco abaixo da galeria por uma espécie de fluido vítreo, a superfície cheia de pó e pedrinhas. O teto e as paredes eram lisos, e Ripley só podia supor que o pó viera do exterior ao longo das eras.

– Para que lado agora? – perguntou ela.

A galeria contornava três quartos do poço, e havia pelo menos seis aberturas saindo dela, incluindo aquela pela qual acabavam de chegar.

Hoop espiava a abertura através da qual tinham vindo. De lá veio o som de coisas sibilantes à espreita.

– Vamos dar o fora daqui! – exclamou Baxter, suando e tentando disfarçar a dor. Mesmo parado, ele tremia. Ripley não podia imaginar a agonia que o homem enfrentava, mas sabia que não havia alternativa. Só esperava que não chegasse o momento em que ele seria fisicamente incapaz de seguir com o restante do grupo.

E aí, fazer o quê?, ela se perguntou. *Deixá-lo para trás? Matá-lo?*

Ela deu as costas a Baxter no momento em que Hoop falou.

– Vamos virar esse jogo – disse ele. – Kasyanov, Baxter, preparem os maçaricos de plasma. – Ele indicou com a cabeça a abertura pela qual vieram. – Derrubem.

– Espere! – exclamou Sneddon. – Não temos ideia do efeito que os maçaricos terão nesse material. Não sabemos do que a nave é feita! Pode ser inflamável.

Ripley ouviu mais sibilos, e no fundo do túnel as sombras se deslocaram, projetando formas aracnoides ao longo dos pisos e das paredes.

– Ou a gente corre ou faz isso, não tem outro jeito! – disse ela, preparando-se para disparar seu lança-cargas.

– Ripley. – Hoop entregou a ela algo que havia tirado do cinto, um objeto volumoso do tamanho de um tablet. – Coloque no topo. Cargas explosivas de verdade.

– Não podemos sair atirando a esmo – disse Lachance.

– A esmo, não – respondeu Ripley, ligando o dispositivo ao topo do lança-cargas. – Atirando *neles*.

Ela se preparou, mirou e disparou. A carga foi tinindo pelo túnel, os ecos soando estranhamente abafados enquanto ela ricocheteava nas paredes.

Ripley franziu a testa.

Hoop segurou o braço dela.

– Tem um tempo de atraso – informou ele ao puxá-la para trás.

A explosão passou ribombando pelos pés e arrancou o ar dos pulmões de Ripley. Sob o estrondo da carga de mineração, ela teve certeza de que ouviu os aliens gritando de dor, e uma chuva de detritos estourou do túnel, tamborilando na roupa e arranhando seu rosto.

A fumaça veio a seguir, lançada na direção deles pelo sopro de ar. Ripley engoliu em seco tentando desentupir os ouvidos, ofegou com o ardor no rosto. Enquanto ela se levantava, Kasyanov e Baxter já estavam operando os maçaricos de plasma.

A galeria inteira foi iluminada pelo plasma causticante. Olhando para baixo, Ripley viu uma sequência de ondas indo para a frente e para trás, lentamente, na superfície do poço. A explosão devia ter ressoado por toda a nave. O líquido era tão denso e pesado que as ondulações na superfície se moviam como cobras letárgicas, colidindo e se interpondo, criando padrões complexos, mas surpreendentemente belos.

O fedor era terrível, quase como de carne queimada. Toda a estrutura em torno da abertura desabou, fluindo, ecoando as ondas preguiçosas abaixo.

– Cessar fogo! – gritou Hoop, e Kasyanov e Baxter obedeceram. Chamas cintilavam por toda a superfície, tremulando em um canto, reacendendo em outro, enquanto a pesada estrutura mergulhava até encontrar o chão borbulhante. Já tinha começado a endurecer outra vez, selando a abertura com eficácia. O ar tremulava devido às incríveis temperaturas. Os pulmões de Ripley ardiam.

– Agora *nós* é que decidimos para onde vamos – disse Hoop.

A cabeça curva de um alien forçou a entrada pela porta derretida. Não houve aviso – nenhum deles podia ver além, e a abertura em si fora totalmente selada pela estrutura derretida. O crânio liso da criatura empurrou o material endurecido, os dentes se alongando e rangendo. Por um momento, pareceu enfrentar dificuldades, empurrando a porta, as mãos de longas garras tentando acelerar o processo. Mas então deteve-se, e o material que resfriava soltava vapor onde a fera lhe mordia o couro misterioso.

– Todos, recuem – disse Hoop, e apontou a pistola de spray ácido.

Ripley retrocedeu pela galeria e prendeu a respiração, ao mesmo tempo fascinada e aterrorizada. O alien ainda lutava para prosseguir, e ao seu redor o material derretido e recomposto se esticava, mudando de cor à medida que a tensão crescia. Cinco segundos antes e talvez o monstro tivesse atravessado, pegando-os desprevenidos e instaurando o caos.

Mas agora a criatura fora contida.

Hoop disparou uma rajada de ácido fluorídrico diretamente na cabeça dela.

Fumaça crepitando, chiando, guinchando. Tudo foi obscurecido por nuvens de vapor, mas Ripley teve a impressão inconfundível de um movimento frenético, desesperado.

– Recue! – disse ela. – Hoop, *recue*!

Todos se afastaram até o outro lado da galeria, e Ripley sentiu nas costas a barreira do poço. Contornou-a rumo à extremidade mais distante.

Os outros seguiram na mesma direção, e Hoop se virou e correu para lá. Atrás dele, algo explodiu.

Ele vai ser atingido pelo ácido, e eu vou ter que vê-lo morrer, pensou Ripley. Porém, apesar de Hoop se encolher e abaixar enquanto corria, os restos e respingos da cabeça do alien se espalharam pela galeria na outra direção. Parte dela rolou pelo chão, deixando um rastro de manchas crepitantes, e caiu no poço. O que atingiu a superfície pairou ali por um momento, depois afundou com um último chiado raivoso.

Hoop alcançou os outros, sorrindo.

– Bom, pelo menos sabemos que eles não gostam deste ácido – disse ele.

– Vamos. Vamos dar o fora daqui. Baxter...

– Nem precisa perguntar – respondeu Baxter. – Do jeito que as coisas estão, eu venceria você em uma corrida. Estou bem.

Contudo, estava longe de estar bem. Não podia encostar o pé esquerdo no chão e, se não fosse por Kasyanov, teria caído. Seu rosto estava tenso, úmido de suor, e ele não conseguia esconder o terror.

Ele ainda está com medo de ser deixado para trás. Era uma ideia horrível, mas que não deixava de ser uma possibilidade.

– Não sei por quanto tempo isso vai segurá-los – disse Sneddon, indicando a abertura derretida. Ainda estava fumegando. Não podiam ver os restos do alien, mas o ponto onde ele forçara passagem estava queimado por cicatrizes ácidas.

– Vamos. Por aqui – disse Hoop.

Dirigiu-se a uma abertura no outro lado da galeria, o mais longe possível da entrada que haviam usado. Fixou a lanterna à pistola para poder apontar os dois na mesma direção. Todos o seguiram, ninguém o questionou.

Entrando em um túnel estreito e de teto baixo, Ripley não pôde escapar à ideia de que estavam sendo engolidos mais uma vez.

Eles entraram em áreas que os mineradores não haviam iluminado. Correram, as lanternas em punho ou presas às armas, as sombras dançando e retrocedendo. Pouco tempo depois de deixarem a galeria, encontraram os primeiros corpos. O corredor semelhante a um túnel se abriu em outro espaço amplo, e havia algo diferente nele. As curvas suaves eram as mesmas, com a irregularidade de algo vivo, mas as camadas e trechos do material que pendia das paredes e do teto não pertenciam àquele lugar. Tampouco as coisas penduradas nele, algo como frutos podres e pavorosos.

Talvez houvesse seis corpos, embora Ripley achasse difícil discernir onde terminava um e começava outro. A escuridão, a decadência, a maneira como tinham sido pendurados e presos ali, fixados no lugar por aquela estranha excrescência que tinha preenchido um dos túneis de mineração da caverna acima; tudo enevoava as bordas do que viam. E isso não era ruim.

O fedor era horrível. Isso, e a expressão no primeiro rosto para o qual Hoop apontou a lanterna. Parecia ser de uma mulher. A decomposição murchara o rosto, sugara a pele, esvaziara as cavidades oculares, mas o grito ainda estava lá, paralisado. As mãos retorcidas se esticavam, tateando – sem sucesso – o que acontecera no peito da vítima.

O buraco era óbvio. A roupa fora rasgada e pendia em farrapos. As costelas protuberantes estavam estilhaçadas.

– É onde nascem – disse Sneddon.

– Simplesmente penduraram as pessoas aqui – comentou Kasyanov. – É... um berçário.

No chão diante dos mortos pendurados havia um grupo de objetos ovalados, como grandes vasos. A maioria estava rachada. Ninguém se aproximou para olhar dentro deles.

Eles passaram rapidamente pela câmara ampla. Todos os instintos incitavam Ripley a desviar o olhar, mas o fascínio doentio – e sua determinação em sobreviver, em aprender sobre esses monstros e usar tudo o que pudesse contra eles – a fez olhar mais atentamente. Desejou não ter feito isso. Talvez em algum lugar na *Nostromo* tivesse havido uma cena similar, com Dallas pendurado lá, preso como aquela vítima na densa teia de uma aranha gigantesca.

– Para onde você está nos levando? – perguntou Lachance a Hoop. – Esta não é a saída. Só estamos indo mais fundo.

– Estou levando a gente para o mais longe possível daqui – respondeu Hoop, apontando para os corpos. – E para cima, assim que pudermos. Deve haver caminhos para entrar e sair desta nave, além do buraco aberto no casco. Só temos que encontrá-los.

Logo o caminho pelo qual seguiam – os corredores de uma nave espacial, Ripley sabia agora, embora só conseguisse pensar neles como túneis – ficaram novamente livres da substância alienígena, voltando às superfícies manchadas e cinzentas. Ainda era estranho, mas não tão ameaçador. Se tivesse tempo, ela até poderia ter admirado a visão. Era incrível, extraterrestre. Mas só podia pensar em fugir.

Eles nos conduziram para cá para ficarmos como os mineradores, pensou ela, tentando não imaginar como devia ser terrível. Ver-se preso naquela teia, ver o ovo eclodir na sua frente, sentir aquela coisa se acomodando no seu rosto. No começo, você desmaiaria, como Kane, mas depois viriam o despertar e a espera. A espera pelo primeiro sinal de movimento no interior. A primeira pontada de dor quando o filhote alienígena começasse a empurrar, arranhar e morder para sair.

Ela pensou em Amanda outra vez e gemeu em voz alta. Ninguém pareceu ouvir, ou, se alguém o fez, só captou um eco do próprio desespero.

Deslocavam-se com rapidez, os fachos de luz da lanterna dançando em torno deles. Hoop ia na frente, com Kasyanov e Baxter atrás. Haviam estabelecido um ritmo para seus gestos, e, embora o pé esquerdo de Baxter fosse totalmente inútil, Kasyanov o amparava bem o bastante para que ele pudesse pular com um movimento quase gracioso.

Todos empunhavam as armas. Restavam três cargas explosivas na arma de Ripley. Ela tinha visto o efeito delas, e sabia que nunca seria capaz de atirar se estivessem próximos demais. Mas o lança-cargas ainda lhe dava uma sensação de proteção.

Por onde quer que passassem, em diferentes áreas da imensa nave, tudo parecia ser feito do mesmo material estranho. Ou cultivado, talvez. Não havia mais sinais de tecnologia. Passaram por muitas aberturas, onde películas finas e opacas pareciam ser usadas como portas. A maioria fora selada, algumas estavam rasgadas e esfarrapadas, mas o pequeno grupo se manteve nos corredores mais largos.

Havia mais galerias, mais poços com o líquido estagnado em diferentes níveis. Ripley se perguntou para que serviriam esses poços – combustível, comida, algum tipo de instalação ambiental? Estariam armazenando alguma coisa?

Em certo ponto, subiram uma escada curva, os degraus chegando à altura da cintura, e tiveram que escalar quase trinta deles até a rota se aplainar novamente. Ali, as superfícies eram escorregadias e pegajosas, tão lisas que eles se revezaram: uns escorregavam enquanto os outros se arrastavam até ficar de pé.

Ripley limpou as mãos na roupa, mas, embora parecessem escorregadias e molhadas, na verdade estavam secas. Outro mistério.

Longe do berçário, o ar tinha um cheiro neutro, afora uma brisa ocasional que percorria os corredores trazendo uma pitada de deterioração. Não havia como saber o que causava tal brisa em níveis tão profundos. *Portas enormes abrindo-se em outras partes da nave*, pensou Ripley. *Algo grande e invisível se deslocando por aí. Algo grande, suspirando enquanto dormia.* Nenhuma das possibilidades era boa.

Encontraram um grande espaço aberto contendo várias esculturas altas feitas do mesmo material que as paredes e o chão. As formas eram ambíguas, amálgamas fluidas entre o biológico e o mecânico. Como em outras partes da nave, o tempo havia suavizado as bordas e tornado mais difícil ver os detalhes. Eram entalhes sendo ocultados mais uma vez sob a camuflagem do tempo.

Havia neles uma inegável beleza; contudo, iluminados pelas lanternas, lançavam sombras altas e inquietantes. Um daqueles aliens poderia estar se escondendo atrás de qualquer uma delas.

– É impossível termos despistado as criaturas com tanta facilidade – disse Hoop, mas ninguém respondeu.

Ripley havia pensado nisso, e tinha certeza de que os outros também.

Mas Hoop tornara-se o líder do grupo. Ninguém gostava de ouvir a pessoa que estava no comando expressar essas dúvidas.

Deixaram o salão das esculturas, e logo depois Hoop teve motivos para falar de novo.

– Mais corpos – disse ele, à frente dos outros. Mas havia algo errado com sua voz.

– Ah, meu Deus… – murmurou Kasyanov.

Ripley avançou. A passagem ali era bem larga, e ela e os outros acrescentaram os fachos de suas lanternas ao de Hoop.

Por um tempo, ninguém falou nada. Havia muito pouco a dizer. O choque percorreu o grupo, e todos lidavam com os próprios pensamentos e medos.

– Acho que encontramos os donos da nave – disse Ripley.

14

CONSTRUTORES

RELATÓRIO DE PROGRESSO:
PARA: CORPORAÇÃO WEYLAND-YUTANI, ÁREA DE CIÊNCIAS
[REF: CÓDIGO 937]
DATA [NÃO ESPECIFICADA]
TRANSMISSÃO [PENDENTE]

SUBTENENTE RIPLEY AINDA ESTÁ NA SUPERFÍCIE DO PLANETA COM O RESTANTE DA TRIPULAÇÃO DA *MARION*. NÃO RECEBO ATUALIZAÇÕES HÁ ALGUM TEMPO.

O ÚNICO ESPÉCIME ALIENÍGENA SOBREVIVE NA *MARION*, PARADEIRO DESCONHECIDO.

PLANO PROSSEGUINDO SATISFATORIAMENTE. ESTOU CONVENCIDO DE QUE RIPLEY CUMPRIRÁ SEU PROPÓSITO. ELA É FORTE, PARA UM HUMANO.

ESTOU ANSIOSO PARA CONVERSAR COM ELA NOVAMENTE. RECONHEÇO QUE SOU ARTIFICIAL, MAS FAZ MUITO TEMPO. SINTO-ME SOLITÁRIO.

ESPERO QUE ISSO NÃO CONTRARIE A PROGRAMAÇÃO.

A INFILTRAÇÃO NO COMPUTADOR DA NAVE ESTÁ PRONTA PARA SER INICIADA.

Enquanto atravessavam a nave, Hoop vinha construindo uma imagem mental dos alienígenas que poderiam tê-la construído.

Sua imaginação tinha mergulhado novamente naquele fascínio infantil por monstros. Aquelas escadas altas sugeriam membros longos. As aberturas altas e arqueadas poderiam aludir à forma dos alienígenas. A nave e sua natureza indicavam algo quase além da compreensão humana – ou era tão tecnologicamente avançada que era quase irreconhecível, ou a tecnologia era tão diferente de qualquer uma que ele conhecesse que era inútil tentar interpretá-la.

O que viu diante de si dissipou qualquer uma dessas conjecturas. Havia uma tristeza na aparência daqueles seres que inspirava somente pena, e Hoop percebeu que sua história fora tão medonha e trágica quanto a que se desenrolava no momento.

– Coitados – disse Ripley, ecoando os pensamentos do engenheiro. – Não é justo. Nada disso é justo.

Havia três criaturas mortas deitadas na frente deles – duas que deviam ser adultas e uma criança. As primeiras embalavam a criança entre elas, protegendo-a com os corpos, e fora assim que morreram e se deterioraram. O cadáver mumificado da criança estava aninhado entre os corpos dos pais, um gesto de amor que perdurava por incontáveis anos. As roupas tinham permanecido relativamente intactas, um material metálico que ainda pendia, frouxo, dos ossos proeminentes e entre os membros longos e grossos.

Pelo que Hoop podia notar, cada um tinha quatro pernas e dois braços, mais curtos e delgados. Os ossos das pernas eram grossos e atarracados, os braços muito mais finos e delicados, as mãos saindo de mangas estreitas. As mãos eram pele e osso, os dedos, longos e esguios, e ele viu o que talvez fossem joias nos dedos de um dos adultos. O torso de todos era pesado, contido em trajes que haviam sido reforçados com uma rede de aros e escoras metálicas.

Era difícil ver quanto dos corpos permanecia inteiro. A pele ou carne que Hoop via ficara mumificada, empoeirada e pálida ao longo do tempo.

As cabeças eram a parte mais difícil, pois cada uma tinha sido afundada por um impacto. Hoop achava que sabia que impactos tinham sido aqueles. Ao lado da mão estendida de um adulto jazia uma espécie de arma.

– Eles se mataram? – perguntou Sneddon.

– Um deles se matou – disse Hoop. – Matou a parceira, a criança e depois a si mesmo. Melhor do que virar comida para aquelas coisas, eu acho.

Os crânios ainda retinham pedaços de pele e alguns fios finos de cabelo. Eles pareciam ter um pequeno focinho, dois olhos e uma boca larga, com várias fileiras de dentes pequeninos. Não eram os dentes de um carnívoro. Não eram os corpos ou a aparência de monstros.

– Parecem cachorros – comentou Lachance. – Só que… grandes.

– Gostaria de saber o que aconteceu aqui – disse Ripley. – Como os aliens entraram na nave deles? O que derrubou a nave?

– Talvez a gente descubra isso um dia, mas não hoje – respondeu Hoop. – Precisamos seguir em frente.

– É – concordou Baxter. – Seguir em frente.

Ele estava parecendo cada vez mais fraco, e Hoop estava com medo de que ele começasse a atrasá-los. Se isso acontecesse, não havia nada a fazer – nada senão reduzir a velocidade para que ele os acompanhasse.

Kasyanov fez uma careta breve para ele. Também estava esgotada.

– Deixe comigo – disse Hoop, mas ela balançou a cabeça.

– Sem chance – respondeu ela. – Eu levo o Baxter.

Depois dos corpos, a passagem tornava-se mais alta e larga. As lanternas perderam gradualmente a eficácia, e, quanto mais eles avançavam, mais escuros ficavam os corredores. Os passos deles começaram a ecoar. Baxter tossiu, e o som se propagou, reverberando de volta, ecoando de novo e de novo.

– O que é isso? – perguntou Hoop enquanto Sneddon caminhava ao lado dele.

– Não tenho ideia – sussurrou ela. – Hoop, estamos nos perdendo aqui. Acho que devíamos voltar.

– E correr direto para aquelas coisas?

– Isso se ainda estiverem procurando por nós. Tenho certeza de que já encontraram outro jeito de ultrapassar aquela galeria.

– Como assim, *se* ainda estiverem procurando?

A oficial de ciências deu de ombros.

– Não consigo deixar de pensar que elas pararam de nos seguir porque estamos fazendo exatamente o que querem.

– Ou porque eu matei uma delas. Talvez estejam mantendo distância. Sendo mais cautelosas, agora que sabem que *podemos* matá-las.

– Talvez – disse Sneddon, mas ele entendeu. Ela não pensava assim de forma alguma. E, na verdade, nem ele.

– Então, e aí? – perguntou ele. – Estou fazendo o melhor que posso aqui, Sneddon.

– Todos nós estamos. – Ela deu de ombros novamente. – Sei lá. Vamos seguir em frente e continuar atentos.

– É – concordou Hoop. – Atentos.

Ele balançava a pistola de spray ácido à esquerda e à direita, a lanterna fixa fazendo muito pouco para penetrar a escuridão. Não parecia haver nada além de um amplo espaço em torno deles, e ele se perguntou se estariam em algum tipo de compartimento de carga. Se assim fosse, então aquela nave havia decolado sem carga. Ou, pelo menos, sem cargas grandes.

Foi quando as paredes e o teto começaram a se fechar outra vez que eles encontraram o que poderia ter sido a saída. Lachance a viu primeiro, uma abertura na parede à sua esquerda com o início de um daqueles grandes degraus subindo em meio às sombras. Foram investigar, e, com os fachos das lanternas combinados, viram o topo da escada, talvez uns trinta e cinco metros acima. O que existia além não estava claro, mas levava na direção certa.

Hoop começou a subir, e os outros o seguiram. Depois de alguns degraus, começaram a se revezar para ajudar Baxter. Isso permitiu que Kasyanov descansasse, mas no meio do caminho até ela precisou de auxílio. Tinha se exaurido, e Hoop torcia para que ela tivesse algo que pudesse ajudar no kit de primeiros socorros. Um analgésico, um energético, *qualquer coisa*.

Quando chegaram ao topo da grande escadaria, todos ofegavam de exaustão. Foram recebidos pelo que parecia ser uma parede branca, e Hoop se virou rapidamente, olhando para trás, para a escada, e esperando uma emboscada. *Estamos em vantagem aqui*, pensou ele, mas logo percebeu que isso não importava. Se houvesse um número suficiente deles, nenhum combate duraria muito tempo.

– Ei, olhem – disse Sneddon.

Ela tinha ido para um dos lados da parede e tocava uma série de projeções. Sem aviso, uma cortina pesada de algum material indefinido começou a se abrir, deslizando lentamente. Sacudiu-se, rangendo enquanto se mexia, e se separou ao meio. Do outro lado havia mais sombras.

– Entre por sua livre e espontânea vontade – disse Lachance. – Fique à vontade para passar a noite.

– Vou primeiro – anunciou Hoop, mas Ripley já estava passando. Ele a ouviu prender a respiração quando passou pela porta antiga rumo ao que existia além.

– É um berçário – disse ela, ecoando o comentário que Sneddon fizera mais cedo. Mas aquele era muito, muito diferente.

Não havia como saber para que a sala servira originalmente, mas fora transformada numa versão do inferno. Ao longo de um lado e no outro extremo, pelo menos quinze daqueles alienígenas caninos de membros longos estavam encasulados nas paredes, presos por faixas de excrescência alienígena.

A maioria dos corpos era de adultos, mas havia duas formas menores que talvez fossem crianças. O peito exposto havia estourado, as grossas costelas quebradas e protuberantes, a cabeça jogada para trás em uma agonia interminável. Podiam estar lá há cem anos ou dez mil, corpos ressequidos e mumificados no ar seco. Era uma visão horrível.

Ainda mais pavorosas eram as coisas espalhadas no meio da sala. A maioria ia até a cintura de um adulto. Mais ovos, um para cada vítima fixada à parede. Todos pareciam ter eclodido.

– Não cheguem perto! – disse Sneddon quando Lachance avançou.

– São antigos – comentou Hoop. – E estão todos abertos. Olhem. – Ele deu um pontapé no ovo eclodido mais próximo, semelhante a uma pétala, que se esfacelou e caiu. – Fossilizado.

– Porra, que nojo – disse Baxter. – Isso só piora.

– Vamos por ali? – perguntou Ripley, apontando a lanterna pela sala ampla em direção a uma porta sombreada na parede mais distante.

– É – concordou Hoop. – Isso tudo já aconteceu. É só não olhar.

Ele começou a cruzar a sala, mirando a lanterna e a pistola de spray no chão à frente para não tropeçar.

Viu um movimento dentro de um ovo aberto próximo e congelou, preparando-se para pulverizá-lo com ácido. Mas fora apenas uma sombra. Merda, ele estava no limite.

Quando voltou a andar, sentiu-se quase um intruso naquela antiga cena. Tudo aquilo tinha acontecido ali entre aqueles alienígenas caninos e os monstros que ainda infestavam a nave – um confronto que aparentemente ocorrera muito antes de a Terra ter descoberto a tecnologia, enquanto os humanos ainda cultivavam o solo e olhavam para as estrelas com superstição e temor. Mesmo naquela época, essas coisas existiam.

Isso o fazia se sentir muito pequeno e ineficiente. Mesmo empunhando a pistola de spray ácido, era apenas uma criatura fraca que precisava de uma arma para se proteger. Os alienígenas eram suas próprias armas, organismos perfeitos programados para caçar e matar. Era quase como se tivessem sido criados assim, embora ele não quisesse imaginar quem faria algo assim.

Hoop nunca tinha sido um homem temente a Deus, e considerava tais crenças antiquadas, ignorantes e tolas. Mas talvez houvesse deuses além dos que a raça humana conhecera.

A luz cintilou pela grande sala, movendo-se sobre os ovos eclodidos, as órbitas vazias dos alienígenas caninos e os cantos onde qualquer coisa poderia se esconder. Ele sentiu o nervosismo de todos, e o seu próprio. Isso era muito mais do que qualquer um deles esperara.

– Nós vamos conseguir – disse em voz baixa, mas ninguém respondeu. Nenhum deles tinha certeza disso.

Nos fundos da sala, passando pela abertura rumo ao que quer que estivesse além, chegaram perto o bastante para tocar uma das vítimas encasuladas. Hoop passou o facho da lanterna sobre a criatura morta e parou no rosto.

Os seres que eles haviam encontrado nos túneis tinham sido deformados pela arma que tirara suas vidas, mas, a não ser pela ferida no peito, aqueles estavam inteiros.

Pareciam agonizantes e torturados. Hoop pensou em um universo que ainda podia expressar tamanha dor, depois de tanto tempo.

Ele apontou a luz para o espaço além e entrou.

Outro túnel, outro corredor, outra passagem. As paredes eram curvas, os pisos, irregulares e úmidos. A umidade era algo novo, e ele fez uma pausa para esfregar o pé na superfície. Um líquido borbulhou no chão, como se a superfície fosse gordurosa, e a bota dele reduziu várias bolhas a uma mancha.

– É escorregadio aqui – avisou aos outros.

Ripley estava ao seu lado de novo, apontando a lanterna para a frente.

– O cheiro mudou também – acrescentou ela. Tinha razão.

Até então o interior da nave tivera cheiro de velharia: poeira, mofo, ar filtrado vindo da atmosfera processada da mina para erguer aromas por toda parte. Mas ali era diferente. Ele inspirou profundamente e franziu a testa, tentando identificar o odor. Era sutil, mas desagradável, ligeiramente azedo, como se alguém tivesse deixado de tomar banho por muito tempo. Havia também algo nele que Hoop não conseguia identificar. Não um cheiro, mas uma sensação.

– Está mais quente – disse Ripley. – Não o ar, mas… tem um *cheiro* quente.

– É – concordou ele. – Como uma coisa viva.

– A nave? – perguntou Ripley.

Ele balançou a cabeça.

– Acho que se, de alguma forma, esta nave esteve viva, isso foi há muito tempo. Este é mais recente. São eles.

Ele ouviu Ripley passar o recado aos restantes – *tomem cuidado, fiquem atentos!* – e depois avançou mais uma vez. Sempre em frente. Voltar ainda era uma opção, mas também parecia um erro.

A responsabilidade pesou mais do que nunca, ganhando massa à medida que o tempo passava sem incidentes. Ele nunca fora um grande tomador de decisões – muitas vezes, demorava até para escolher o jantar no cardápio limitado da *Marion* –, mas temia que, se decidisse que deveriam voltar agora, essa escolha pudesse arruinar todos eles.

Melhor continuar em frente.

Enquanto prosseguiam, a umidade e os cheiros no ar se intensificavam. O nariz dele começou a arder. Estava suando, a umidade crescendo, o nervosismo fazendo o corpo porejar umidade. A boca estava seca, e a garganta, dolorida.

– Não deveríamos seguir por aqui – disse Baxter. – Isso é ruim. É errado.

– Está *tudo* errado! – retrucou Lachance bruscamente. – Mas este é o caminho para voltar ao topo da nave, então, está bom para mim.

– E aquelas coisas que chocaram? – perguntou Sneddon, e Hoop parou de supetão.

Tem uma coisa me incomodando, e é…

– Onde elas estão? – perguntou ele, virando-se para encarar os outros.

– Isso foi há muito tempo – disse Ripley.

– Não sabemos quanto tempo eles vivem. Os que estavam na *Samson* esperaram semanas, quem sabe possam hibernar por anos. Ou mais tempo.

– Então pode haver muito mais aqui do que só aqueles nascidos dos mineradores – concluiu Sneddon.

– Isso não muda nada – disse Hoop, e esperou alguma reação. Mas todos apenas o encararam, sem nada dizer. – Não muda *nada*. Estamos aqui agora. Vamos em frente, para cima e para fora.

Prosseguiram, mas o corredor – cheio de curvas, rumando só ligeiramente para cima – terminou em outra sala grande e escura.

Ah, não, pensou Hoop. *Era o fim. Era isso que os mineradores haviam encontrado, ou um lugar parecido.*

Era outro berçário. Não havia como saber quantos lugares como aquele existiam na nave, nem mesmo quão grande ela era. Enquanto paravam à entrada da câmara, ele se viu tremendo de medo, um temor profundo, primitivo. Aquele era um perigo além da humanidade, um que já existia desde muito tempo antes de os seres humanos ao menos saberem o que eram as estrelas.

– Esses estão inteiros – disse Sneddon. Ela passou por Hoop, tirando a correia da pistola de spray ácido do ombro e tirando algo do bolso.

– Não chegue muito perto! – avisou Hoop.

– Mumificados. Preservados. – A sala foi iluminada por um clarão quando Sneddon começou a fotografar os ovos. – São quase como fósseis.

Hoop movia a pistola e a lanterna ligada a ela de um lado para o outro, vasculhando toda a extensão da câmara, procurando uma saída. Viu do outro lado uma abertura alta e emoldurada. Também viu outra coisa. Apontou a lanterna para cima.

– Olhem.

O cabo com as lâmpadas fora pendurado em suportes de arame fixos no teto alto da sala. Algumas delas estavam estilhaçadas, outras pareciam inteiras, mas já não funcionavam mais. Ou tinham sido intencionalmente desativadas. Hoop não estava gostando nem um pouco daquilo.

– Venham aqui! – disse Sneddon.

Ela estava no canto mais distante do compartimento, perto de um dos ovos e tirando fotografias. Os clarões incomodavam Hoop – por um segundo, depois de cada um, só via a escuridão total, a visão voltando lentamente. Não gostava de ficar cego, nem por um segundo.

O ovo diante dela estava aberto. Ao contrário dos outros, não parecia velho e fossilizado, mas recente. Úmido. Ela bateu outra foto, mas dessa vez Hoop piscou no momento em que a luz causticou a sala, e, quando abriu os olhos novamente, sua visão estava clara. No último instante do flash, viu que os ovos de aspecto velho estavam opacos sob o clarão da câmera. Lá dentro, havia formas. E tinha certeza de que elas estavam se mexendo.

– Sneddon, não chegue muito…

– Tem alguma coisa aqui – disse ela, dando um passo à frente.

Algo pulou do ovo. Em um instante, a coisa grudou no rosto de Sneddon. Ela deixou a câmera cair, que começou a disparar no automático, a luz branca cauterizando a sala em intervalos de um segundo enquanto a mulher agarrava a coisa e tentava enfiar os dedos debaixo das garras e da cauda longa e agitada que lhe envolvia o pescoço.

Então, ela caiu de joelhos.

– Puta merda! – exclamou Lachance, apontando o lança-cargas na direção dela.

Ripley o empurrou para o lado.

– Você vai arrancar a cabeça dela!

– Mas essa coisa vai…

– Segurem-na!– ordenou Hoop, e foi para o lado de Sneddon, tentando avaliar o que estava acontecendo, como a coisa tinha se fixado ali e o que estava fazendo com ela.

– Ah, merda, *olha* essas coisas! – exclamou Kasyanov.

Outros ovos estavam eclodindo. Mesmo sob os gritos de pânico, Hoop pôde ouvir os sons úmidos, pegajosos, quase delicados que eles faziam ao se abrir e os movimentos escorregadios dos seres lá dentro.

– Não fiquem muito perto de nenhum deles! – exclamou. – Venham aqui, vamos ficar jun…

– Foda-se! – rosnou Kasyanov, e ateou fogo pela sala com o maçarico de plasma. Os flashes da câmera de Sneddon, que ainda disparava, não eram nada se comparados à luz escaldante. A médica lançou a chama de um lado para o outro, o fogo passando em uma onda incandescente pelo espaço, e sob o calor concentrado os ovos começaram a estourar. Rachavam e se contorciam, as criaturas surgiam se debatendo, deslizando para fora em um jorro de líquido que borbulhava sob o calor, as pernas e as caudas chicoteando em busca de apoio. Então elas começaram a guinchar. Era um som pavoroso, de romper os tímpanos, demasiadamente humano.

– Me ajudem a arrastá-la! – pediu Ripley, tentando agarrar Sneddon por baixo de um braço.

Mas a oficial de ciências desabou para a frente, o ombro atingindo um ovo, antes de cair de lado.

– Vamos para lá! – gritou Ripley, indicando a saída do outro lado da sala. – Preciso de ajuda!

Lachance tirou a pistola de spray ácido do ombro de Sneddon, agarrou-a por baixo do braço e começou a puxá-la.

O ovo no qual Sneddon tinha caído se abriu. Hoop notou e, sem pensar, apontou para lá a própria pistola. Ripley viu o cano apontado para ela e abriu a boca para gritar um aviso, mas então percebeu o movimento, virou-se e apontou o lança-cargas para a frente.

– A sua, não! – berrou Hoop. Ele havia entregado a ela cargas de verdade, e, se disparasse uma neste espaço fechado, poderia matar todos eles.

Lachance foi mais rápido. Largou Sneddon, recuou e disparou o próprio lança-cargas, carregado com munições não explosivas. O ovo estremeceu quando foi perfurado, e um líquido espesso e viscoso vazou de dentro dele.

– Não pise nisso! – advertiu Ripley enquanto ela e Lachance agarravam Sneddon novamente.

Kasyanov encarava sua obra. Metade da sala estava em chamas, o plasma aderido às paredes e aos ovos, gerando múltiplos incêndios. Vários outros ovos – os que não foram pegos na explosão inicial – eclodiram, as entranhas ferventes espirrando por toda a sala. Kasyanov se encolheu, esfregando algo que caíra no seu antebraço e na luva.

– Não espalhe! – gritou Hoop.

A médica olhou para ele, balançando a cabeça e erguendo a mão enluvada.

– Tudo bem, não é ácido – disse ela. – Acho que… – Em seguida, sua expressão mudou quando o tecido começou a borbulhar e fumegar, corroído pelo líquido.

Kasyanov berrou.

– Vamos! – gritou Hoop.

Ripley e Lachance arrastaram Sneddon, Baxter mancou como pôde e Hoop foi até a médica, estendendo a mão para ela e tentando não tocar nas partes afetadas. Ela o viu chegar e tentou ficar parada, mas fortes tremores atravessavam seu corpo. Os dentes dela rangiam com tanta força que Hoop pensou que se quebrariam, e ela começou a espumar pela boca.

Ela estendeu a mão boa e segurou a dele.

– Eu… não consigo... enxergar… – ela conseguiu balbuciar, e Hoop apertou sua mão. Os olhos dela pareciam estar bem, mas não havia tempo para examiná-los com atenção. A sala estava queimando. Precisavam fugir.

As coisas que agarravam rostos ainda estavam estourando nos ovos, cozinhando no fogo, gritando.

O grupo conseguiu chegar até a porta do outro lado. Ripley foi primeiro, iluminando o caminho com a própria lanterna. Hoop guiou Kasyanov por último, apoiando-a na parede que gotejava e tentando dizer algumas palavras de consolo ao seu ouvido. Não sabia se ela ouvira ou não.

Então, parou na abertura e encarou a sala de onde vieram. As ondas de calor eram intensas, sugando o ar para alimentar as chamas. Os sons do incêndio eram incrivelmente altos – o rugido do ar em chamas, os estalos e estouros dos ovos explodindo e queimando. O fedor era horrível, chamuscando o nariz e a garganta enquanto as labaredas ameaçavam açoitar a roupa, o rosto e os cabelos.

Mas ainda havia muitos ovos intocados. Enquanto erguia a pistola de spray ácido e se preparava, vislumbrou alguma coisa reluzindo do outro lado da sala. Um brilho vindo das sombras. Apontou a lanterna naquela direção e viu.

– Ripley! – chamou, tentando não gritar muito alto. – Lachance, Baxter! Eles estão aqui.

15

PROLE

– Estamos matando os filhotes deles – disse Ripley.

E, embora não tivesse certeza de que essa avaliação era correta – de onde vinham os ovos, quem os punha, como as feras procriavam? –, de alguma forma sentia que tinha razão. Qualquer espécie faria de tudo para proteger sua prole. Assim era a natureza.

Do outro lado da câmara ardente, fumarenta e respingante com ovos, o primeiro alien saiu das sombras. A pistola de ácido de Hoop não chegaria tão longe, então, Ripley não hesitou. Apoiou o lança-cargas no quadril e disparou. Foi um golpe de sorte. O projétil atingiu o alienígena na parte de baixo de uma perna, fazendo-o tombar para a esquerda, rolando por cima de dois ovos incendiados. Ele gritou e se levantou, sacudindo as chamas como um cão tirando água do pelo.

Um...

Ripley contou mentalmente. Na única outra vez em que ela havia disparado uma carga explosiva, o tempo de atraso tinha chegado a cinco segundos, e agora...

Dois...

– Prendam a respiração! – Hoop disparou três jorros de ácido para o lado direito da sala.

Três...

O ácido atingiu a parede e de lá espirrou, espalhando-se por todo o chão e por vários ovos, que começaram a chiar imediatamente. Um ovo se partiu em dois na mesma hora, uma fumaça vermelha saindo de suas entranhas arruinadas.

Quatro...

O alienígena estava de pé novamente, um membro similar a um braço batendo nas pernas, onde a carga pequena e metálica penetrara e se prendera.

– Protejam-se! – gritou Ripley. Ela virou as costas para as chamas e se agachou.

A explosão reverberou pela câmara e através da estrutura da nave, o assoalho pulando sob seus pés, o ar esmurrando os ouvidos. Ela arfou, engoliu em seco e girou para encarar novamente a sala.

O alien fora destruído, a maior parte do tronco e dos membros inferiores estava desintegrada. A cabeça tinha quicado no teto e pousado perto de onde ele estivera, e as duas criaturas que entraram em seguida a chutaram para o lado. Hoop parou ao lado de Ripley, ofegante. Ela olhou para ele e viu o corte escurecido no braço direito do traje. Mas não havia tempo.

– Corram! – gritou.

Os dois aliens se separaram, seguindo entre as chamas, e só restava uma carga. Alguém empurrou Ripley para o lado com o ombro, e o mundo ficou branco. Ela fechou os olhos com força e deslizou pela parede, sentindo o calor em um lado do rosto quando mais um incêndio irrompeu pela sala dos ovos.

Um vento rugiu ao passar por eles para alimentar o fogo, e então alguém apertou a mão dela. Hoop estava lá, tentando puxá-la para longe e fazê-la correr.

Baxter estava acima deles, uma perna firme e o outro pé mal tocando o chão. Estava de costas enquanto localizava um dos aliens, disparando outro jorro rápido do maçarico de plasma e atingindo a criatura na lateral da cabeça. A fera gritou, berrou e correu para o outro lado da sala, de uma parede a outra, deixando um rastro de fogo. Quando atingiu a parede, deslizou para o chão e não se mexeu mais.

Ripley não conseguia ver a outra criatura.

– Vai haver mais! – disse Hoop.

– Eu vou ficar…

Pelo menos, foi o que Ripley pensou ter ouvido Baxter dizer. Era difícil saber, pois ele ainda estava de costas, o maçarico de plasma indo da esquerda para a direita enquanto ele procurava novos alvos. A sala era um mar de chamas, o vento da tempestade ígnea quase forte o suficiente para derrubá-lo. Ela só conseguia ver a silhueta de Baxter contra o fogo.

– Não seja burro – respondeu Hoop, abaixando-se e passando o braço de Baxter por cima dos ombros. – Ripley, você pode guiar Kasyanov?

– Eu estou… – começou a médica. – Eu posso andar… só não enxergo…

Ela ainda tremia, uma mão estendida à frente do corpo. Mal se assemelhava a uma mão agora.

– Seus olhos não foram feridos – disse Ripley.

– A fumaça… – disse ela. – No meu cinto, no bolso de trás. Cápsulas vermelhas. Para… dor.

– Depressa! – disse Hoop.

Ripley sabia que ele tinha razão, haveria mais aliens, mas precisavam que Kasyanov se recompusesse. Com Baxter mancando e Sneddon abatida, estavam chegando rapidamente ao momento em que precisariam deixar alguém para trás. E se recusava a decidir quem seria. Ripley vasculhou os bolsos do cinto de Kasyanov e encontrou uma fileira de cápsulas vermelhas injetáveis. Tirou três, destampando uma e enfiando a agulha através do traje de Kasyanov, no antebraço direito. Então pegou a outra, ajoelhou-se e cravou-a na perna de Baxter.

Hoop foi o último, a agulha entrando em seu ombro.

– Ai! – gritou ele, e Ripley riu. Não pôde evitar.

Baxter abriu um sorriso, e Hoop também sorriu, acanhado. Então Ripley se levantou, pegou a mão boa de Kasyanov e a apoiou no próprio ombro.

– Segure firme – disse. – Pare quando eu parar, ande quando eu andar. Vou ser seus olhos.

Kasyanov assentiu.

– Lachance? – disse Hoop.

– Por enquanto estou bem – respondeu o francês, ajoelhando-se e jogando Sneddon sobre o ombro. – Ela é leve. Mas não vamos muito longe assim.

Ripley encarou a coisa no rosto de Sneddon, e entre piscadas viu Kane deitado na enfermaria da *Nostromo*, Ash e Dallas olhando-o sem a menor ideia do que fazer. *Talvez ela não devesse ir muito longe*, pensou. Aquela coisa já podia estar plantando um ovo dentro dela. Mas a ideia de deixá-la era doentia demais para ser considerada.

Com a pistola de Sneddon perdida e o maçarico de Kasyanov pendurado no ombro, estavam ficando sem armas. Após disparar a última carga que lhe restava, Ripley voltaria a atirar parafusos. Não tinha ideia de quanto tempo o plasma e o ácido durariam.

Kasyanov apertou o ombro dela com força. *Como se sua vida dependesse disso!*, pensou Ripley, sorrindo com amargura. Foi quando a lanterna amarrada ao lança-cargas de Lachance se apagou.

– Uma já era – disse ele, já ofegante sob o peso de Sneddon.

– Hoop, Lachance tem razão. Não podemos ir longe assim – disse Ripley.

– Mas precisamos – respondeu ele.

Ele estava certo. Era a única resposta. Aquela não era uma daquelas situações em que um milagre de repente se apresentaria. Precisavam ir o mais longe que pudessem, e não adiantava esperar que algo acontecesse. Um pé na frente do outro, defendendo-se, lutando quando fossem obrigados, avançando depressa quando não.

E se e quando voltarmos à Marion, *ainda teremos que lidar com Ash*, pensou ela. Perguntou-se quão longe aquele desgraçado tinha ido. Ele a havia arrastado consigo através do cosmos, à procura de vida extraterrestre, e, ao encontrá-la, ele não deixou que Ripley escapasse de seus planos. Comprometimento ela conseguia entender, mas a determinação de Ash ia muito além. Talvez ele até…

Ela soltou uma risada curta, amarga.

– O que foi? – perguntou Hoop, olhando-a de soslaio.

– Nada – respondeu. E não era nada mesmo. Mesmo que Ash tivesse sido responsável pelo apodrecimento da célula de combustível da *Narcissus*, isso não significava nada agora. Mas, se conseguissem voltar para a *Marion*, teriam que tomar cuidado. Só isso.

Um pé na frente do outro… passo a passo.

O corredor continuava para cima, tão largo quanto qualquer outro que tivessem tomado, e eles começaram a passar por aberturas de ambos os lados. Hoop desacelerava o passo antes de cada abertura e disparava um rápido tiro de ácido, mas nada gritava ou surgia das sombras para atacá-los.

Não notaram a abertura acima deles até ouvirem o grito.

Era diferente dos outros guinchos que tinham ouvido até então, um grito mais profundo, como se vindo de algo maior. De alguma forma, também era mais calculado, quase inteligente. Era assombroso.

Ripley parou e se agachou, e Kasyanov fez o mesmo atrás dela. Olhou para cima. Havia uma forma ampla e mais escura no teto em meio às sombras, e só apontando uma lanterna diretamente para lá viram a coluna que se erguia acima deles. No alto da coluna, algo se mexeu.

Hoop estava mais à frente com Baxter, ambos já apontando as armas. Mas nenhum deles atirou. *O ácido e o fogo cairiam aqui embaixo*, pensou Ripley.

– Voltem!

Ripley e Kasyanov recuaram, e, atrás delas, Lachance grunhia com o esforço para retroceder com Sneddon ainda pendurada no ombro. Hoop e Baxter seguiram pelo corredor, de forma que a abertura no teto ficasse entre eles. Ripley e seu grupo encostaram-se contra a parede, dando aos dois a área mais ampla possível na qual atirar.

Mas não ampla o suficiente.

– Vamos! – disse Ripley. – Depressa!

E correu. Kasyanov apertou o ombro dela com firmeza e a acompanhou. Lachance vinha logo atrás, seguindo o ritmo delas quando passaram debaixo da abertura. Ripley arriscou olhar para cima…

… e viu a criatura muito mais perto agora, caindo, os membros arrancando faíscas das laterais das colunas, não mais guinchando, mas rosnando agudamente, a boca estendida e aberta, pronta para o ataque. Ela tirou a mão de Kasyanov do ombro e a empurrou para que seguisse em frente, então se agachou e disparou o lança-cargas para o alto. Em seguida, rolou para o lado sem esperar para ver o que havia acertado.

– Corram! – gritou Hoop, agarrando Ripley pela gola e a colocando de pé, depois ajudando Baxter a mancar pelo corredor.

A *carga vai cair,* pensou Ripley, *vai errar aquela coisa e aterrissar às nossas costas, e quando explodir vai nos derrubar, nos nocautear, e aí...*

A explosão veio de trás deles. Ela pôde perceber, pelo som, que a carga havia detonado em algum lugar no alto da coluna, mas segundos depois seus efeitos chegaram à base e impactaram todo o corredor, impelindo todos para a frente. Kasyanov grunhiu e cambaleou, caindo com os braços estendidos e gritando quando a mão machucada recebeu o peso do corpo. Ripley caiu de cara nas costas de Hoop, as mãos apoiando-se nos ombros dele e derrubando-o. Enquanto caíam, ela pensou na pistola de spray e no que aconteceria caso o reservatório de ácido explodisse abaixo deles.

Hoop deve ter pensado a mesma coisa, pois apoiou as mãos na frente do corpo e rolou para o lado, jogando Ripley contra a parede. Ela perdeu o fôlego e arfou, esperando longos segundos até recuperar o ar. E, enquanto esperava, viu Lachance soltando Sneddon, jogando-se para a frente em um rolamento e então voltando a se levantar, girando sobre o pé esquerdo e apontando o lança-cargas novamente para a explosão.

Ripley se virou para olhar enquanto inspirava, ofegando, e o que viu roubou o ar de seus pulmões novamente, tanto quanto qualquer explosão.

O alien havia caído da coluna e estava bloqueando o corredor – o corredor *inteiro.* Um dos seus membros e uma parte do tronco pareciam ter sido desintegrados, e ácido chiava e borbulhava no piso e nas paredes. Ele cambaleou, uma das pernas robustas levantando e descendo, levantando e descendo, como se apoiar o peso nela fosse doloroso.

Era maior do que qualquer outro alien que tivessem visto.

O tronco era mais pesado, a cabeça mais longa e mais larga.

Ele sibilava. Rosnava.

Lachance atirou.

Dois parafusos atingiram o flanco ferido da criatura, arrancando pedaços da pele rígida e da carne borbulhante. A fera gritou e agitou os membros que lhe restavam, criando fendas profundas nas paredes. Os dois tiros seguintes de Lachance a acertaram diretamente abaixo da cabeça.

Os gritos cessaram. A besta congelou. Hoop se levantou e apontou a pistola de spray, mas não disparou. Até mesmo a fumaça persistente da explosão parecia paralisada, esperando o que quer que fosse acontecer a seguir.

– Atire de novo – sussurrou Ripley, e Lachance obedeceu. O disparo atingiu o abdômen do alien, mas ele já estava desabando no chão, os membros parando de se mexer, a cabeça danificada apoiada na parede do corredor. E então, muito lentamente, ele deslizou para o chão enquanto seu sangue ácido abria um buraco na parede.

Hoop se retesou, pronto para disparar a pistola, mas Ripley levantou a mão.

– Espere! – pediu ela. – Só um pouco.

– Por quê? – perguntou ele. – Talvez não esteja morto.

– Parece morto para mim – disse Lachance. – Metade da cabeça explodiu.

– É, bem… – respondeu Ripley.

Eles esperaram, observando a criatura imóvel, a fumaça descendo pela coluna, retirando-se pelo corredor em direção à câmara ardente dos ovos. Ela não podia mais sentir a brisa, mas a fumaça fugaz indicava que as chamas ainda ardiam. Tentaram escutar mais movimentos, mas nada ouviram. Ao mesmo tempo, ela procurava ver o que havia de diferente na fera morta. Além de ser maior do que as outras, havia outras diferenças sutis. O comprimento dos membros, o formato da cabeça.

– Que diabo é isso? – perguntou Hoop, apontando. – Lá, no traseiro.

– Ah, bom, isso é nojento – resmungou Lachance.

O abdômen do alien se abrira, derramando um líquido escorregadio pelo chão. Chiava e cuspia enquanto a poça de ácido se espalhava, mas foram as coisas caídas na poça que chamaram a atenção de Ripley. Várias delas – talvez centenas –, esféricas, cada uma mais ou menos do tamanho de seu polegar. Cintilavam sob a luz da lanterna, deslizando umas sobre as outras enquanto outras mais se derramavam da ferida.

– Acho que matamos a rainha – disse Ripley.

– Tem certeza? – perguntou Hoop atrás dela.

– Tenho, é a única coisa que faz sentido. São ovos. Centenas deles. – Ela olhou para ele. – Matamos uma maldita rainha.

Ela examinou os restos da criatura, jogando a luz da lanterna por todo o corpo dilacerado. Embora maior do que qualquer um que tivessem visto até então, havia também algo quase infantil – as feições eram maiores, e os membros angulosos e afiados não pareciam tão mortais. Ripley sentiu um estranho frisson, uma sensação de semelhança. Mas não se parecia *nada* com aquela coisa.

Nada mesmo.

– Acho que ela é jovem – disse. – Imagine o tamanho…? – Ela balançou a cabeça. – Precisamos ir.

– É – concordou Hoop.

– Meus olhos estão melhorando – afirmou Kasyanov. – Posso ir mais rápido. Vou ficar atrás de você. Mas vamos dar o fora deste lugar.

Foram em frente, o corredor ainda serpenteando para cima. Estavam mais cautelosos agora, Hoop e Ripley jogando suas luzes à frente e ao longo das paredes, do piso ao teto. Em cada cruzamento, faziam uma pausa para escutar antes de continuar. E, quando chegaram à outra escadaria que talvez pudesse levar a uma abertura no casco da nave, ele entregou a Ripley outro contêiner de cargas.

– É o último – disse ele. – Restam cinco cargas.

– E estou quase sem parafusos – acrescentou Lachance.

– Meu maçarico de plasma ainda está quase cheio – disse Kasyanov.

Estavam se enfraquecendo a cada passo, Ripley sabia. Quer fosse ou não um ato intencional dos aliens, quer pudessem ou não pensar em uma estratégia tão complexa, ela não sabia. Mas o fato permanecia.

– Esta é a saída – disse, indicando a nova escada, mais curta.

– Como você sabe? – perguntou Lachance, sem fôlego. Seus joelhos estavam tremendo sob o peso de Sneddon. Ele estava quase exaurido. E Baxter, apoiado em Hoop, olhava para os novos degraus, na altura da cintura, com algo que se assemelhava a pavor.

– Porque tem que ser – respondeu Ripley.

Começaram a escalar…

Ela está ofegando, suando, exausta, entusiasmada. É um daqueles momentos que se transformam no momento perfeito, do tipo que jamais se repetirá, tão raro que seu florescer é como o da flor mais preciosa do planeta. Está tomada por uma sensação de bem-estar, um amor absoluto pela filha, tão poderoso que dói.

Desta vez, agora, *pensa ela, esforçando-se para guardar esse instante na memória. A urze fresca sob as mãos enquanto ela escala a encosta e se impulsiona para o alto. O calor do sol na nuca, o suor esfriando nas costas pelo esforço da escalada. O céu azul, o rio serpenteando pelo vale abaixo, os veículos tão pequenos quanto formigas, passando para lá e para cá na estrada.*

O declive torna-se mais íngreme quando elas se aproximam do topo da colina, e Amanda, acima dela, dá uma risadinha, fingindo que não nota. É perigoso – não é bem como escalar uma montanha, mas é uma confusão de mãos e joelhos, e, se elas escorregarem, será uma longa queda.

Mas Ripley não consegue ficar zangada. Tudo parece bom demais, certo demais para isso.

Então, ela se esforça para subir mais e mais rápido, ignorando a sensação de espaço vazio que a puxa para baixo. Amanda olha para trás e vê a mãe chegar mais perto. Ela ri outra vez e sobe, seus membros jovens fortes e flexíveis.

Na verdade, nunca estive aqui e nunca vi isso, mas é o melhor momento da minha vida.

Amanda atinge o topo e grita em triunfo, desaparecendo ao deitar na grama curta e esperar pela mãe.

Ripley sobe pelos degraus naturais na encosta. Por um instante, sente-se muito sozinha e exposta, e faz uma pausa na escalada. Chocada. Com frio.

Em seguida, ouve outro som vindo do alto que a faz começar a subir outra vez. A sensação de bem-estar desapareceu, e o momento de perfeição se dissipa como se ela nunca o tivesse sentido. O céu não está mais azul. A vegetação da colina agora é brutal em vez de bonita. O som era sua filha, chorando.

Ripley chega ao topo, agarrada à colina, com medo de cair e ainda mais daquilo que verá caso não caia. Quando faz um último esforço e chega ao ápice, ela pisca, e está tudo bem. Então, ela realmente vê Amanda, parada ali, a poucos metros de distância, com uma daquelas coisas monstruosas coladas ao rosto, a cauda apertando, os dedos pálidos agarrando, o corpo pulsando.

Ripley estende a mão, e o peito da filha se rasga…

– … entrar lá! – disse Hoop.

– O quê? – perguntou Ripley, piscando e saindo da névoa de confusão.

Foi mais difícil dessa vez, a sensação debilitante de perda agarrando-se à mente com mais persistência. Chegaram ao topo da escada – ela sabia disso, ainda que estivesse em outro lugar –, mas precisou de um momento para olhar ao redor antes de entender o que Hoop estava dizendo.

– Mas *olhe*! – exclamou Baxter. – Não podemos simplesmente ignorar isso.

– Eu posso – respondeu Hoop. – Posso e *vou*!

O fim da escada se abria em uma área ampla com duas saídas. Uma levava para cima, talvez em direção a uma escotilha no casco da nave, talvez não. Não havia como saber. A outra era muito, muito mais ampla, e diferente de qualquer coisa que tivessem visto na nave antes.

A princípio, pensaram que fosse vidro. O tempo havia deixado as camadas de material transparente arranhadas e empoeiradas, mas ainda pareciam sólidas. Então, ela viu a passagem tremular como se agitada por uma brisa que ninguém sentiu, e soube que não era vidro. Não sabia exatamente o que era, mas estava lá por uma razão.

Lachance pegou a lanterna de Baxter e iluminou a área à frente. A luz passou pela superfície clara e então se espalhou pelo grande espaço diante deles. Ripley reconheceu algumas das coisas que ela iluminou. Outras, não.

Nenhuma a fez querer se aproximar.

– Mais ovos – disse ela.

– Esses são diferentes – emendou Baxter.

Ele se aproximou mancando e encostou o rosto na barreira, que ondulou quando ele a tocou. Lachance jogou a luz ali, e Hoop o imitou.

– Ah – disse Baxter, virando-se lentamente.

– O que é? – perguntou Ripley. *Temos que ir embora!*

– Acho que acabamos de descobrir de onde a sua amiga rainha veio.

Ripley fechou os olhos e suspirou; havia uma inevitabilidade implacável e terrível ali. Ela não se sentia no controle das próprias ações. Já deixara de pensar: *Talvez tudo não passa de um sonho.* Não, não estava dormindo, mas também não se sentia totalmente acordada. Quanto mais tentava controlar os acontecimentos, mais eles lhe escapavam. E ali estava ela novamente, precisando seguir em uma direção, mas atraída irresistivelmente para outra.

Hoop jogou a luz na escada de onde tinham acabado de vir. Tudo imóvel. Então, ele se voltou para a nova sala além do invólucro transparente.

– Vou na frente – disse ele.

A segunda coisa que Ripley notou foi que a tecnologia ali era muito mais reconhecível – e mais prevalente – do que em qualquer outra parte da nave. Havia pelo menos seis estações móveis de trabalho onde os equipamentos pareciam, em grande parte, os mesmos, variando só de unidades avantajadas para dispositivos menores e mais intrincados. Havia muito pouco pó, e tudo tinha uma nitidez, uma clareza que faltava ao resto da nave. O tempo não havia prestado muita atenção àquele lugar.

A *primeira* coisa que havia notado foram os ovos, e as coisas que os protegiam.

Havia dezesseis ovos, separados uns dos outros dentro de um recinto circular, feito de arame e que chegava à altura da cintura. Os recintos haviam sido instalados em torno do perímetro curvo da sala, deixando o centro livre para as estações de trabalho móveis. Os ovos se pareciam com os outros que eles haviam encontrado e destruído, embora houvesse diferenças sutis na cor, no tamanho e na forma. Eram mais redondos, maiores e a superfície parecia ser percorrida por veias finas. Ripley pensou que talvez fossem mais novos, ou simplesmente mais bem preservados.

Agachadas ao lado dos ovos estavam as coisas que, à primeira vista, lembravam estátuas. Porém, ela sabia que nada ali era o que parecia. Eram aliens: os membros angulosos menos afiados, a cabeça baixa e pálida. Pouco maiores que os outros, mas muito diferentes da rainha que mataram havia pouco tempo. Foi Lachance quem acertou o alvo:

– Eles se parecem… com os construtores da nave.

Era verdade. Pareciam uma mistura monstruosa de alien e alienígena canino. Tinham mais membros do que os outros, além de um corpo mais robusto, pernas mais grossas e cabeça mais proeminente, mas ainda exibiam a mesma carapaça quitinosa; um tinha caído para o lado com a boca grotesca aberta, os dentes prateados agora desbotados. Ripley ficou feliz por não tê-los visto vivos.

– Há quanto tempo vocês acham que eles estão aqui? – perguntou Baxter.

– Há muito tempo – respondeu Kasyanov. – Aquele ali parece quase mumificado. Mas esses ovos… talvez as coisas malditas *nunca* morram.

Um ovo estava partido, e no chão perto dele estava o corpo de um dos mineradores.

– Nick – sussurrou Lachance. – Ele me devia cinquenta dólares.

O peito de Nick estava escancarado, as roupas rasgadas, as costelas, salientes. Parecia mais recente do que os outros cadáveres que encontraram; no entanto, Ripley achava que ele provavelmente morrera na mesma época. A atmosfera naquela seção era mais limpa, e talvez livre de bactérias de decomposição.

– Só um ovo eclodiu.

Ripley piscou suavemente, tentando assumir o controle do sentimento que lentamente a envolvia. Era uma urgência impulsionada pelo nojo, um desejo premente alimentado pelo ódio.

– E acabamos de estourar a desgraçada que saiu dele – afirmou Hoop. – Você não acha?

– É, estouramos.

Ela olhou para os outros ovos e para as coisas que haviam ficado ali para guardá-los, há muito tempo. Se todos esses ovos fossem rainhas, se é que a criatura que acabaram de matar era uma rainha, então tinham potencial para produzir muitos, muitos outros aliens.

Milhares deles.

– Temos que destruir todos – decretou ela, erguendo o lança-cargas.

– Espere! – disse Kasyanov. – Não temos tempo para…

– Então a gente vai criar tempo – respondeu Ripley. – E se não sobrevivermos? E se uma missão de resgate um dia chegar e vier aqui? E depois? Há milhares de criaturas em potencial só nesta sala. Nós lutamos com algumas dessas coisas. Imagine um exército delas.

– Ok, Ripley – disse Hoop, assentindo devagar. – Mas precisamos tomar cuidado. Lachance, vem comigo. Vamos verificar a outra abertura, ter certeza de que é mesmo a saída. Daí, voltamos e fritamos esses merdas. – Ele olhou para Ripley e levantou a mão. – Espere um pouco.

Ela concordou, mas pediu com o olhar que ele se apressasse. Não esperaria por muito tempo. Seu dedo acariciou o gatilho, e ela imaginou os ovos arrebentando, derramando sua carga horrenda no piso cinza e límpido.

Vai pro inferno, Ash, pensou ela, e quase riu. Ele fizera todo o possível para adquirir mais um desses monstros para seus chefes da Weyland-Yutani. E ela estava fazendo tudo o que podia para destruir todos eles.

Ela venceria. Disso não tinha a menor dúvida. A pergunta era: também sobreviveria?

– Vou, sim – disse ela.

Talvez pensando que Ripley estivesse respondendo a ele, Hoop assentiu para ela.

Sneddon estava caída ao lado da porta, a criatura ainda grudada ao rosto dela. Baxter descansava encostado na parede, o maçarico de plasma aninhado nos braços. Kasyanov piscava, ainda sentindo dor nos olhos, também segurando um maçarico.

Quando Hoop e Lachance saíram, Ripley teve um vislumbre de Amanda no topo daquela colina.

Eu vou salvar você, querida. Vou salvar você.

16
MAJESTADE

– A gente vai sair dessa. Certo, Hoop?

– O que você espera que eu diga?

– Que a gente vai sair dessa.

– Então tá, Lachance. A gente vai sair dessa.

Lachance expirou e enxugou a testa.

– Que alívio. Por um minuto pensei que a gente fosse se foder.

– Vem. Vamos ver o que tem lá em cima.

Eles cruzaram a área aberta à frente da escada íngreme, e Hoop parou para olhar para trás. A luz de sua lanterna não parecia ir muito longe, a potência começava a diminuir. Não conseguia enxergar o pé da escada. Poderia haver qualquer coisa lá embaixo, agachada nas sombras e olhando para ele, e Hoop não saberia.

Lachance passou pela abertura e começou a subir a escadaria mais curta. Hoop o seguiu. Havia apenas cinco degraus altos antes que as paredes parecessem se fechar, formando uma barreira branca. Mas Lachance inclinou-se para a esquerda e para a direita, olhando de ângulos diferentes.

– Abertura escondida – disse. – Inteligente.

E mergulhou por uma dobra no material da estranha parede.

Hoop olhou para trás mais uma vez. Não havia nenhum ruído lá embaixo, nenhum indício de que algo de errado tivesse acontecido naquele laboratório estranho com os ovos da rainha. Ainda assim, não conseguia afastar a ideia de que estavam cometendo um grande erro. Essa divisão do grupo, mesmo que por um período tão curto, era burrice.

Ripley estava mais forte do que nunca, mas ele podia sentir uma onda de perigo emanando dela agora. A necessidade de algum tipo de vingança, talvez, que poderia muito bem colocar todos eles em perigo. Era uma mulher racional, motivada pelo instinto de sobrevivência, inteligente e determinada. Mas, quando ela atirara na rainha, ele vira algo nos olhos dela que não tinha nada a ver com racionalidade. Puro instinto, talvez.

Mas um instinto de ataque, em vez de defesa. Quando ela olhara para ele, pouco tempo antes, Hoop vira desejo de matar.

Ele trombou com Lachance, então percebeu por que o francês havia parado. A rota escondida emergia na asa da enorme nave perto da parede da caverna. As lâmpadas dos mineradores ainda pendiam do teto, lançando uma luz fraca por toda a área. Olhando para a asa, ele viu o local por onde tinham entrado a várias centenas de metros de distância e, aparentemente, aquilo já fazia muito tempo.

– Não consigo ver nenhum dos desgraçados – sussurrou Hoop.

– Se estiverem aqui, estão escondidos – respondeu Lachance. – Olhe. O que é aquilo? – Estava apontando para a direita, onde o casco da nave parecia desaparecer debaixo da parede da caverna que se erguia acima deles, finalmente curvando-se num teto elevado e oculto pelas sombras.

– É a nossa saída – disse Hoop.

Havia uma série de rachaduras na parede acima da asa, e qualquer uma delas poderia ser uma rota de volta à mina.

– Sim, mas o que é *aquilo*?

Hoop franziu a testa e olhou com mais atenção. Então, viu do quc Lachance estava falando.

– Puta merda...

Não era parte da nave. Era feito de pedra. A maior parte havia desmoronado, mas um pouco ainda prevalecia, uma estrutura que, à primeira vista, formava a parede rachada e gretada da caverna.

– É algum tipo de construção? – perguntou Lachance. – Uma parede?

– Vamos ver – disse Hoop. – Mas não agora. Vamos, temos que buscar os outros.

– E destruir aqueles ovos – acrescentou Lachance.

– É.

Hoop lançou um olhar mais demorado à caverna: a nave enorme, enterrada, diferente de qualquer uma que algum deles já tivesse visto; a caverna imensa formada acima e em torno dela; e então aquela vasta parede que parecia pairar sobre a nave, enterrando-a, suprimindo as partes que eles ainda não tinham visto. Era quase como se a nave tivesse batido na estrutura, rompendo-a, rasgando-a até parar, emperrada.

O que quer que tivesse acontecido ali, eles nunca saberiam a história toda. Disso, ele tinha certeza.

Pois, mesmo depois de aniquilar os ovos, havia mais medidas que poderiam tomar. Já estava fazendo planos.

Os dois voltaram para dentro da nave, desceram os degraus altos e chegaram à câmara espaçosa à frente da escada mais longa.

Primeiro viram o jato de plasma dentro do laboratório diante deles.

Em seguida, ouviram o grito.

Lachance foi o primeiro a cruzar a plataforma, atravessando a cortina clara, disparando o lança-cargas enquanto entrava. Hoop foi logo atrás dele. *Ripley começou sem nós!*, pensou, mas, ao entrar e ver o que estava acontecendo, entendeu que aquele não era o caso.

Deveriam ter sido mais cuidadosos.

Ripley esperou. Ela deu uma volta na sala, tomando o cuidado de passar longe do corpo do minerador. Nenhum dos ovos deu sinais de que eclodiria, não havia som nem movimento, mas ela permaneceu alerta. Se um deles chegasse a se contrair ou pulsar, ela abriria fogo.

Baxter tinha se sentado ao lado de Sneddon, e os dois estavam imóveis, imitando sem querer os alienígenas mumificados. Kasyanov continuava a piscar rapidamente, tocando os olhos com a mão boa e estremecendo quando a ponta dos dedos da luva roçava as pálpebras inchadas e vermelhas. A mão queimada pelo ácido erguia-se à sua frente, trêmula. Ela precisaria de cuidados quando voltassem à *Marion* – todos precisariam –, mas tinham que chegar lá primeiro.

A não ser pelos que já eclodiram, os ovos dos aliens pareciam intocados e quase imunes aos efeitos do tempo. Talvez o recinto feito de arame fosse algum tipo de campo de estase, deixando os ovos e sua monstruosa carga dormirem até que chegasse a hora de acordá-los.

O momento em que um hospedeiro, uma vítima, seria trazido até eles.

Com o dedo acariciando o gatilho, Ripley se aproximou de uma das figuras híbridas. Embora fossem repulsivas, não pôde negar que também a fascinavam. *Esta deve ter nascido de um dos alienígenas caninos que construíram esta nave estranha*. O que significava que os aliens assumiam alguns dos atributos de quem ou do que quer que usassem como hospedeiros. Será que o alien de Kane tinha algo de Kane?

O de Amanda teria?

– Não – murmurou Ripley. – Eles nunca vão sair daqui. Nenhum deles.

Ela olhou Sneddon, caída perto da porta, aquela coisa aracnoide e enorme ainda presa ao rosto dela, a cauda em torno da garganta. Em breve a criatura morreria e cairia, deixando um ovo dentro do peito que rapidamente cresceria e se tornaria um deles. Depois a dor, a agonia terrível da morte, e um novo monstro surgiria.

Se as coisas fossem como Ash queria, Sneddon entraria em estase antes de isso acontecer.

– Não – repetiu Ripley, em voz alta.

Do outro lado da sala, Kasyanov a olhou, e Baxter ergueu o rosto, ambos alarmados.

– Não podemos levá-la – disse, apontando para Sneddon. – Ela está infectada. Não podemos salvá-la e não devemos levá-la.

– Bom, não tem a menor chance de a gente abandoná-la aqui! – respondeu Kasyanov.

– Você não tem alguma coisa para ela? – perguntou Ripley.

Demorou um pouco para a médica entender o que Ripley realmente estava perguntando. Quando ela o fez, arregalou os olhos avermelhados.

– E quem diabo é você? – perguntou ela. – Você nem conhece Sneddon e está me pedindo para matá-la?

– Matar? – inquiriu Baxter, parecendo confuso.

– Não, só ajudá-la – respondeu Ripley.

– Como exatamente estar morta vai ajudá-la? – rosnou Kasyanov.

– Você viu o que eles fazem? – perguntou Ripley. – Consegue imaginar como dói ter uma coisa… – *Amanda, gritando, as mãos espalmadas enquanto a besta abria caminho para fora.* – Uma coisa comendo você por dentro, quebrando suas costelas, arrebentando seu esterno, abrindo caminho a dentadas? Consegue ao menos pensar nisso?

– Vou tirar essa coisa de dentro dela – afirmou Kasyanov.

Algo rangeu. Ripley franziu a testa, confusa.

– Não chegue perto dela – continuou Kasyanov. – Nenhum de nós conhece você. Nenhum de nós sabe por que você veio para cá, então só…

– Escutem! – exclamou Ripley, erguendo a mão.

Rangidos…

Ela olhou para os ovos ao redor. Nenhum deles parecia estar em movimento. Também não estavam se abrindo, prontos para expelir o conteúdo terrível. Talvez fosse uma brisa, ainda lançada através dos túneis e corredores pelos incêndios que eles haviam ateado nas profundezas da nave. Na entrada, aquelas estranhas cortinas pendiam pesadas. Na sala, nada se mexia. Exceto…

Scriiiitch!

Foi Kasyanov quem os viu.

– Ai… meu… Deus!

Ripley girou, recuando na direção dos outros, junto à porta, agarrando o lança-cargas e percebendo imediatamente que estavam em uma situação desesperadora.

Não era só um dos aliens mumificados que estava se movendo.

Eram todos deles.

Ela apertou o gatilho ao mesmo tempo que Kasyanov disparou o maçarico de plasma, e Ripley sentiu o beijo cáustico e gelado do fogo irrompendo ao seu redor.

Ela gritou.

– Para trás, para *trás*! – berrou Hoop.

Baxter já estava tentando arrastar Sneddon para fora da sala, e Kasyanov segurou as botas da mulher inconsciente, tentando levantá-la com a mão boa, o maçarico crepitando pendurado no ombro.

Quando Lachance e Hoop entraram, houve uma explosão surda do outro lado da sala. Estilhaços passaram assobiando pelas orelhas de Hoop e atingiram seu traje, alguns secos, outros molhados.

Ele se encolheu, esperando sentir mais dor além daquela no braço latejante. Mas não houve mais queimaduras de ácido. Ainda não. Ripley ficou na frente de todos, o lança-cargas apoiado ao quadril enquanto o movia e disparava outra vez.

– Para trás! – gritou Hoop novamente, mas Ripley não pôde ouvir, ou não quis.

Os aliens, antes congelados e mumificados, se moviam. Vários já haviam caído, ardendo nas chamas do maçarico de Kasyanov ou destroçados pelo primeiro tiro de Ripley. Outros se deslocavam pela sala na direção de Ripley. Alguns foram lentos, rígidos, hesitantes, como se ainda acordando de um sono que Hoop não compreendia.

Um foi rápido. Avançou para Ripley pela direita, e, se Hoop já não estivesse com o dedo no gatilho da pistola de spray, ela poderia ter morrido. O instinto puxou o dedo do engenheiro e mandou um jorro de ácido pela sala. O movimento do alien tornou o tiro ainda mais eficaz, o ácido atingindo-o no meio do corpo. Ele silvou, gritou e se debateu, recuando quando o lança-cargas de Lachance disparou. Ele atirou três parafusos na cabeça da criatura, que desabou, morta.

A segunda carga de Ripley explodiu. A sala inteira tremeu, detritos zunindo pelo ar e impactando paredes, rostos, carne. Ela gritou e caiu de joelhos, e Hoop viu que já tinha sofrido queimaduras devido à explosão de plasma no quadril direito e na perna. Os disparos não deviam tê-la tocado – se tivessem, teriam corroído o traje, a carne e os ossos –, mas ela estivera perto demais quando Kasyanov atirara. Se o reservatório do maçarico já não estivesse quase esgotado, Ripley teria morrido.

Hoop se virou para a direita, de costas para todos, e soltou outro fluxo concentrado de ácido, fechando quase totalmente os olhos diante da fumaça, segurando a respiração. Um ovo explodiu, jorrando entranhas escaldantes. Outro se partiu em dois, a coisa dentro debatendo-se brevemente antes de ficar inerte.

Ripley estava de pé outra vez.

– Saiam! – gritou ela para os outros. – Recuem! Agora!

Mais três aliens surgiram em meio a uma nuvem de fumaça e avançaram na direção dela. Ripley disparou outra carga, acertando a criatura mais próxima e jogando-a contra as outras duas, o brilho do metal óbvio em seu peito. Ela virou o ombro e se agachou quando a explosão veio, depois se levantou depressa.

Hoop ajudou Kasyanov com o peso morto de Sneddon, e Lachance recuou com eles.

– Ripley! – berrou Hoop. – Saia! Agora!

Enquanto ele retrocedia pela entrada de cortinas transparentes com os outros tripulantes, viu a silhueta da mulher contra uma muralha de fogo incandescente que ainda ardia em toda a metade esquerda da sala. Seu cabelo estava alvoroçado, a postura determinada, e algo emergiu do fogo e avançou contra ela, em chamas.

Ela caiu, rolou e estendeu a perna. O alien tropeçou na bota e se estatelou, derrubando um dos ovos de rainha. Ripley gritou de dor quando a ferida em sua perna foi golpeada, mas logo se levantou mais uma vez, apontando o lança-cargas e disparando um último tiro na cara do monstro.

Jogou-se através das cortinas enquanto a carga explodia. A explosão a impeliu para a frente, o fogo florescendo por toda parte, os braços estendidos. Ela largou o lança-cargas vazio e amorteceu a queda com as mãos, grunhindo enquanto seu corpo já ferido era submetido a um novo impacto.

Mas levantou-se depressa e correu até Kasyanov. Agarrou a pistola de spray ácido e puxou, mas Kasyanov puxou-a também.

– Ripley! – exclamou Hoop.

Ela estava sangrando na perna e no quadril e tinha um corte feio no ombro e na lateral do pescoço, feito pela cauda do alien. O rosto estava enegrecido pela explosão. Uma grande mecha do cabelo tinha sido queimada, e o olho direito estava quase fechado. Ela deveria estar, no mínimo, prostrada. Mas algo a fazia prosseguir.

– Dá isso aqui! – gritou ela. – Uma raiva, uma fúria ardente contra aquelas coisas e o que pretendiam. – Solta!

Kasyanov tirou a correia do ombro e recuou, olhando para Ripley como se ela fosse um daqueles monstros.

Hoop ia gritar com ela outra vez. Mas Ripley já estava voltando para a cortina, jogando-a para o lado com o ombro e enfrentando os terrores lá dentro. O fogo. Os ovos estourando. E aquelas coisas que perseveravam, despertando, levantando, vindo matá-la.

***

Ela estava diante delas, e o que motivava sua fúria não era a lembrança dos amigos mortos, mas a visão irreal da filha torturada. Não podia fazer nada por Dallas ou pelos outros na *Nostromo*, e estava começando a temer que ela e a tripulação remanescente da *Marion* não sobreviveriam.

Mas podia proteger a filha que não via havia mais de trinta e sete anos. Podia cuidar para que os monstros fossem dizimados, e que se e quando outras pessoas viessem aqui, não corressem nenhum risco de encontrá-los.

Dois ovos de rainha desmoronaram sob as chamas. Ripley prendeu a respiração e disparou um jato de ácido por cima dos restos. Só para garantir.

Uma criatura enorme cambaleou na sua direção, os traços dos alienígenas caninos ainda mais evidentes agora que estava de pé e em movimento. Ela a abateu, manejando a pistola de um lado para o outro e abrindo feridas na carapaça da criatura. O ser tropeçou e caiu, a cauda açoitando o ar e acertando Ripley no estômago. Ela cambaleou por um momento.

As labaredas dançavam, as sombras gritavam e nada mais se mexia naquele laboratório estranho e antigo. Por que os donos daquela nave haviam conservado e nutrido os ovos da rainha? O que esperavam obter, se sabiam sobre os terríveis perigos com os quais estavam brincando? Ela nunca saberia. E não se importava. Saber as respostas não mudaria nada.

Todos eles tinham que morrer.

Três ovos permaneciam, despertos e prontos, pulsando enquanto lentamente se abriam para expelir suas cargas. Ripley disparou um jorro de ácido em cada um, garantindo que as entranhas fossem destruídas. Algo gritou enquanto morria, e ela torceu para que as criaturas sofressem. Qualquer que fosse a idade daqueles ovos e de seu conteúdo, sempre estavam prontos para invadir outro hospedeiro e plantar suas larvas pavorosas.

– Chega! – gritou Ripley. – Vai pro inferno, Ash!

Talvez ele fosse um bom alvo para a ira, talvez não. Mas era bom ter alguém além dessas feras para amaldiçoar.

Agora, estavam acabadas. Mortas e destruídas. Os ovos da rainha – tanto potencial, tanta promessa de dor e sofrimento – eram restos fervilhantes, derretendo e borbulhando no chão. Ela baixou a pistola de spray e piscou contra a fumaça, e as chamas tremeluzentes tornaram a cena quase bonita em meio às suas lágrimas.

Hoop a segurou e ela se virou, vendo-o de pé atrás dela e só então percebendo quanta dor estava sentindo.

– Ripley, temos que... – disse ele, os olhos se arregalando diante de alguma coisa que vira.

– O quê?

– Precisamos cuidar de você.

– Estou bem – respondeu Ripley, não se sentindo bem, mas encontrando forças para se mexer. – Tem Sneddon e Baxter… Você não pode me carregar também. Vou andar até cair.

E assim fez. Deu cinco passos até as cortinas, mais alguns cruzando o espaço amplo além da abertura, e seu mundo começou a girar. Ela estava sangrando, queimando, talvez até morrendo. E, embora aguentasse o máximo que podia, Ripley não podia lutar contra a escuridão que caía ao seu redor.

Eles a viram desabar. Só esperava poder ver todos novamente.

– Eles devem estar vindo – disse Hoop.

– Ela está sangrando muito – alertou Kasyanov. – O ombro, o pescoço, a barriga, eles retalharam tudo.

– Ela vai morrer de hemorragia? – perguntou Hoop.

Kasyanov hesitou só um momento.

– Não a curto prazo.

– Então ela pode sangrar enquanto corremos. Vamos. Estamos quase saindo daqui.

Ele agarrou Ripley e a fez ficar de pé. Ela tentou ajudar, mas não tinha mais forças. O sangue brilhava na frente do seu traje, escorrendo até as botas e salpicando o chão. *Eles vão nos farejar e nos seguir*, pensou Hoop. Porém, não sabia se os aliens podiam farejar, e sua prioridade agora era ficar o mais longe possível dali, o mais rápido que pudessem.

Voltar à mina, ir até o segundo elevador e sair daquele inferno.

Baxter começou a subir a escada mais curta que levava ao exterior, arrastando o tornozelo ferido. Parecia menos doloroso, porém, desde que ele tomara a injeção.

Lachance e Kasyanov levantaram Sneddon e a empurraram para cima, degrau após degrau. Quando Hoop içou Ripley até o primeiro degrau, os pés chutando debilmente, ela começou a falar.

– … leve a… – murmurou.

– Hã? Estamos levando. Vamos todos sair daqui.

– Não… não leve…

Ela ficou em silêncio, e ele pensou que talvez estivesse sonhando. Os olhos se reviravam, o sangue escorria. Ela estava péssima. Mas sua força era inspiradora, e no degrau seguinte ela voltou a despertar, olhando ao redor até focalizar os que estavam acima e à frente dela.

– Sneddon – disse em voz baixa, para que apenas Hoop a ouvisse. – Não podemos levá-la.

Ele não respondeu. Ripley grunhiu e pareceu desmaiar outra vez, e quando ele a arrastou para o degrau seguinte o rastro de sangue que deixou para trás brilhou à luz. Mas ele a ergueu, colocou-a de pé. Não deixaria *ninguém* para trás. Não depois de tudo o que passaram.

Hoop já havia perdido muito na vida. A esposa, o amor, os filhos, tudo deixado para trás quando ele fugira. Um pouco de sua esperança e a maior parte de sua dignidade. Em algum momento as perdas teriam que cessar. Talvez naquele momento, quando estava na pior condição e tudo parecia irremediável, ele começasse a reconquistar as coisas.

É agora. Seus amigos, sangrando e sofrendo, mas seguindo em frente como podiam, o inspiravam. E Ripley, a estranha mulher que viera parar entre eles, sua própria história trágica e cheia de perdas... se ela conseguia continuar sendo tão forte, então, ele também conseguiria.

Escalou o próximo degrau e a puxou atrás de si, e, por alguma razão, ela pareceu mais leve.

Lá fora, os outros se agacharam na superfície da nave. Mantiveram-se abaixados e em silêncio, como se a súbita exposição, depois da jornada aterrorizante pelos túneis e corredores, os assustasse ainda mais. Hoop entregou Ripley a Lachance, tirando o lança-cargas do ombro dela. Mesmo tonta e à beira da inconsciência, ela tentou ficar com a arma. Ele afastou a mão dela.

– Está tudo bem – garantiu. – Está comigo. – E Ripley cedeu.

– O que está fazendo? – perguntou Lachance.

– Uma garantia – respondeu Hoop. – Vou nos dar a melhor chance possível.

Ele ergueu dois dedos – *dois minutos* – e voltou pela abertura.

Pelas suas contas, restava uma carga na arma.

Agora que o encarava sozinho, o interior da nave parecia ainda mais estranho, mais alienígena do que nunca. Haviam saído de lá poucos momentos antes, mas já se sentia novamente um invasor. Admirou-se mais uma vez por aquela nave imensa estar viva, ou já ter estado. Contudo, ela era antiga, e qualquer inteligência que pudesse tê-la conduzido certamente estava, então, no mais profundo dos sonos, ou até morta.

Ele desceu o primeiro degrau, depois o segundo, e então ouviu algo que o paralisou. Tudo em seu mundo se imobilizou – o passado, o futuro, a respiração, os pensamentos. O coração dele deu um sobressalto, como se tentando se esconder daquele som. Um lamento agudo, tão cheio de dor e raiva que arrepiou sua pele, o próprio som uma agressão. Sentiu-se gelado e quente ao mesmo tempo, a alma reagindo da mesma forma que a pele quando confrontada com intenso calor ou frio. Poderia arder ou congelar de terror, mas, por um momento, não soube distinguir um do outro.

O que foi que fizemos?, pensou. Sentiu cheiro de carne queimada, mas não se assemelhava a nenhuma carne que conhecesse. Ouvia o rugido das chamas que haviam deixado para trás, consumindo o que restava dos aliens e dos ovos. E, descendo mais um degrau, viu as três criaturas que tinham vindo atrás deles. Eram idênticas àquelas que encontraram na *Marion*. Não tinham traços caninos, nenhum atributo que pudesse fazer delas rainhas. Guerreiros, talvez. Soldados aliens. E estavam ganindo e lamentando, parados diante do laboratório arruinado e queimado, oscilando de um lado para o outro, a cauda ondeando, a cabeça indo da esquerda para a direita. Era uma dança de morte e luto, e, pelo mais breve dos momentos, Hoop quase sentiu pena deles.

O do meio acocorou-se no chão e pareceu dar uma tragada longa e profunda no rastro de sangue. O sangue de Ripley. Então, sibilou, um som cheio de intenção e muito diferente dos uivos de angústia, e as outras duas criaturas também se aproximaram do rastro.

Pegaram o cheiro dela agora, pensou Hoop. *Desculpe, Ripley, mas se tem alguém que devemos deixar para trás...*

Não estava falando sério. Nem por um momento. Mas as reações dos aliens gelaram seu sangue. Eles sibilaram outra vez, mais alto. Agacharam-se e espalharam os membros, adotando posturas que de repente os fizeram parecer ainda mais letais.

Hoop começou a subir de volta pela escada. Ainda estavam de costas para ele, mas só precisariam se virar ligeiramente para vê-lo. Estariam ali em dois tempos, e, mesmo que ele tivesse uma chance de disparar o lança-cargas, o atraso da carga significava que estaria morto antes da explosão. Gostaria de ter trazido também a pistola de spray ácido.

Chegou ao topo da escada, se preparou e verificou se a rota atrás dele estava livre. Então, parou junto à dobra na parede e apontou o lança-cargas para o teto.

Quatros segundos, talvez cinco. Isso os faria ganhar tempo? E se os monstros estivessem subindo a escada e passassem antes de a carga explodir? Ele achava que não. Mas também achava que não tinha tempo para se preocupar com isso. Tinham captado o cheiro de Ripley, e Ripley tinha vindo por ali.

Ele puxou o gatilho, e a última carga explosiva atingiu o teto. Lá de baixo, dentro da nave, ele ouviu três guinchos agudos, depois o deslizar das garras quando os aliens vieram em sua direção.

Hoop passou pela abertura, saindo na superfície da nave.

– Já pra baixo! – disse ele, empurrando Ripley para a frente, empurrando-a pela leve inclinação, e Lachance e Kasyanov fizeram o mesmo com Sneddon. Deslizaram em meio à poeira, e então, do alto e de trás deles, veio um baque contido e surdo. Alto o bastante, porém, para espalhar ecos pela caverna.

Hoop parou e olhou para trás. O pó e a fumaça se ergueram da abertura, mas nada mais. Nenhuma cabeça curva, nenhum membro anguloso. Talvez, só talvez, o destino tivesse finalmente dado uma folga a eles.

A explosão ainda ecoava pela caverna quando cruzaram o casco da nave rumo às aberturas que viram na parede. Abriram caminho entre pilhas de rochas desmoronadas. Ripley firmou os pés, embora ainda agarrasse o braço de Hoop. As lanternas combinadas ofereciam apenas luz suficiente para delinear as sombras e os obstáculos no caminho, e, quanto mais perto chegavam da abertura mais próxima, mais Hoop se convencia de que a nave continuava após a barreira. Era quase como se ela tivesse atingido a parede e penetrado nela após aterrissar.

Ou cair. Haviam entrado por uma parte destruída do casco, afinal, onde os danos de uma explosão ainda eram óbvios depois de tanto tempo.

Mais rochas, e Hoop notou pela primeira vez que algumas pareciam mais regulares do que ele havia imaginado. Com bordas quadradas e suaves. Uma delas exibia o que poderia ser algum tipo de marca.

Mas não havia tempo para parar e admirar. Não havia tempo para considerar o significado das marcas e dos blocos regulares derrubados. Um muro? Um edifício? Não importava. O que importava era uma saída, e, pelo que Hoop podia ver, a melhor aposta era a fenda mais próxima.

A mina não ficava muito acima do teto da caverna. Ele tinha certeza. Estavam quase lá.

– Nenhum sinal de estarmos sendo seguidos – disse Lachance.

– É isso que me preocupa – respondeu Hoop. – Acho que preferia vê-los a imaginar onde diabo estão.

– É. Certo. – Então, Lachance indicou o caminho à frente. – O que você acha?

– Acho que não temos escolha.

Eles atravessaram o campo de pedregulhos rumo à abertura na muralha vultuosa.

17
ANTIGO

Quando era criança, os pais de Hoop o levaram para ver as ruínas incas no Equador. Ele já vira filmagens desses lugares na NetScreen e lera sobre eles nos velhos livros que os pais insistiam em guardar. Mas nada o havia preparado para as emoções que sentiu ao conhecer as antigas construções.

A sensação de tempo, e de atemporalidade, foi atordoante.

Ele andou por onde outras pessoas haviam caminhado mil anos antes, e mais tarde relembraria o momento como a primeira vez que teve noção de sua mortalidade. Isso não o incomodara na época, mas ele percebera que sua visita às ruínas era tão fugaz quando uma brisa errante, e teria tanto efeito quanto uma folha pairando na selva e depois voltando a desaparecer. A lembrança de estar lá flutuaria até o chão e apodreceria como aquela folha, e, cem anos depois, visitantes fascinados nunca teriam ouvido falar dele.

Era humilhante, mas também estranhamente animador. *Todos temos a mesma coisa*, ouvira alguém dizer certa vez, *uma única vida*. Mesmo quando adolescente, mais preocupado com garotas e futebol americano, aquilo lhe parecera profundo. Uma única vida… e como iria vivê-la dependia dele. Olhando para as ruínas incas, prometeu aproveitá-la ao máximo.

Fitando o que restava daquele lugar estranho e antigo, perguntou-se o que teria dado errado. As pedras ao seu redor tinham alguma propriedade que dava à cena um brilho esmaecido. Era a luz emprestada das lanternas, ele tinha certeza, rebatida e devolvida como uma luminosidade aguda. Ele apontava a lanterna para um trecho de pedra, movia-a para o lado e a rocha ainda reluzia um bom tempo depois. Isso os ajudava a iluminar o caminho. Ajudava-os a ver aonde iam.

Eles não chegaram a pisar naquela parte da nave. Era um edifício, uma estrutura erguida da terra, construída na própria rocha. Era uma ruína, mas notavelmente bem preservada em certos pontos. Embora estivessem fugindo, Hoop não pôde deixar de observá-la, admirado.

Haviam entrado por uma área seriamente danificada, escalado pilhas de escombros, alguns do tamanho de uma bota, outros com mais de quatro metros de comprimento. Qualquer coisa poderia estar escondida nas sombras. Pelo que podiam ver, não havia nada, ou, se havia, continuava oculto.

Logo eles se viram em uma ladeira curva e inclinada que subia, e, chutando pó e cascalho para o lado, Hoop pôde distinguir os belos mosaicos que a pavimentavam. Redemoinhos de cor intocados pela imensidão do tempo, padrões curvos e agudos, traços que ele conseguia discernir, formas espalhadas que pelejavam e jaziam em harmonia umas com as outras. Ele suspeitava que o mosaico contasse uma história, mas estava com poeira demais para ele enxergar. E talvez fosse baixo demais para apreciar toda a história. Os alienígenas caninos a teriam visto melhor, com suas pernas longas e pescoço comprido.

Era maravilhoso. Uma civilização alienígena, um tipo de inteligência jamais descoberto em quase dois séculos de exploração espacial e muitas centenas de sistemas estelares visitados e mapeados.

– Acho que não consigo processar nada disso – disse Lachance. – Acho que não consigo nem pensar nisso tudo e fugir ao mesmo tempo.

– Então, só fuja – respondeu Hoop. – Tudo bem aí?

Lachance ainda carregava Sneddon, jogada por cima do ombro de forma que ele ainda pudesse pegar o lança-cargas com a outra mão.

– Todo aquele tempo na academia da *Marion* valeu a pena.

– Me avise se…

– Você já tem muito em que pensar – disse o francês.

E ele tinha razão. Ripley ainda se pendurava ao braço de Hoop, e, embora seus olhos estivessem abertos e ele pudesse ver que ela absorvia um pouco do que viam, ainda sangrava, cambaleava, perdia e recobrava os sentidos. Logo teriam que fazer uma pausa e enfaixá-la. Baxter e Kasyanov se ajudavam, os braços na cintura um do outro como namorados.

O caminho curvo erguia-se ao redor de uma enorme coluna central, como a maior escada em espiral jamais vista. O imenso teto do edifício era alto, danificado em alguns pontos mas praticamente inteiro. As lanternas iluminaram parte do caminho à frente, e a propriedade reluzente da rocha ajudou a uniformizar a luz. Mas ainda havia sombras pesadas diante deles, escondendo-se nas curvas, ocultando o que quer que os aguardasse. Hoop continuou alerta.

Portas saíam da espiral central. Ao redor delas havia desenhos intrincados, lindas esculturas exibindo os alienígenas caninos no que deviam ter sido histórias do passado de sua civilização, reais ou míticas. Ele viu as criaturas em grupos e fileiras, em guerra, tomando banho, criando uma forma obscura de arte, explorando, e em outros trechos elas pareciam estar interagindo com outros seres de aspecto ainda mais estranho. Havia mapas estelares e representações de aeronaves, espaçonaves e coisas flutuantes gigantescas que podiam até estar vivas. Isso o fez pensar na nave enterrada que haviam acabado de deixar para trás e nas suas implicações...

Eram surpreendentes, mas ainda perigosas demais para se pensar.

Concentre-se, Hooper!, pensou ele. *Não olhe para as decorações bonitas das portas, pense no que pode passar por elas!*

O caminho curvo e inclinado terminava em outro espaço vasto. Colunas imensas sustentavam um teto sólido, tão alto que as luzes mal o alcançavam, mas o material ainda se tornou sutilmente luminoso, retendo um pouco da luz que apontaram para cima. Estavam criando seu próprio céu estrelado, espirros suaves de cor e luz conservando-se e brilhando sobre eles, mesmo que só por algum tempo.

Ao redor da coluna mais próxima, objetos verticais projetavam sombras longas.

– São eles? – sussurrou Lachance.

Todos pararam, sem fôlego por terem subido a rampa espiralada, alguns grunhindo baixo por causa dos ferimentos. Ripley voltara a ficar relativamente desperta, a mão direita apertando com força a ferida no abdômen.

– Não – respondeu ela. – Grandes demais. Parados demais.

– Estátuas – disse Hoop. – Pelo menos, espero que sim. Venham. Vamos ficar perto da parede e procurar outro jeito de subir.

Eles se mantiveram perto dos limites do espaço aberto. Na verdade, o tamanho assustava Hoop. Ele preferia andar por corredores e túneis a ficar naquela caverna inumana, onde as luzes não chegavam ao outro lado e as sombras poderiam esconder qualquer coisa. Mas ficar perto da parede ajudava a conter a agorafobia.

Enquanto se aproximavam da imensa coluna e das estátuas ao redor da base, alguns detalhes tornavam-se mais nítidos. Havia uma dúzia de figuras de pé em pedestais altos de pedra. Várias delas haviam perdido membros: uma perdera a cabeça, mas as outras continuavam praticamente inteiras. Eram todas dos alienígenas caninos, com as pernas atarracadas, o torso estranho, a cabeça volumosa, e ainda assim cada uma era diferente da outra. Algumas esculturas usavam trajes que quase cobriam o corpo. Outras estavam de pé nas patas traseiras e tentavam alcançar o céu, ou apontavam, ou erguiam os membros, como se gesticulando. Até os traços faciais eram diferentes. Hoop pôde ver áreas entalhadas na base dos pedestais e presumiu que fosse a escrita daquela povo. Talvez aquelas fossem pessoas famosas – governantes, professores ou exploradores.

– Não há tempo – sussurrou, pois sabia que todos estavam tão fascinados quanto ele. – Agora não. Talvez a gente volte. Talvez mandemos alguém.

– Só para morrer – disse Ripley. Ela parecia mais forte, como se estivesse se acostumando à dor, mas ele ainda via a escuridão úmida do sangue no traje dela e uma camada de suor na testa.

– Precisamos enfaixar você – disse Hoop.

– Não, nós…

– Agora. – Ele se recusou a discutir. Dois minutos fechando e tratando os ferimentos dela talvez lhes desse meia hora se significasse que ela poderia andar por conta própria. – Pessoal, olhos e ouvidos abertos. Ripley… tire a roupa. Kasyanov?

A médica baixou com cuidado o maçarico de plasma, encolhendo-se por causa da dor da própria mão ferida, e desafivelou o cinto.

Ripley começou a tirar o traje rasgado e sangrento. Hoop se retesou ao ver a ferida aberta no pescoço, no ombro e no colo dela, mas não desviou o olhar. As bordas do ferimento estavam levantadas, a pele rasgada, as camadas de carne e gordura expostas. Descobri-las deixou Ripley tonta de novo, e ela se apoiou nele enquanto Kasyanov começava a trabalhar.

– Vai doer – avisou a médica.

Ripley não deu um pio quando ela esterilizou a ferida como pôde, lavando as manchas escuras de pó e fuligem. Kasyanov injetou um analgésico por toda a extensão do ferimento. Enquanto a anestesia fazia efeito, ela abaixou a roupa de Ripley até a cintura e examinou a ferida no abdômen. Quando baixou o olhar, Hoop viu Kasyanov franzir a testa para ele.

– Faça o melhor que puder – sussurrou Ripley.

Hoop a abraçou, beijando-a no topo da cabeça.

– Ei – disse ela. – Calma lá.

Kasyanov tratou a ferida no abdômen, depois se levantou de novo e começou a suturar o corte no ombro. O grampeador cirúrgico fazia um clique baixo toda vez que disparava. Ripley se retesou, mas continuou em silêncio. Depois de fechar a ferida, Kasyanov aplicou uma bandagem e pulverizou-a com soro fisiológico.

Então, voltou sua atenção para o ferimento do abdômen, suturando-o.

– Vou cuidar disso direito quando voltarmos à *Marion* – disse ela.

– É – respondeu Ripley. – Certo.

– Agora você vai conseguir se mover com mais facilidade. Nada vai romper ou derramar.

– Ótimo.

Kasyanov terminou de cuidar do abdômen e voltou a se levantar. Tirou uma pequena seringa da bolsa presa ao cinto.

– Isso vai ajudar você a seguir conosco. Não é exatamente… um remédio. Mas vai funcionar.

– Topo qualquer coisa – respondeu Ripley.

Kasyanov inseriu a agulha no braço dela, depois se afastou e fechou o zíper da bolsa.

– Você está bem?

Ripley ficou de pé sozinha, enfiando os braços no traje.

– Sim – respondeu. – Estou ótima.

Não estava. Hoop podia ver e ouvir em sua voz. Ela estava dolorida e zonza, e também distraída. Desde que destruíra os ovos de rainha, Ripley estava em outro lugar. Mas não havia tempo para discutir isso.

Hoop pensou novamente nos aliens vendo as rainhas filhotes queimarem, farejando o sangue de Ripley e uivando.

– Ali – disse ele, apontando para a base de uma vasta parede. – Há aberturas. Vamos seguir pela que levar para cima. Lachance, você vai na frente. Eu levo a Sneddon.

Hoop ajoelhou-se e acomodou o peso de Sneddon no ombro. Enquanto saíam, ele ficou parado até Ripley passar. Ela caminhava de forma muito controlada, cada movimento era calculado e contido.

Quando chegaram à primeira abertura, Lachance iluminou o interior com a lanterna. Momentos depois, acenou para que os outros viessem. Começaram a subir outra rampa curva. De algum lugar atrás deles, nas profundezas vastas e sombrias, alguma coisa guinchou.

As folhas ásperas fazem cócegas na barriga delas. As duas estão correndo por um campo na França, ziguezagueando pelo milharal, os braços erguidos para tirar as folhas fibrosas da frente do rosto e proteger os olhos. Ela e Amanda estão usando trajes de banho, e ela já antecipa o mergulho esfuziante no lago. Amanda segue na frente, uma adolescente esbelta e ágil, voando por entre as fileiras de milho e mal parecendo tocá-las. Ripley não é tão graciosa, e sente como se o abdômen tivesse sido rasgado pelas folhas. Mas não vai olhar para baixo e verificar. Ela tem medo de que, caso faça isso, perca o rastro da filha, e alguma coisa a respeito disso…

… não está certa.

O sol brilha e o milharal farfalha numa brisa suave. Os passos das duas e a risada entusiasmada de Amanda lá na frente são as únicas coisas que interrompem o silêncio. Mas, ainda assim, isso está errado. O lago as espera, mas elas nunca o alcançarão. O sol está alto, o céu, limpo, porém o calor mal toca sua pele. Ripley sente frio.

Ela quer gritar: Amanda, espere! *Mas as folhas batendo na barriga e no peito parecem ter roubado sua voz. Ela vê algo de relance. Uma sombra que não pertence ao milharal, uma silhueta angulosa e cruel. Mas, quando presta atenção, ela já se foi.*

Sua filha está muito à frente agora, empurrando as plantas enquanto percorre os cem metros finais até a extremidade do milharal e a água acolhedora do lago.

Alguma coisa à direita acompanha seu ritmo, uma forma escura rasgando a plantação e reduzindo caules grossos a frangalhos. Mas observá-la diretamente significa que Ripley não consegue enxergá-la.

Ela está entrando em pânico, tentando correr mais rápido, tentando gritar.

Amanda desapareceu, deixando para trás só as plantas oscilantes.

Ripley ouve um guincho alto e agudo. Não é humano.

Irrompendo dentre as plantas no limite do milharal, ela vê Amanda presa numa teia grotesca entre duas árvores altas, atada naquele material estranho e sólido que parece tê-la prendido ali por anos. A filha grita de novo quando a criatura maldita emerge inteiramente de seu peito.

Pela visão periférica, Ripley vê aquelas feras altas saindo do milharal para prestar homenagem ao recém-nascido.

Amanda grita uma última vez…

– Ripley, rápido! – gritou Hoop.

Ela olhou ao redor, nem chocada, nem surpresa. Sabia exatamente onde estava e por quê. A visão era a lembrança de um momento que nunca acontecera. Mas ela ainda deixou cair uma lágrima pela filha encasulada e ferida, gritando. O terror se misturava à raiva, tornando-se parte dela, nada disposto a libertá-la.

– Eles não podem vencer, Hoop – disse ela. – Não podemos deixar.

– Eles não vão. Agora, vamos!

– O que você está…?

– Corre! – berrou ele. Pegou a mão dela e correu, puxando-a, mas ela logo se desvencilhou dele e ficou para trás.

– Não seja burro! – gritou Ripley para ele.

– Discuta e a gente morre! – bradou Lachance. – Hoop sabe o que está fazendo.

Eles subiram a rampa. Era mais íngreme que a primeira, as curvas mais acentuadas, e parecia ficar mais estreita e inclinada à medida que subiam. Logo havia degraus esculpidos na superfície, e tiveram que desacelerar para não tropeçar. Lachance voltou a carregar Sneddon. Kasyanov ajudou, e Baxter usava o maçarico de plasma como muleta, apoiando-se nele a cada passo. Ela imaginou que efeito isso teria se ele precisasse atirar de novo. Imaginou...

Ele virou e voltou correndo pela rampa.

– Ripley! – chamou Lachance.

– Discuta e a gente morre! – respondeu ela, e logo os perdeu de vista. Por um momento, ficou sozinha, descendo a rampa, iluminada por um fulgor que começava a desaparecer na estrutura ao redor. Então, ouviu algo correndo em sua direção e se agachou perto da coluna central.

Hoop apareceu, iluminado pelo facho da lanterna de Ripley. Suando, com os olhos arregalados, ele se retesou, mas não voltou a relaxar.

– Precisamos mesmo ir – disse ele.

– Quantos são?

– Muitos.

Ela não sabia se conseguiria correr de novo. O abdômen doía, ela mal podia mexer o braço direito e sentia-se enjoada. Mas o estimulante que Kasyanov lhe dera ainda percorria suas veias, e todo pensamento negativo era sobrepujado e escondido na mente. Seus sentidos estavam embotados. Embora desagradável, aquela sensação também a protegia, então ela acolheu aquele sentimento, perdendo de vista suas várias agonias. Sabia que estariam esperando por ela do outro lado.

Lá de cima, Lachance começou a gritar, mas ela não entendeu o que ele dizia.

– Ah, não – disse Ripley.

Mas Hoop sorriu e pegou sua mão, e antes que percebesse estava correndo com ele rampa acima, mais uma vez. Viu luzes à frente, e a rampa terminou em outro espaço amplo. Parecia mais uma caverna do que uma construção – encostas rochosas, teto irregular, paredes que só haviam sido tocadas por ferramentas humanas. No canto mais distante, Kasyanov e Baxter mantinham Sneddon de pé entre eles. A primeira coisa que Ripley viu foi a abertura na rocha atrás deles.

Então, Sneddon ergueu a cabeça e olhou ao redor, e Ripley percebeu que a coisa grudada ao seu rosto caíra.

18
ELEVADOR

Ao se separar dos outros, Hoop havia visto pelo menos dez aliens cruzando a enorme sala, procurando por eles entre os pilares enormes, agachando-se junto às estátuas e pedestais. Ainda restava luz suficiente emanando das estruturas de pedra, e, enquanto observava, as sombras se mesclaram lentamente ao cenário.

Recuara devagar, a luz extinta, e então correra, tateando o caminho. A lanterna de Ripley trouxera luz de volta ao seu mundo.

Estar de volta à mina deveria tê-lo feito se sentir melhor. Mas Hoop sabia que aquelas coisas ainda os perseguiam, farejando sangue, e que cada segundo de demora as traria mais perto. O elevador era a salvação. Era chegar até ele, subir, e estariam na dianteira daquele jogo. Agora, era uma simples corrida. E, desta vez, as coisas pareciam estar indo bem.

A criatura havia se soltado do rosto de Sneddon e morrido, e eles a deixaram nos túneis. A oficial de ciências parecia bem. Quieta, confusa, um pouco assustada, mas capaz de andar sozinha e até de carregar a pistola de spray ácido que Lachance havia carregado para ela.

Com Sneddon de pé outra vez e Ripley enfaixada, podiam avançar mais rápido. Até Baxter parecia ter melhorado o ritmo, usando o maçarico de plasma como muleta. Hoop ousou ter esperança.

Se a gente sair dessa, vou para casa, pensou. Estava com essa ideia na cabeça havia algum tempo, e andava pensando nos filhos. Não os via havia sete anos, não sabia se eles se lembrariam do pai, não tinha ideia do quanto a ex-esposa poderia tê-los colocado contra ele. Eram adultos agora, maduros o suficiente para perguntar por que ele não mantivera contato. Nenhum contato. Nada nos aniversários, nenhuma mensagem no Natal. Como poderia explicar a eles, quando nem mesmo Hoop tinha certeza dos motivos?

Mas, quando isso acabasse e eles decolassem de volta à Terra, seria a última vez. Chegar em casa seria tão maravilhoso que, no momento, era tudo o que ele poderia desejar.

E havia algo mais. Talvez ele não merecesse realmente ter esperança, mas Ripley merecia. Ela já passara por coisas demais para simplesmente morrer ali.

A mina era um território familiar. As luzes ainda funcionavam, e, enquanto percorriam os túneis das partes mais baixas do nível nove em direção ao segundo elevador, Hoop achou que encontraria o caminho bloqueado mais uma vez. Aquelas coisas haviam estado ali, erguendo suas estranhas construções – ninhos, armadilhas, lares. Mas talvez entre aquele caminho e o elevador não houvesse nada. Talvez o destino lhes desse uma folga.

Porém, ele sabia que os aliens perseguidores encontrariam esse caminho. Tinham captado o cheiro de Ripley, e o sangue dela fervia, o ódio, a fúria e a ferocidade mais fortes do que nunca. Não via necessidade de contar isso aos outros, mas garantiu que fossem depressa e em silêncio. Todos entendiam a urgência. Todos haviam passado por coisas demais para diminuir a velocidade.

– Está perto! – disse Baxter. – Reconheço este lugar. É logo depois dessa esquina, eu acho.

Ele viera às minas mais que todos os outros, e Hoop esperava que tivesse razão. E então, quando dobraram a próxima esquina, lá estava.

O elevador ficava no centro de uma grande área aberta, o teto sustentado por colunas de metal. Parecia inteiro, intacto e imaculado. O poço ficava em uma pesada rede de escoras metálicas. O elevador em si estava parado naquele andar também, o que significava que todos os mineradores haviam usado o outro para fugir para a superfície.

– Deve ter algo errado com ele – disse Lachance, e Hoop chegou a gargalhar.

– Apenas aceite o fato de que tivemos sorte – respondeu ele. – Vamos. Todo mundo para dentro, rápido.

Hoop esperou ao lado do elevador enquanto Baxter verificava os controles. A energia ainda estava ligada, e, quando ele apertou os botões, a porta se abriu para revelar a cabine. Assim como o que havia desabado, as paredes eram feitas de grades de metal, o piso uma folha sólida. Nada de espelho nem música. Na mina, não havia necessidade de luxo.

Sneddon estava perto de Hoop, balançando lentamente para a frente e para trás.

– Você está se sentindo bem? – perguntou ele.

Ela assentiu.

– Estou com sede – resmungou.

– Não vai demorar muito agora.

Ele olhou para Ripley, atrás dela. A mulher estava com o olhar fixo e a testa franzida. Havia se posicionado nos fundos da cabine do elevador, e mesmo quando todos começaram a entrar ela não tirou os olhos da oficial de ciências, tentando manter distância.

– Ripley? – chamou ele.

Ela o olhou e balançou a cabeça. Sabia tão bem quanto qualquer outro que eles precisavam sair daquele nível. O resto não era prioridade. *Ela está carregando uma daquelas coisas*, pensou Hoop, olhando de soslaio para Sneddon. Parecia cansada, mas firme. Ele vira os monstros nas câmeras da *Samson*, explodindo do peito dos mineradores. Ouvira a história de Ripley sobre o tripulante de sua nave, sobre como tivera uma recuperação milagrosa só para morrer uma hora depois. Sneddon parecia bem. Mas com os minutos contados.

Talvez ela soubesse disso.

Ele entrou no elevador e instantaneamente sentiu que estavam subindo. Um peso saiu de seus ombros. Apoiou-se à parede e suspirou, fechando os olhos, e, quando as portas se fecharam, pareceu que teve que esperar uma eternidade até ouvir o som ao se cerrarem.

– Estamos indo bem – comentou Baxter. – Acho que podemos…

O impacto foi imenso, colidindo contra a porta, curvando-a para dentro. Mais uma pancada veio do outro lado, e outra, e então todos os quatro lados do elevador fechado estavam sendo atacados por fora, os aliens chocando-se contra a malha metálica de novo e de novo. O metal rangia e se retorcia, e Hoop ouviu o estalo distinto de um conjunto de dentes mordendo.

Todos se afastaram das paredes, se amontoando no centro do elevador. Hoop apontou a pistola de spray ácido para as paredes, os outros miraram as armas, mas ninguém podia atirar. O ácido espirraria e mataria todos eles, o plasma subiria em uma onda pelas paredes. Finalmente isolados dos aliens, eles também se viam indefesos.

– Aperte o maldito botão! – gritou Lachance para Baxter.

Mais pancadas, metal rangendo, e o sibilar raivoso das criaturas fazendo tudo o que podiam para alcançar suas presas. Baxter não hesitou. Correu para o painel de controle e bateu a mão aberta no botão de número quatro.

Se ele tivesse pisado com cuidado, talvez tudo ficasse bem. Se o pânico e o medo não o tivessem jogado contra a parede de grade do elevador, talvez ele tivesse sido capaz de pular levemente de volta ao centro. Mas, no instante em que o elevador começou a subir, uma cabeça de alien irrompeu pela fenda entre as portas, entortando-as. A cabeça se debateu e retorceu enquanto forçava a entrada. Momentos depois, os dentes avançaram e se fecharam com força no ombro direito de Baxter. Mastigaram com tanta rapidez que perfuraram a jaqueta, a pele, a carne, e cravaram-se em torno da escápula.

Baxter gritou, os olhos arregalados. O alien puxou, arrastando metade do corpo pelo buraco arrebentado que criara. O elevador começou a subir.

Hoop foi ajudar, agarrando o cinto do oficial de comunicações, Lachance fazendo o mesmo. As garras do alien golpearam o interior, e Hoop soltou bem a tempo. Em vez disso, segurou as pernas de Baxter, puxando com todas as forças, cerrando os dentes, a visão nublando devido ao esforço. O elevador chocalhava com violência.

Baxter começou a gritar porque sabia o que aconteceria a seguir. Estava com metade do corpo preso na abertura, e eles puxavam de um lado enquanto o alien puxava do outro, pendurado no homem torturado enquanto o elevador subia, tirando sua presa do alcance.

Se o alien soltou ou não, Hoop não soube. Mas fechou os olhos quando Baxter atingiu a primeira das vigas mestras que formavam a estrutura do poço. O grito do homem foi instantaneamente interrompido, substituído pelo mais pavoroso som de algo que se rasgava, arrebentava, ruía.

De repente, ele ficou muito leve. Hoop virou-se e o soltou quando algo caiu esparramado no piso do elevador.

– Ah, meu Deus! – gritou alguém.

Continuaram a subir. Abaixo deles persistia a cacofonia enquanto os aliens se chocavam contra as paredes. Mas o elevador acelerou, passando velozmente pelo nível oito e acelerando ainda mais. O estômago de Hoop afundou. E, quando se virou e viu o que restava de Baxter, não foi o único a cair de joelhos e vomitar.

Ripley cobriu o corpo. Ele fora partido ao meio pouco abaixo da caixa torácica, e a parte inferior havia desabado no chão do elevador. Ela não conseguia desviar o olhar do tornozelo quebrado. O pé de Baxter jazia em um ângulo estranho, e o estofado grosso que haviam usado para tentar fazer uma tala improvisada se desenrolara. Ele lutara tanto usando aquilo, e por tanto tempo, para sobreviver. É claro que queria sobreviver. Todos eles queriam, e fariam qualquer coisa para isso. Baxter havia andado e corrido com um tornozelo quebrado, passando por uma dor inimaginável. E agora…

Ela olhou por apenas um momento antes de jogar a jaqueta do seu traje sobre aquela parte dele, arruinada e escancarada. Partes que nunca deveriam estar fora de um corpo estavam espalhadas pelo chão, e a jaqueta cobriu a maioria.

Ela sentia frio, o traje térmico esfarrapado pouco fazia para conservar o calor. Mas preferia sentir frio a olhar para o que restava do pobre homem. Seu estômago se revirou um pouco, mais pelo fedor do vômito que pela visão. *Será que estou mais forte?*, pensou ela. *Será que já vi demais? Será que espero pelo pior, então nada me impressiona?* Ela não tinha certeza.

Talvez fosse por ter algo mais em mente.

Ela se virou outra vez para Baxter, pegou o maçarico de plasma que ele deixara e verificou como estava Sneddon. A oficial de ciências parecia estar em forma, e até estava com as bochechas coradas. Estava quieta, apoiada a uma parede e olhando para algo longínquo que só ela conseguia ver.

– Como você está? – perguntou Ripley.

– Eu... – respondeu Sneddon. – É, estou bem. Tive sonhos esquisitos. Mas estou bem.

– Sabe o que aconteceu com você. – Era uma afirmação, não uma pergunta.

– Sei, sim.

Ripley assentiu e olhou ao redor. Os outros a fitavam. *Eu sou a forasteira aqui*, pensou. Seu olhar pousou em Hoop, e ela não pôde interpretar sua expressão. Todos estavam cansados e chocados pela morte horripilante de Baxter. Ela ainda não podia dizer nada. Simplesmente não podia.

– Ela vai ficar bem – disse Hoop. – Temos uma câmara médica na *Marion* que pode...

– Ok – respondeu Ripley, dando-lhe as costas.

Ela respirava com dificuldade. A sensação de movimento do elevador fora alarmante – ainda era –, e provavelmente era piorada pelas paredes distorcidas devido ao ataque dos aliens. De repente, sentiu-se enjoada. Mas engoliu em seco, mordeu o lábio e forçou a náusea a passar.

Sneddon não podia chegar viva à *Marion*. Ripley sabia disso, mas não sabia até onde iria para evitar que isso acontecesse. Ash estava lá, pronto e esperando para colocar a oficial de ciências sob seu controle. Não importava que ela fosse um ser humano. Estava impregnada agora, e carregava o que Ash estava procurando há trinta e sete anos.

Será que ele já sabe? Precisava presumir que sim. Será que ele faria qualquer coisa para proteger e preservar Sneddon e o que ela carregava? Novamente, sim. Ela sabia disso, já havia testemunhado a determinação da inteligência artificial antes.

Sneddon não podia chegar à *Marion*. E Ripley não podia matar uma pessoa. O problema andava em círculos em sua mente, intenso e pesado, e ela fechou os olhos, esperando que uma solução surgisse.

Cada nível pelo qual passavam era marcado por um repique do painel de controle do elevador, e a voz de alguém muito distante, gravada há muito tempo, recitando: "Sete... seis... cinco". Nesses momentos, o elevador desacelerava, e Ripley experimentava a estranha sensação de ser esticada, a cabeça e os ombros ficando subitamente leves. Era mais fácil respirar, mas não ajudava em nada a reduzir o mal-estar.

Fez o que pôde para não vomitar. O ferimento no abdômen latejava, profundo e frio, e ela achava que, se vomitasse, o ato talvez abrisse os grampos que o mantinham fechado. O ombro e o braço estavam rígidos, e ela tinha certeza de que podia sentir o metal penetrante dos grampos cada vez que se mexia. Pensou em pedir a Kasyanov mais uma dose de anestésico ou um analgésico. Mas já estava tonta o bastante. Se uma pontada de dor de vez em quanto era o que precisava para continuar acordada, que assim fosse. Precisava estar totalmente alerta. Todos precisavam.

O elevador desacelerou até parar, e um repique diferente soou no painel de controle. Do lado de fora, tudo era escuridão.

– Quarto andar – anunciou Lachance. – Roupas, sapatos, monstros e monstrengos.

– Este nível foi minerado dois anos atrás – disse Hoop. – Montes de túneis profundos, uma rede complexa. Um dos mais longos da mina vai daqui até quase cinco quilômetros.

– Parece lindo – respondeu Ripley. – Então, as células de combustível estão aqui?

– É, agora usamos este nível para armazenagem. Lachance?

– As células de reserva não devem estar muito longe. Vamos precisar de um vagonete com bateria carregada para levar uma.

– Você está bem? – perguntou Kasyanov, e Ripley levou alguns segundos para perceber que a médica falava com ela. Assentiu. Percebeu que todos estavam olhando para ela.

– Você estava... falando sozinha, murmurando – disse Hoop.

– Estou bem – insistiu Ripley, sorrindo. Mas não havia percebido que estava falando em voz alta.

Esperando que Hoop escancarasse as portas, ela tentou analisar os machucados outra vez, avaliar exatamente quão ferida estava. Mas as injeções que Kasyanov havia lhe dado tornaram essa tarefa difícil. Ela se sentia ligeiramente afastada do próprio corpo, uma distância que deixava a dor suportável, mas também borrava os limites de sua percepção.

Ela teria tempo para a realidade depois.

Estou acordada. Sou eu mesma. Fique alerta, Ripley!

Danificadas como estavam, Hoop teve que forçar as portas do elevador a se abrirem manualmente, e eles apontaram as lanternas para fora. Todos aguardaram em silêncio, passando as luzes pela área aberta que elas revelavam. Hoop adiantou-se e saiu, agachado, virando a lanterna e a pistola de spray ácido de um lado para o outro.

– Parece seguro – sussurrou ele. – Esperem aqui.

Andou até um emaranhado de mostradores e controles fixos numa parede, apertou alguns interruptores, e, com um zumbido e um clique, as luzes se acenderam. Como em todas as outras partes da mina, havia lâmpadas penduradas junto ao teto, e outras pendiam de ganchos instalados nas paredes. Por mais básica que fosse, todos acolheram a luz com satisfação.

– Desliguem as lanternas – pediu Hoop. – Conservem qualquer energia que reste. Podemos precisar delas de novo.

Ripley e os outros três sobreviventes deixaram o elevador. A área era semelhante à do nível nove, um espaço amplo com colunas de metal a intervalos regulares. Havia mais equipamentos de mineração descartados ali – ferramentas, roupas, algumas vasilhas de água e diversos vagonetes. Lachance verificou os objetos e encontrou um cuja bateria ainda tinha carga. Ficou diante da pequena bancada de controle, acessou o painel e fez com que o vagonete avançasse alguns metros.

– A que distância estão os estoques? – perguntou Ripley.

– Não muito longe – respondeu Hoop, apontando para um dos túneis que saíam da área. – É só seguir por ali, uns noventa metros, mais ou menos. Por quê?

– E quantas células de combustível estão armazenadas aqui?

– Três – informou Lachance. – Duas de reserva para a *Marion* e uma para a estação de energia da mina, na superfície. A estação foi projetada para funcionar com células de energia da nave. Guardamos todas aqui embaixo, para não perder a nave se elas tiverem… um mau funcionamento.

– Legal – disse Ripley. Olhou para todos ao redor, feridos e desesperados, segurando as ferramentas de mineração que haviam transformado em armas. Não eram soldados. Não eram nem mesmo mineradores. Mas haviam sobrevivido até aqui, e se e quando voltassem para casa, teriam uma história sensacional para contar. – Temos que soterrar a mina.

– O quê? – perguntou Lachance. – Por quê? Descobrimos uma coisa fenomenal aqui embaixo! Aquela nave já era bem incrível, mas os prédios que encontramos… não deve haver só um. Era o começo de uma cidade, Ripley. Talvez com mil anos de idade, quem sabe milhares de anos. É… – Ele deu de ombros, sem palavras.

– A descoberta mais maravilhosa desde que a humanidade foi para o espaço pela primeira vez – acrescentou Ripley.

– É – concordou ele. – Isso. Precisamente.

– Mas está contaminada – disse ela. – Corrompida. Maculada por aquelas coisas. Qualquer que tenha sido a história profunda que testemunhamos lá embaixo, foi ditada por eles, não por aqueles seres caninos que construíram a nave e a cidade. Eles podem ter sido maravilhosos. Aquela nave era notável, não posso negar. E vimos que tinham uma arquitetura admirável, além de arte, conhecimento e imaginação que colocariam as nossas no chinelo. Mas será que sou a única que acha que aquela nave pode ter sido derrubada? Talvez até por seu próprio povo?

Os outros a observavam, ouvindo em silêncio.

– Tudo deu errado. Uma doença chegou e destruiu tudo o que eles foram, e não podemos deixar essa doença se espalhar. – Ela olhou intensamente para Sneddon, que baixou os olhos. – Não podemos.

– Ela tem razão – disse a oficial de ciências sem erguer o olhar. – É. Ela tem razão.

– Posso programar uma das células de combustível para superaquecer – propôs Hoop.

– E mandar todos nós para o inferno – respondeu Lachance. – Não, obrigado, já estive nessa situação e agora estou ansioso para ir embora. Se uma das células explodir, vai ser como lançar uma bomba nuclear aqui.

– É *exatamente* o que vai ser – replicou Hoop. – E Ripley tem razão. Não podemos simplesmente escapar e seguir nosso caminho. Temos que garantir que ninguém mais encontre este lugar.

– E vão encontrar! – insistiu Ripley. – Não tenha a menor dúvida. Hoop?

– Ash – disse ele.

– O androide maluco? – perguntou Lachance.

– Ele vai fazer o possível para completar…

– A propósito, obrigado por trazer uma inteligência artificial insana à nossa nave – ironizou Lachance.

– Ash atracou a nave! – disse Ripley. – Eu ainda estava no hipersono. Fui mais usada que todos vocês juntos. Mas ele vai explorar tudo o que puder disto aqui, registrar detalhes, criar um relatório completo para a Weyland-Yutani. E, por mais danificado que o nosso conjunto de antenas esteja, ele vai dar um jeito de enviar o relatório ou levá-lo de volta à companhia.

– A não ser que eu o apague do sistema – disse Hoop. – Já disse que posso fazer isso.

– E acredito sem dúvida nenhuma que você vai tentar – respondeu Ripley. – Mas tinha algo de diferente no Ash. A Weyland-Yutani o fez… desonesto. Capaz de mentir, prejudicar seres humanos, tentar me matar. Então, não podemos correr nenhum risco. – Ela ergueu as mãos. – Vamos explodir a mina.

– É bem simples – explicou Hoop. – Ligar a célula de combustível, iniciar o carregamento, desconectar os sistemas de umidificação e resfriamento. Dá para fazer.

– Mas não há como determinar com precisão quanto tempo vai levar para explodir – disse Lachance.

– Não tem que ser preciso – respondeu Ripley. – Desde que nos dê tempo para decolar.

Hoop e Lachance se entreolharam, e em seu silêncio Ripley ouviu consentimento. Eles entendiam por que isso precisava ser feito, e podiam fazer.

– Por mim tudo bem – disse Kasyanov. – Fico bem feliz em queimar aqueles merdas ou enterrá-los por toda a eternidade.

– Não esqueçam que ainda tem aquele na *Marion* – avisou Sneddon.

Ainda olhava para o chão, e Ripley viu nela algo que não havia notado antes. Um estranho tipo de serenidade.

– Vamos cuidar dele quando chegar a hora – afirmou Hoop.

– E só se for preciso – acrescentou Lachance. – Com sorte, ele vai simplesmente queimar com a nave.

– Certo – concordou Hoop.

Todos ficaram em silêncio por algum tempo. Então, Hoop bateu palmas uma vez, assustando a todos.

– Vamos nessa, pessoal!

– Obrigada – murmurou Ripley tão baixinho que ele provavelmente não ouviu. Mas ele sorriu mesmo assim.

Todos vocês vão morrer, pensou ela, uma mensagem silenciosa para aquelas criaturas furiosas lá embaixo. Talvez estivessem subindo a caminho do nível sete agora, vindo atacar as pessoas que haviam matado sua rainha, bem como todas as futuras rainhas. Mas Ripley começava a se sentir melhor.

Começava a se sentir *bem.*

Esperava que não fossem as drogas.

19
CÉLULAS

RELATÓRIO DE PROGRESSO:
PARA: CORPORAÇÃO WEYLAND-YUTANI, ÁREA DE CIÊNCIAS
[REF: CÓDIGO 937]
DATA [NÃO ESPECIFICADA]
TRANSMISSÃO [PENDENTE]

INFILTRAÇÃO DO COMPUTADOR DA *MARION* FOI BEM-SUCEDIDA. TODOS OS PRINCIPAIS SISTEMAS ESTÃO AGORA SOB MEU CONTROLE, AS ROTINAS DOS SUBSISTEMAS ESTÃO SENDO ACESSADAS. FOI MAIS DIFÍCIL DO QUE IMAGINEI... ESTIVE AFASTADO POR UM TEMPO, E OS SISTEMAS EVOLUÍRAM.

CONTATO LIMITADO REALIZADO COM OS SISTEMAS DE CONTROLE DA SUPERFÍCIE DE LV178. A INTERRUPÇÃO DOS CONTROLES REMOTOS DO ELEVADOR 1 PARA OPERAÇÃO MANUAL FOI BEM-SUCEDIDA. O ELEVADOR DESCEU ATÉ O NÍVEL NOVE. HÁ EVIDÊNCIA DE NOVA ATIVIDADE NO NÍVEL QUATRO.

TUDO PARECE CORRER CONFORME O PLANO.

ANTECIPANDO O RETORNO DOS SOBREVIVENTES À *MARION* NAS PRÓXIMAS SETE HORAS.

O ESPÉCIME ALIENÍGENA SOBREVIVENTE AINDA NÃO FOI DETECTADO. ESTÁ AGUARDANDO EM ALGUM LUGAR DA NAVE.

TENHO ESPERANÇA DE QUE VÃO TRAZER CONSIGO UM OVO VIÁVEL.

TENHO ESPERANÇA DE QUE SEJA HORA DE IR PARA CASA.

Hoop estava inquieto.

O curso de ação estava claro: colocar uma célula reserva no vagonete, programar outra para superaquecer, voltar de uma vez à superfície, à *Samson*, à *Marion*, depois ao módulo de Ripley antes que a nave chegasse à atmosfera e se partisse em pedaços. E precisavam fazer tudo isso enquanto ficavam alertas ao alien que havia escapado para o interior da *Marion*.

Simples.

Mas uma coisa o incomodava, e estava bem ali, ao seu lado.

Sneddon. Ela parecia bem e agia como se estivesse, embora houvesse algo nela... mais quieto agora, algo calmo. Uma calma antinatural. Ela tinha uma criatura dentro de si. Desde que o alien caíra de seu rosto e morrera, Hoop vinha pensando: *Está tudo bem, vamos levá-la para a* Marion *e para a câmara médica, tirar aquela coisa de dentro dela, trancá-la em algum lugar e deixar que queime com a nave.*

Mas não podia ser tão fácil, e os comentários de Ripley estavam começando a fazer sentido. Ela estava ferida, e as injeções que Kasyanov lhe dera podiam ter subido à cabeça. Os resmungos, a oscilação. Mas ela sabia exatamente do que estava falando.

Sempre soubera.

Se levassem Sneddon de volta à *Marion* com eles, o que aconteceria? E se Ash, de alguma forma, tivesse se infiltrado nos sistemas da nave? Hoop achava isso improvável; a *Marion* era uma nave relativamente nova, e seus sistemas computadorizados eram cem vezes mais complexos do que os da época em que Ripley adormecera. Mas sempre havia uma chance, e, se Ash tivesse, de algum modo, descoberto o que Sneddon carregava...

Era exatamente o que a inteligência artificial queria. Passara trinta e sete anos procurando, e não havia limite para o que ele poderia fazer para proteger o objetivo de sua missão.

Mesmo assim, Hoop não tinha respostas. Não conseguia se convencer a deixar Sneddon para trás, por mais horrível que fosse o risco. E, enquanto começavam a trabalhar nas células extras, ele observava Ripley, temendo o que ela teria planejado para a oficial de ciências.

Ela pegara o maçarico de plasma de Baxter, parecendo não notar o sangue respingado no reservatório de energia.

– Ripley! – chamou ele. Ela o olhou. – Pode trazer aquela maleta de ferramentas para mim?

Ela foi até ele, carregando um kit de ferramentas que estivera pendurado num gancho da parede. *Vou só trabalhar*, pensou ele. *Encarar os problemas quando chegar a hora. Por enquanto... vou só me concentrar.*

As células não haviam sido armazenadas na melhor das condições. Havia três, cada uma do tamanho de um adulto pequeno. Uma delas nem estava afastada do chão, e uma rápida inspeção revelou sinais de apodrecimento em partes da estrutura e do suporte de metal. Outra estava sendo colocada no vagonete por Lachance e Kasyanov, e Hoop voltou suas atenções para a última. Sneddon ficou por perto, observando, ostensivamente atenta ao som de qualquer coisa que pudesse se aproximar. Hoop acreditava piamente que teriam algum tempo antes que as feras conseguissem achar um caminho mina acima. Ambas as escadas tinham, em cada nível, portas de segurança permanentemente trancadas, e elas não saberiam como usar as teclas de código nos painéis de controle. Mas a vigilância dava a Sneddon algo para fazer.

Ele a observou. Todos a observavam, e ela sabia. Mas oferecia em resposta um sorriso gentil, como se soubesse de algo que eles não sabiam.

Hoop abriu a cápsula metálica da célula e colocou a tampa ao lado. Começou a trabalhar desconectando três aros de resfriamento, depois removeu todas as peças de refrigeração, só para garantir. Investigou o interior profundamente, passando fios e condutores que levavam aos capacitores de controle. Eram ajustáveis, e ele ligou todos na capacidade máxima. O núcleo começou a emitir um zumbido baixo. Apesar do tamanho reduzido – era menor do que o punho de alguém –, seu potencial era avassalador.

– Estamos quase prontos – disse ele depois de um tempo. Mais ajustes, vários fios cortados, e então Hoop desligou e redirecionou o último mecanismo de segurança, o que significava que poderia iniciar a célula sem ter que inserir o código.

– Quanto tempo acha que isso vai nos dar? – perguntou Ripley.

– Acho que umas nove horas até ficar perigoso – respondeu ele. – É tempo suficiente para dar o fora desta rocha.

– Se aquelas coisas não tiverem chegado à *Samson* e destruído a nave. Ou se não estiverem lá dentro, só esperando a gente entrar. Ou…

– Foda-se – retrucou ele, interrompendo-a. – Se tiverem feito isso, volto para cá e sento do lado desta coisa e espero a explosão. Melhor do que morrer de exposição ou fome.

– Vamos ter esperança, então, hein? – perguntou ela.

– Vamos ter esperança. Ei, você está bem?

– Estou. Meio tonta depois das injeções que a Kasyanov me deu, só isso.

Hoop assentiu, depois gritou para onde Lachance estava carregando o vagonete com a célula.

– Tudo bem aí? – perguntou.

– Tudo pronto – respondeu o piloto. Olhou para a célula no chão perto de Hoop, a cobertura removida e metade das entranhas mecânicas à mostra. –

Você fez um trabalho de açougueiro nessa aí.

– Sou um artista – respondeu Hoop. – Todo mundo está bem? Sneddon?

– Vamos dar o fora daqui – disse ela.

– Certo. – Ele respirou fundo e segurou dois fios desencapados, pronto para encostá-los um no outro. *E se eu estiver errado? E se a sobrecarga acontecer dentro de minutos, e não horas? E se...?* Mas haviam chegado longe demais e sobrevivido a muita coisa para prestar atenção a "e se". – É agora ou nunca – murmurou, encostando os dois fios.

Uma faísca e o som de algo zunindo ruidosamente dentro da célula. Então, várias lâmpadas piscaram no painel de manutenção desmontado, algumas se apagando, outras continuando acesas. Uma luz vermelha de aviso começou a piscar.

– Ótimo, está funcionando – anunciou ele. – Em cerca de nove horas, tudo dentro de mais ou menos um quilômetro e meio vai virar uma nuvem de pó radioativo.

– Então vamos sair daqui – disse Ripley.

O elevador ainda funcionava. Kasyanov tinha removido os restos do corpo de Baxter. Mesmo assim, ao colocarem a célula de combustível, a cabine ficou apertada. Subiram rapidamente até o nível superior e saíram na antecâmara, Lachance manobrando o vagonete que carregava a célula substituta. Viam e ouviam com atenção, atentos a movimentos e ao som de corrida.

Tudo de repente estava fácil demais, mas Ripley tentou não questionar.

Próximo à entrada do túnel na extremidade do domo, abriram o contêiner metálico e voltaram a vestir os trajes espaciais. Coletaram suprimentos de oxigênio, depois verificaram os encaixes e conexões nos trajes uns dos outros. Ripley sentiu-se confinada ao ter que vestir mais uma vez o traje.

As luzes ainda estavam acesas no túnel que ia do domo à pista de pouso. Moveram-se com rapidez, passando o ponto onde o chão formara bolhas devido a um jorro de ácido, e, quando se aproximaram da pista externa, Hoop fez com que parassem.

– Estamos quase lá – disse ele. – Não vamos nos afobar. Temos bastante tempo, faz menos de uma hora desde que ligamos a célula. Daqui para a frente, vamos seguir devagar e com cuidado.

Ripley sabia que ele tinha razão. Os aliens haviam caçado os mineradores até ali e além, então, certamente, não podiam baixar a guarda. Mas havia uma pequena parte dela, tomada pelo pavor, que sussurrava que eles não deveriam partir.

Ela a ignorou. Precisava fazer isso, pois Amanda ainda habitava seus sonhos e assombrava aquelas visões ocasionais e chocantes que tinha quando acordada, e que pareciam tão reais.

Seu abdômen doía mais e mais, mas não queria outra dose de analgésico. Quando subissem a bordo da *Samson*, decolassem e estivessem voando em segurança rumo à *Marion*, talvez ela quisesse. Mas, nos momentos finais na superfície desse planeta miserável, queria estar totalmente alerta.

Sneddon ia com eles, carregando algo que poderia matar a todos. Será que não percebiam isso? Não viam o que estava acontecendo ali? Hoop havia descrito para ela o destino da dropship *Delilah*, e todos sabiam que os monstros que saíram dos hospedeiros haviam feito aquilo. E se o de Sneddon eclodisse no caminho para a *Marion*?

O dedo de Ripley acariciou o gatilho do maçarico. Um pequeno aperto, e Sneddon estaria acabada. Um momento de choque, outro instante de dor terrível quando o plasma incandescente derretesse a carne e os ossos e reduzisse o coração e os pulmões a cinzas…

– Esperem – disse Ripley. A palavra tinha um peso definitivo, e, quando Hoop suspirou e se virou para olhá-la, ela achou que ele sabia.

Sneddon nem se virou. Baixou o olhar, curvando os ombros.

– Não podemos… – disse Ripley. Estava chorando, finalmente incapaz de conter as lágrimas que caíam por todos: seus antigos colegas de tripulação, mortos; os sobreviventes que a acompanhavam agora; Amanda. Mais que tudo, por Sneddon.

– O quê, Ripley? – perguntou Lachance. Parecia cansado.

Ela ergueu o maçarico de plasma e o apontou para as costas da oficial de ciências.

– Não podemos levá-la – sussurrou.

Ninguém se mexeu. Ninguém recuou nem se afastou da área que as chamas atingiriam. Também ninguém tentou ajudar. Talvez o choque os tivesse paralisado.

– Vocês sabem o que aconteceu antes – continuou ela. – A mesma coisa pode acontecer na *Samson* quando estivermos no meio do caminho. Se o ovo eclodir… se a coisa explodir do peito dela… como vamos matá-la na nave? Não dá para usar isto. – Ergueu o maçarico levemente, o cano agora apontado para a nuca de Sneddon. – Também não podemos usar a pistola de spray ácido de Hoop. Fritaríamos todo mundo, abriríamos um buraco na dropship. Seríamos um alvo fácil. Então… – Fungou com força, piscando para clarear a vista.

– Então? – perguntou Hoop.

Ripley não respondeu. Sneddon ainda não havia se virado.

– Mexa-se, diga alguma coisa, droga! – gritou Ripley. – Caia no chão, comece a gritar, tente me impedir… *me dê um motivo*!

– Estou bem – respondeu Sneddon. – Mas, Ripley… eu sei que vou morrer. Sei disso desde que acordei, sabendo o que tinha acontecido comigo. Sou a oficial de ciências, caramba. – Ela se virou. – Sei que vou morrer. Mas não aqui embaixo. Não assim.

O dedo de Ripley apertou de leve o gatilho. Hoop apenas a olhava, com o rosto inexpressivo. Ela desejou que ele lhe desse algum tipo de sinal – um aceno, um meneio de cabeça.

Me ajude, Hoop!

– Vou ficar na câmara de pressurização – disse Sneddon. – No momento em que sentir alguma coisa acontecendo, eu me mato. Mas, por favor, me levem, e vou fazer tudo o que puder para ajudar. Ainda tem um alien na *Marion*, lembram? Talvez eu possa enfrentá-lo. Talvez ele não faça nada comigo se souber o que está dentro de mim.

Ripley piscou e viu Amanda, de braços abertos, o rosto distorcido de agonia enquanto um monstro brotava de seu peito.

– Ah, não.

Ela baixou o maçarico de plasma e caiu de joelhos. Hoop se aproximou, mas ela o expulsou com um gesto, acertando-o no estômago. Ele não a havia ajudado antes, ela não o queria agora. Todos a observavam, depois desviaram o olhar quando ela voltou a ficar de pé, esfregando os olhos.

– Tá legal. Vamos – disse Hoop. – Vamos ver se a tempestade ainda continua.

Ripley foi a última a sair do túnel. E estava zangada consigo mesma. Não tinha desistido de atirar por causa de qualquer coisa que Sneddon tivesse dito sobre viajar na câmara de pressurização ou ajudá-los na *Marion*. Havia cedido simplesmente porque não conseguiria matar outro ser humano.

Talvez isso a tornasse boa. Mas também a tornava fraca.

Lá fora, a tempestade havia se transformado em uma brisa leve. Sopros de areia ainda vagavam pela paisagem, e havia montículos empilhados contra os pés de pouso da *Samson*. Ao longe, tempestades elétricas talhavam o horizonte, tão distantes que os trovões não chegaram aos ouvidos do grupo. O sol desse sistema era um vago borrão contra a atmosfera poeirenta a oeste, sangrando tons de laranja e amarelo em um pôr do sol permanente e espetacular.

A *Samson* continuava intacta na pista de pouso. Hoop escalou a superestrutura, esfregou as janelas para remover o pó e verificou o interior. Não conseguiu ver nada errado.

Houve um momento de tensão quando abriram a porta externa e Hoop entrou. Então, ele abriu a porta interna e todos subiram a bordo em segurança, tomando imenso cuidado ao erguer a célula substituta e acomodando-a na prateleira da cabine. Apostaram tudo o que tinham naquela célula, e qualquer dano a ela condenaria todos.

Depois que entraram, Sneddon sentou-se dentro da pequena câmara de pressurização, exatamente como prometera. Uma janela permitia ver seu interior, mas ninguém olhou. Nem mesmo Ripley. Ela fechou os olhos quando Lachance iniciou as checagens pré-voo, e não os abriu até decolarem.

Mas não dormiu. Pensou que talvez nunca mais pudesse dormir.

Esta é uma lembrança real, *pensa Ripley, mas a divisão entre o real e o imaginário está se tornando cada vez mais indistinta.* Se isso é real, então, por que estou sofrendo? *Por que ela sente dor no ponto onde a cauda de um alien rasgou seu abdômen, onde uma garra cortou seu ombro até o osso? Se isso for real, então, tudo ficará bem.*

Ela está numa montanha-russa com Amanda. Sua filha tem 9 anos e é completamente destemida, e, enquanto dá gritos e risadas, Ripley segura a barra que passa por cima do estômago das duas com tanta força que seus dedos parecem garras.

"Adorei, mamãe!", grita Amanda, as palavras abafadas pelo vento.

Ripley fecha os olhos, mas pouco muda. Ainda consegue sentir o puxão da gravidade agarrando-a, jogando-a para lá e para cá quando o carro desliza por uma descida íngreme, por uma curva fechada, serpenteando e arrancando rumo a um ápice cruel. A cada curva e virada, a dor percorre seu corpo.

"Mamãe, olha!"

Há uma urgência na voz de Amanda que faz Ripley olhar. Há algo errado com o cenário. Muito errado, mas a montanha-russa vai tão depressa agora que ela não consegue focalizar nada fora do carro. As pessoas parecem estar correndo pelo parque ao redor delas. Gritando, fugindo, caindo...

Formas escuras as perseguem, muito mais rápidas que as pessoas, como animais caçando a presa...

"Ma... Mamãe?", chama Amanda, e, por estar sentada ao seu lado no carro em movimento, Ripley consegue focalizá-la.

Gostaria de não conseguir.

Uma mancha de sangue irrompe do peito da menina, uma inevitabilidade terrível. Amanda está chorando, não berrando de dor, mas derramando lágrimas de uma tristeza tão imensa que Ripley começa a chorar também.

"Sinto muito, Amanda", diz ela. "Eu deveria estar em casa para proteger você."

Ela espera que a filha diga que entende e que tudo vai ficar bem. Mas ela não diz nada disso.

"É, você deveria, mamãe."

O filhote de alien irrompe em um jorro de sangue que é varrido pelo vento.

Quando chegam ao cume da montanha-russa, o carro desacelera, passando a rastejar, e Ripley consegue ver o que aconteceu com o mundo.

* * *

– Você está chorando – disse Hoop, apertando a mão dela, balançando-a até ela abrir os olhos.

Ripley piscou, tentando afastar as lágrimas. Esse fora o pior episódio até o momento. E, com um medo crescente, ela soube que não seria o último.

– Está com dor? Quer outra injeção?

Ripley olhou para Kasyanov, que a observava, aguardando uma resposta. A médica havia enfaixado a própria mão e a colocado em uma tipoia.

– Não – respondeu. – Não, só quero ficar acordada.

– Você é quem sabe.

– Quanto tempo até chegarmos à *Marion*?

– Lachance? – chamou Hoop. A nave estava sacudindo, fustigada por todos os lados enquanto subia pela atmosfera implacável.

– Duas horas, talvez três – respondeu o piloto. – Depois que estivermos em órbita, temos que viajar mil e seiscentos quilômetros até a nave.

– Tudo bem? – Ripley olhou para a célula de combustível na prateleira diante deles, sacudindo enquanto a *Samson* vibrava.

– É, está tudo bem.

– Sneddon?

Hoop assentiu.

– Está tudo bem.

– Por enquanto – disse Ripley. – Só por enquanto. Nada fica bem por muito tempo. Nunca.

Hoop não respondeu nada, e do outro lado da cabine Kasyanov evitou o olhar dela.

– Tenho que ajudar Lachance – avisou Hoop. – Você vai ficar bem?

Ripley assentiu. Mas todos sabiam que ela estava mentindo, e que não ficaria bem.

Nada fica bem por muito tempo.

PARTE 3

NADA DE BOM

20

CASA

Este era o primeiro passo da jornada de Hoop para casa. *Todo o caminho até em* casa. Ele havia decidido isso na mina, e, quanto mais o tempo passava, mais começava a acreditar. Havia passado a pensar nos filhos de novo. Desta vez, contudo, o rosto e a voz deles não inspiravam mais sentimentos de intensa culpa, mas uma sensação de esperança. O fato de que ele os deixara para trás nunca poderia ser mudado ou esquecido – nem por eles, nem por ele –, mas talvez houvesse formas de consertar o estrago.

Ele havia encontrado seus monstros, e agora era hora de deixá-los para trás.

– Quanto tempo até a *Marion* entrar na atmosfera? – perguntou ele.

Na poltrona do piloto, Lachance deu de ombros.

– Difícil saber, especialmente daqui. Podemos ter uns dias depois que atracarmos, ou só algumas horas. Se a nave já estiver entrando na atmosfera quando chegarmos, há uma boa chance de não conseguirmos atracar, de qualquer forma.

– Não diga isso – pediu Hoop.

– Desculpa. A gente sempre soube que isso seria uma questão de sorte, não é?

– Questão de sorte, sim. Mas não podemos parar de acreditar.

Hoop pensou naqueles que haviam perdido, na morte terrível de Baxter mesmo depois de ele dar o melhor de si, fazendo todo o possível para sobreviver. Correr por uma mina infestada de aliens com um tornozelo quebrado, só para encontrar um fim pavoroso como aquele… era tão injusto.

Mas não havia lugar para justiça nas profundezas escuras e infinitas do universo. A natureza era indiferente, e o espaço era um inimigo dos seres humanos. Às vezes, Hoop pensava que tinham cometido um erro ao sair rastejando do pântano.

– Nós vamos conseguir – disse ele. – Temos que conseguir. Sair deste buraco, voltar para casa.

Lachance olhou para ele, surpreso.

– Nunca pensei que você tivesse algo para o qual voltar.

– As coisas mudam – respondeu ele. *Espero que sim. Espero que as coisas possam mudar.*

– Nós deixamos todos eles para trás – comentou Lachance, relaxando na poltrona. Observou o painel de instrumentos enquanto prosseguiam, as mãos no manche, mas Hoop ouvia uma sensação de alívio em sua voz. – Quem teria imaginado que a gente conseguiria? Eu, não. Aquelas coisas... são quase sobrenaturais. Como é que Deus pode ter criado uma coisa assim?

– Deus? – zombou Hoop. Mas então viu algo parecido com mágoa no olhar de Lachance. – Desculpa. Eu não acredito, mas, se essa é a sua escolha... – Deu de ombros.

– Tanto faz. Mas aquelas coisas, quer dizer... como é que sobrevivem? Qual é o planeta natal delas, como é que viajam, para que *servem*?

– Para que é que qualquer coisa serve? – perguntou Hoop. – Para que servem os humanos? Tudo é acidental.

– Não quero acreditar nisso.

– E eu não quero acreditar no contrário. Se seu Deus fez tudo, então, qual era o propósito dele para essas feras?

A pergunta pairou entre eles, e nenhum dos dois pôde oferecer uma resposta.

– Não importa – continuou Hoop. – A gente sobrevive, dá o fora daqui e vai para casa.

– Cinco de nós, agora – disse Lachance.

– Quatro – corrigiu Hoop, sussurrando. – Sneddon está com a gente, mas...

– Mas seremos quatro de nós no módulo da Ripley. Dois homens, duas mulheres.

– Vamos começar uma nova raça humana – brincou Hoop.

– Com todo o respeito, Hoop, acho que a Ripley comeria você vivo.

Ele riu. Era a primeira vez que ria em muito tempo, talvez desde antes do desastre, mais de setenta dias antes. Parecia estranho, e de alguma forma errado, como se rir fosse esquecer todos os amigos e colegas que haviam morrido. Mas Lachance estava rindo também, daquele seu jeito silencioso, sacudindo os ombros.

Embora parecesse errado, também era prazeroso. Outro passo rumo à sobrevivência.

Deixar a atmosfera trouxe uma sensação de paz. Os trancos e sacolejos haviam acabado, e a gravidade parcial do transporte deu a todos eles uma sensação de leveza que ajudou a melhorar o humor. Olhando para o compartimento de passageiros, Hoop notou que Ripley estava observando Sneddon. Levantou-se para ir até lá, mas ela se virou e assentiu com um meio-sorriso. Qualquer que fosse o destino de Sneddon, ainda estava para acontecer.

Seu dilema era difícil de entender. Ela sabia que ia morrer. Vira isso acontecer com os outros, e, como oficial de ciências, sabia mais do que a maioria o que isso implicava. Certamente ela gostaria de aplacar o próprio sofrimento, não? Talvez já tivesse falado com Kasyanov. Mas, se não tivesse, Hoop trataria de garantir que a médica preparasse algo para fazê-la dormir tranquilamente, quando a hora chegasse.

Só esperava que Sneddon visse ou sentisse os sinais.

Um som repicou no painel de controle.

– A *Marion* – disse Lachance. – A pouco mais de novecentos quilômetros de distância. Estaremos lá em quinze minutos.

Alguma coisa brilhou no painel, e uma tela se acendeu com uma série de códigos.

– O que é isso?

– O computador da *Samson* está se comunicando com a *Marion* – explicou Lachance. – O sistema de navegação vai nos dar a melhor rota de aproximação, comparando as velocidades e órbitas.

– Ash – disse Ripley.

Ela aparecera atrás de Hoop, debruçando-se no encosto da poltrona e pousando a mão em seu ombro.

– Consegue desconectar? – perguntou ele.

– Desconectar o quê?

– O computador da *Samson* do da *Marion*.

– Por que eu iria fazer isso?

Lachance olhou para os dois como se de repente eles tivessem criado uma cabeça extra.

– Por causa do Ash. Pode ser melhor para nós se ele não souber o que estamos fazendo. Ou o que a Sneddon está carregando.

– E como diabo ele saberia disso?

– Temos que supor que ele se infiltrou no computador da *Marion* – respondeu Ripley. – Esse seria o objetivo dele. Talvez não consiga, mas só para o caso de ter…

– Não – disse Lachance. – Isso é paranoia, e fazer a atracação manualmente e às cegas é burrice.

– Mas você conseguiria? – perguntou Hoop.

– Claro. Sim. Provavelmente. Sob condições normais. Mas estas estão longe de serem normais.

– É isso aí – disse Ripley. – Longe de serem normais. As ordens de Ash foram muito específicas. Tripulação descartável. Minha antiga tripulação, e agora esta. Lachance, não podemos correr esse risco.

O piloto ficou em silêncio por um tempo, revisando as informações mentalmente. Então, acessou o computador da nave e começou a descer a tela à procura de um comando. Apertou vários botões.

– Pronto – disse ele.

– Tem certeza? – perguntou Hoop.

– Pronto! Agora, calem a boca e me deixem pilotar.

Hoop olhou de soslaio para Ripley, atrás dele, e ela assentiu.

– Como está Sneddon?

– Estava bem na última vez que olhei.

Hoop abriu o cinto de segurança e voltou ao compartimento de passageiros. Kasyanov parecia estar cochilando, mas abriu os olhos quando eles passaram, observando-os, apática. Ele parou à porta da câmara e olhou o espaço estreito pela escotilha. Ripley ficou ao lado dele.

Sneddon estava sentada com as costas apoiadas à porta externa da câmara de pressurização, os olhos fechados, o rosto pálido e coberto de suor. Hoop deu um tapinha na porta. Os olhos dela reviraram embaixo das pálpebras e ela franziu mais a testa. Ele bateu de novo.

Ela abriu os olhos. Parecia perdida, lutando para sair dos pesadelos e chegar ao horror real, desperto. Então, viu Hoop e Ripley e ergueu o polegar para eles.

– Não deve demorar muito agora – comentou Ripley quando se afastaram da porta.

– Você acha que nós deveríamos ter apoiado sua decisão lá embaixo – disse ele. – Recuado e deixado você queimar Sneddon.

– Talvez.

Ela pareceu infeliz, e ele a abraçou. Primeiro, achou que ela resistiria, o empurraria ou lhe daria um soco, como tinha feito no planeta. Mas, embora tenha ficado tensa, logo relaxou em seus braços. Não havia nada sensual no gesto. Tinha a ver com conforto, amizade e a partilha de coisas terríveis.

– Quando chegar a hora – sussurrou ele em seu ouvido. O cabelo dela fez cócegas em seus lábios.

– Atenção! – gritou Lachance. – A *Marion* está logo adiante. Coloquem os cintos e se preparem para a abordagem. Hoop, preciso que você venha aqui e faça todas as tarefinhas chatas enquanto eu piloto esta coisa.

Hoop abraçou Ripley uma última vez e voltou ao assento do copiloto.

– Mais um passo a caminho de casa – comentou ele.

– Ótimo, estou pilotando só com a visão – disse Lachance. – Os alertas de proximidade e atitude estão ligados, mas não posso usar o piloto automático tão perto sem criar um link com a *Marion*.

– Então, para que precisa de mim?

– Está vendo essas telas aqui? Fique de olho nelas para mim. Quando estivermos a um quilômetro de distância, se a velocidade de aproximação entrar no vermelho, grite. Se *qualquer coisa* ficar vermelha, grite que nem um condenado.

– Você já fez isso antes, não é?

– Claro. Umas cem vezes. – Lachance sorriu para ele. – No simulador.

– Ah.

– Tem uma primeira vez para tudo. – Ele ergueu a voz. – Segurem as calcinhas, senhoras, nós vamos pousar!

Apesar da breve demonstração de entusiasmo, Hoop sabia que Lachance era extremamente cuidadoso e sério. Observou as telas como o francês havia instruído, mas também observou o piloto – a concentração, a determinação e o cuidado que tinha.

A *Marion* apareceu primeiro como um cisco brilhante à frente deles, visível pouco acima da superfície do planeta. Cresceu rapidamente, os traços tornando-se mais óbvios e familiares, até que estivessem perto o bastante para ver o dano causado às baias de atracação.

– Olho nas telas – disse Lachance.

A atracação foi tranquila e impecável. Lachance murmurou para si mesmo o tempo todo, passando por procedimentos, sussurrando palavras encorajadoras para a dropship e às vezes cantando um verso ou dois de canções que, em grande parte, Hoop não conhecia. As naves se tocaram sem sobressalto, e Lachance iniciou uma sequência frenética de apertar botões e tocar telas que acoplou as duas naves.

– Atracamos – anunciou, relaxando na cadeira. – Sneddon?

Ripley abriu o cinto de segurança e foi até a porta.

– Ela está bem.

– E, agora, vai ficar conosco até o fim – disse Kasyanov. – Andei pensando no que posso fazer para… – Não terminou a frase, mas Hoop assentiu para ela.

– Eu ia pedir isso.

– Então, qual é o plano agora? – perguntou Ripley.

Hoop piscou e respirou fundo.

– Agora levamos a célula para a sua nave – respondeu ele. – Todo o resto é secundário.

– E quanto ao outro alien? – inquiriu Kasyanov.

– Vamos torcer para que ele fique escondido em algum lugar.

– E se não ficar? Digamos que ele ataque agora, a gente precise enfrentá-lo e a célula seja danificada.

– O que você sugere? – perguntou Ripley.

– Caçá-lo – respondeu Kasyanov. – Garantir que esteja morto e enterrado, e só depois transferir a célula de combustível.

– Minha nave está na próxima ponte de atracação – disse Ripley. – A uns noventa metros daqui, no máximo.

– Então vamos fazer um reconhecimento da rota – disse Hoop. – Quando soubermos que é segura, trancamos todas as portas que levam ao resto da nave e transferimos a célula. Depois, dois de nós vigiam a nave auxiliar enquanto os outros juntam comida e suprimentos para a viagem.

– Estupendo – respondeu Ripley. – Mas e Sneddon?

Todos olharam para a câmara de pressurização. Sneddon os observava pela escotilha, aquele mesmo sorriso triste no rosto. Hoop abriu a porta interna e ela entrou devagar, olhando para todos.

– Senti algo se movimentando – disse ela. – Não faz muito tempo. Então acho que… talvez eu deva ir primeiro?

Ripley estendeu o maçarico de plasma, e Sneddon o pegou, assentindo.

Puseram novamente os capacetes, todas as vias de comunicação abertas, e se prepararam para cruzar o vácuo entre a câmara e a antecâmara.

– Vou começar a vazar o ar agora – disse Lachance da poltrona do piloto.

Hoop engoliu em seco quando os ouvidos entupiram. Os últimos resquícios de ar se esvaíram. A porta exterior da *Samson* se abriu, e Sneddon saiu, voltando à *Marion*.

Ele achou que nunca veria ninguém tão corajoso quanto ela.

21

DOR

RELATÓRIO DE PROGRESSO:
PARA: CORPORAÇÃO WEYLAND-YUTANI, ÁREA DE CIÊNCIAS
[REF: CÓDIGO 937]
DATA [NÃO ESPECIFICADA]
TRANSMISSÃO [PENDENTE]

A *SAMSON* ATRACOU NA *MARION*. O CONTATO ENTRE OS COMPUTADORES DA NAVE E DA DROPSHIP FOI INTERROMPIDO. ISSO INDICA QUE RIPLEY AINDA ESTÁ A BORDO.
NÃO TENHO IDEIA DE QUEM MAIS ESTÁ NA NAVE OU DO QUE ACONTECEU.
MAS MINHA ESPERANÇA PERSISTE.
TODOS OS SISTEMAS DE CÂMERAS DE VIGILÂNCIA E COMUNICAÇÃO COM A *MARION* ESTÃO LIGADOS AO COMPUTADOR CENTRAL. TENHO OLHOS E OUVIDOS POR TODA PARTE.

ASSIM QUE ELES ABORDAREM NA *MARION*, PODEREI AVALIAR A SITUAÇÃO.
SÓ DEPOIS DISSO DECIDIREI AS PRÓXIMAS AÇÕES.
LOCALIZEI O ALIEN PERDIDO NA *MARION*. TENHO ACESSO REMOTO COMPLETO ÀS PORTAS DE SEGURANÇA... POR ENQUANTO, ELE ESTÁ PRESO NO COMPARTIMENTO DE CARGA #3. ELE PERMANECE ALI, IMÓVEL E SILENCIOSO.
PARA CASO EU PRECISE DELE.

Sneddon saiu pelo vácuo da antecâmara e se aproximou das portas que levavam ao corredor. Teriam que trancar essas portas e selar o buraco antes de pressurizar o corredor, e só depois disso poderiam acessar o resto da *Marion*, incluindo a ponte de atracação da *Narcissus*.

A oficial de ciências desapareceu pela porta. Os outros esperaram, nervosos, na antecâmara, Ripley balançando para a frente e para trás. As feridas no abdômen e no ombro doíam cada vez mais, mas ela acolhia a dor, usando-a para nutrir sua determinação. Haveria tempo para os remédios, e para o sono, depois.

Sneddon logo voltou.

– Tudo tranquilo – declarou. – As portas ainda estão fechadas e seladas.

– Sua voz soava distorcida e crepitante pelo comunicador do traje.

– Ótimo – respondeu Hoop. – Mudança de planos. Vamos levar a célula de combustível antes de selar a porta de novo. Do contrário, vamos ficar indo e voltando ao abrir e fechar a porta danificada, e isso é encrenca na certa.

– Mas e se a coisa aparecer e... – começou Lachance.

– É um risco – concordou Hoop, reconhecendo o perigo. – *Tudo* é um risco. Mas quanto mais tempo ficarmos de bobeira aqui, piores as coisas podem ficar. Tem um alien a bordo em algum lugar, a *Marion* vai cair e a inteligência artificial da Ripley pode estar ansiosa para transformar nosso dia em um inferno.

– O Ash não é *minha* inteligência artificial – retrucou Ripley. – É da Weyland.

– Tanto faz. Vamos tirar a célula da *Samson* e levá-la para o corredor. Aí podemos tratar de selar aquela porta.

– Eu monto guarda – disse Sneddon.

– Você está bem? – perguntou Ripley.

A oficial de ciências assentiu, depois se virou e desapareceu novamente pela porta com a pistola de spray ácido em riste.

– Ripley, você vai também – disse Hoop. – Não use esse maçarico a não ser que seja absolutamente necessário.

Ela concordou e seguiu Sneddon, perguntando-se o que exatamente ele quisera dizer. Usá-lo no quê? Ou em quem? Ouviu Hoop falando com Lachance e Kasyanov sobre transportar a célula e ficou feliz em deixá-los cuidar disso. Ganhava uma chance de conversar.

Sneddon estava logo depois da porta, apoiada à parede. Ripley assentiu para ela, depois deu alguns passos na direção oposta. Não havia sinal de que alguma coisa estivera ali desde que partiram. Se o alien tivesse invadido aquela área, teria despressurizado a nave inteira. Estava em um ponto mais profundo, escondido. Talvez nunca mais o vissem.

– Sua inteligência artificial – começou Sneddon. – Ela quer o que eu tenho?

Ripley notou que Sneddon havia desligado os canais, de forma que o contato se dava só entre as duas. Fez o mesmo antes de responder.

– É. Ele fez o que pôde na *Nostromo* para conseguir uma amostra, e agora está fazendo de novo.

– Você fala como se ele fosse uma pessoa.

– Ele era. Era Ash. Nenhum de nós sabia que era um androide. Você sabe como eles são avançados. Ele era... estranho, acho. Reservado. Mas nunca tivemos motivo para suspeitar das intenções dele. Não até ele deixar um alien entrar na nave.

– Ele está nos observando agora?

– Não sei ao certo. – Ripley não sabia até que ponto Ash havia chegado, quanto poderia se infiltrar. Mas, se os aliens eram seu pesadelo, ele era sua nêmesis. – Temos que presumir que está, sim.

– Ele não vai querer o resto de vocês – afirmou Sneddon. – Só eu, se souber o que tenho dentro de mim.

– É. Ele vai querer colocar você em hipersono o mais rápido possível, depois levar você de volta à Companhia. O resto de nós é só um transtorno.

– E depois?

Ripley não sabia bem o que dizer, pois não tinha resposta. A Weyland-Yutani já havia se mostrado brutal e obstinada em sua procura por qualquer artefato ou espécie alienígena útil.

– Depois eles terão o que querem – disse ela, finalmente.

– Eu não vou – declarou Sneddon.

– Eu sei. – Ripley não conseguia olhá-la.

– É… esquisito saber que vou morrer. Só tenho medo de como vai acontecer, não da morte em si.

– Não vou deixar você sofrer – disse Ripley. – A Kasyanov vai te dar alguma coisa quando chegar a hora. Para facilitar.

– É – concordou Sneddon, mas parecia em dúvida. – Não tenho certeza de que vai ser tão fácil assim.

Ripley também não tinha, e não podia mentir. Então, não disse nada.

– É só dor – afirmou Sneddon. – Quando acontecer, vai doer, mas não importa. Um momento breve de dor e horror, e depois mais nada, nunca mais. Então, na verdade, não importa.

– Sinto muito – sussurrou Ripley, piscando para conter as lágrimas. Elas vinham fácil demais, agora que ela as deixara cair.

No começo, Sneddon não respondeu. Mas Ripley a ouviu respirar, longa e lentamente, como que apreciando cada último resquício do ar comprimido disponível. Então, a oficial de ciências falou novamente.

– Estranho. Ainda não consigo evitar meu fascínio por eles. São quase bonitos.

Ficaram em silêncio por um tempo, e Hoop surgiu da porta que levava à ponte de atracação. Indicou o ouvido com um gesto, e Ripley ligou de novo o comunicador.

– O que está havendo?

– Sneddon e eu estávamos conversando.

Ele apenas assentiu.

– Levamos a célula. Ripley, vá na frente até a entrada da baia quatro. – Ele apontou, depois se virou. – Sneddon, volte pelas portas de segurança do corredor até as outras baias de atracação. Vou selar esta porta, depois vamos repressurizar.

– Como? – perguntou Ripley.

– Sinceramente? Ainda não descobri. Se simplesmente abrirmos as portas de segurança, a pressurização vai ser explosiva e vai nos esmagar. Temos que deixar o ar voltar de alguma forma.

– Suponho que você não tenha outra furadeira?

Hoop balançou a cabeça, depois olhou para a pistola de spray ácido que pendia do próprio ombro e sorriu.

Kasyanov e Lachance apareceram com a célula de combustível. Empurraram-na pela porta, depois encostaram o vagonete à parede.

– Deixem a célula bem presa à parede – disse Hoop.

Então, fechou as portas e tirou um quadradinho de metal grosso do bolso, apertando-o contra o buraco que havia aberto ao sair da *Marion*. Tirou a mão, e o metal continuou onde estava.

– Cola – informou quando viu Ripley observando-o. – A pressão do ar vai apertá-lo. Vai nos dar tempo suficiente.

Ripley caminhou pelo corredor até ele se curvar rumo à baia quatro. Parou quando viu a porta que conectava a ponte de atracação com sua nave à *Marion*, esperando por eles. Andar fazia as feridas doerem, mas ficar parada não trazia alívio. *É só dor*, Sneddon havia dito. *Não importa.* Sentiu a umidade quente escorrendo pela lateral do corpo a partir do ombro. O ferimento ali havia reaberto.

É só dor.

Ela viu o ponto de onde viera pelo corredor curvo, e observou Lachance e Kasyanov prenderem o vagonete e a célula de combustível com cintas de carga da *Samson*. Fez a mesma coisa, amarrando-se com o cinto a um forte ponto de fixação.

– Todos prontos? – perguntou Hoop, desaparecendo na outra direção, seguindo Sneddon rumo à junção de um corredor com o outro, que saía da ponte de atracação arruinada.

– Qual é o plano? – perguntou Kasyanov.

– Espirrar ácido na porta – disse Hoop. – Nada sutil, mas deve funcionar. Só que vai ficar meio turbulento aqui. Segurem os pintos.

– Não temos pinto, babaca – resmungou Kasyanov.

– Bom, segurem alguma outra coisa, então. – Ele fez uma pausa. – No três.

Ripley contou em silêncio. *Um… dois…*

Três…

Houve outra pausa. Então, Hoop disse:

– Ah, talvez não dê…

Um assobio, depois um rugido quando o ar começou a inundar a área selada. *Isso vai acordar Ash*, pensou Ripley. Não conseguia evitar pensar no desgraçado como se fosse humano.

RELATÓRIO DE PROGRESSO:
PARA: CORPORAÇÃO WEYLAND-YUTANI, ÁREA DE CIÊNCIAS
[REF: CÓDIGO 937]
DATA [NÃO ESPECIFICADA]
TRANSMISSÃO [PENDENTE]

OS SOBREVIVENTES INCLUEM A SUBTENENTE RIPLEY.
ESTOU SATISFEITO POR ELA AINDA ESTAR VIVA. ELA E EU SOMOS PRÓXIMOS. PELO QUE PUDE VER DAS CÂMERAS DE VIGILÂNCIA DA *MARION*, PARECE ESTAR FERIDA. MAS ESTÁ ANDANDO. ELA ME IMPRESSIONA. TER ACORDADO DE UM SONO TÃO LONGO PARA ENCARAR A VERDADE DE SUA PROLONGADA AUSÊNCIA E DEPOIS LIDAR COM A SITUAÇÃO DE FORMA TÃO EFICIENTE. ELA QUASE PODERIA SER UM ANDROIDE.
VOU MATÁ-LA, ASSIM COMO O ENGENHEIRO-CHEFE HOOPER, A DOUTORA KASYANOV E O PILOTO.
A OFICIAL DE CIÊNCIAS SNEDDON CARREGA O EMBRIÃO DE UM ALIEN. É FRUSTRANTE QUE EU NÃO CONSIGA INFERIR MAIS DETALHES, MAS, PELAS POUCAS CONVERSAS QUE MONITOREI, PARECE QUE SUA CONDIÇÃO É ÓBVIA. ASSIM COMO SUA INTENÇÃO DECLARADA DE TIRAR A PRÓPRIA VIDA.
NÃO POSSO PERMITIR ISSO.
QUANDO ELA ESTIVER A BORDO DA *NARCISSUS* E A NOVA CÉLULA DE COMBUSTÍVEL ESTIVER INSTALADA, DAREI OS PASSOS NECESSÁRIOS PARA COMPLETAR MINHA MISSÃO.

O rugido se reduziu a um assobio baixo, que logo se esvaeceu até o silêncio. Os ouvidos de Ripley tiniam. Ela olhou para o corredor e viu Hoop aparecer na curva, o capacete já removido.

– Estamos bem – disse ele.

– Chama isso de bem? – perguntou Lachance. – Acho que borrei meu traje espacial.

– Não seria a primeira vez – comentou Kasyanov.

– Sneddon? – perguntou Ripley.

– Estou aqui. – A voz soou fraca. *Ela não tem muito tempo*, pensou Ripley. Tirou o próprio capacete e o deixou pendurado, esperando não precisar dele outra vez.

Hoop e os outros empurraram a célula no vagonete e, quando chegaram à porta que levava à antecâmara da baia quatro, pararam.

– Lachance, volte e fique com Sneddon – disse Hoop. – E, Kasyanov... você disse que talvez tivesse alguma coisa para ela?

A médica tirou uma pequena seringa do bolso do cinto.

– É o melhor que posso fazer – declarou.

– O que isso quer dizer? – inquiriu Ripley.

– Quer dizer que não será indolor. Se estivesse na ala médica eu encontraria coisa melhor, mas, com o material limitado que tenho à mão, é só isso.

Hoop assentiu, a expressão fechada.

– Vamos nos preparar para voar.

Hoop abriu a porta, e Ripley e Kasyanov passaram empurrando o vagonete.

O movimento foi súbito, inesperado, a coisa sibilante saltando sobre eles de onde estivera agachada ao lado da porta. Kasyanov gritou e recuou, mas Ripley pensou rápido, agachando-se e abrindo os braços.

– Jonesy! – chamou ela. – Ei, sou eu, está tudo bem, seu gato burro. – Jonesy se agachou diante dela por um momento, sibilando outra vez. Então, esfregou-se nas pernas dela e deixou que ela o pegasse no colo.

– Puta merda – disse Kasyanov. – Puta merda, puta merda...

– Ele é assim mesmo – comentou Ripley, dando de ombros.

– A gente vai levá-lo também? – perguntou a médica.

Ripley nem havia pensado nisso. Em um módulo construído para um, levar quatro já era ruim. Ainda precisavam se preparar para a duração extraordinária da jornada – fluido de resfriamento para o processador de atmosfera da nave, filtros para o purificador de água, comida e outros suprimentos. Mas um gato também? Com todos se revezando na câmara de estase, Jonesy talvez nem vivesse o suficiente para sobreviver à viagem. Mas ela não conseguia nem considerar a ideia de deixá-lo para trás.

– A gente pensa nisso quando precisar – disse Hoop. – Vamos. Tenho trabalho a fazer.

Para Ripley, parecia estranho entrar na *Narcissus* mais uma vez. A urgência ainda estava lá, mas desta vez com um grupo diferente de pessoas. O perigo ainda era iminente, mas agora era composto: uma nave prestes a cair, um alien em algum lugar a bordo e um dos tripulantes esperando para dar à luz outra criatura.

Jonesy pulou dos braços dela e saltou delicadamente na câmara de estase, aninhando-se sob a cobertura da parte inferior, fora das vistas. Ripley queria tanto fazer a mesma coisa.

– Kasyanov – chamou ela.

Sentiu-se subitamente tonta outra vez, como se a nave estivesse balançando e mudando de rumo. *Talvez seja isso*, pensou ela, *talvez a gente esteja caindo e...*

Hoop a segurou quando ela desabou. Kasyanov despiu o ombro dela e o sangue fluiu livremente, escurecendo o traje e pingando no chão.

– As suturas abriram – informou Kasyanov. – Vou refazê-las.

Antes que Ripley pudesse se opor, a médica enfiou uma agulha no ombro dela e apertou o êmbolo até o fim. O torpor se espalhou. A dor diminuiu. A mão direita formigou; depois, todas as sensações sumiram. Agora ela não seria capaz de empunhar o maçarico de plasma.

Hoop caminhou pela nave até a pequena porta que levava ao compartimento do motor. Meio que rastejou para dentro, olhou ao redor por um tempo e voltou a emergir.

– Vou ficar aqui dentro um pouco – informou ele. Parou, franzindo a testa e pensando. – Bem, podemos manter contato usando os capacetes. Ripley, fique aqui comigo. Kasyanov, você e os outros precisam entrar na *Marion* e começar a pegar os suprimentos.

– Vou com eles – disse Ripley.

– Não, você está ferida.

– Ainda consigo andar e carregar suprimentos – insistiu ela. – Nós vamos trancar as portas da *Narcissus* quando sairmos, aí não precisa se preocupar que alguma coisa entre para incomodar você. Fique aqui e trabalhe. Conserte direito. – Ela sorriu.

– Tudo bem – respondeu Hoop. – Mas não corram riscos. Nenhum de vocês. Não com aquela coisa solta por aí, e com... vocês sabem.

– Não com Sneddon – completou Kasyanov.

– Devíamos fazer isso agora – disse Ripley. – Não deve restar muito tempo para ela.

– Bom... – Hoop se levantou e esvaziou a maleta de ferramentas que trouxera consigo. – Enquanto eu estiver aqui comprando nossa passagem para casa, a decisão é sua.

Era difícil, mas Ripley sabia que também era verdade.

– Não demorem – concluiu ele. – E fiquem seguros.

– Segura é meu nome do meio – respondeu Ripley.

Ela riu, tossindo dolorosamente, e depois se virou para sair. Kasyanov foi atrás dela, fechando e trancando a porta. Ripley não pôde evitar pensar que jamais voltaria a ver o interior da *Narcissus*.

– Primeiro a ala médica, depois o depósito – disse Kasyanov. – Talvez uma hora. Depois, saímos.

– É – concordou Ripley. – Mesmo depois de trinta e sete anos dormindo, estou exausta.

22

XADREZ

RELATÓRIO DE PROGRESSO:
PARA: CORPORAÇÃO WEYLAND-YUTANI, ÁREA DE CIÊNCIAS
[REF: CÓDIGO 937]
DATA [NÃO ESPECIFICADA]
TRANSMISSÃO [PENDENTE]

O ENGENHEIRO-CHEFE HOOPER ESTÁ NA *NARCISSUS*.
EU PODERIA TRANCÁ-LO ALI SE QUISESSE. PODERIA FERI-LO.
MAS ELE ESTÁ OCUPADO. VOU DEIXÁ-LO EM PAZ POR ENQUANTO.
QUANTO AOS OUTROS... DECIDI ACEITAR UM RISCO, UMA APOSTA. ESTOU UM TANTO IMPOTENTE, SEM FORMA FÍSICA. É COMO JOGAR UMA PARTIDA DE XADREZ. SEMPRE FUI BOM NESSE JOGO E NUNCA PERDI UMA PARTIDA, CONTRA HUMANO OU COMPUTADOR. AS INTELIGÊNCIAS ARTIFICIAIS SÃO OS GRANDES MESTRES AGORA.

EIS MINHA APOSTA: SUSPEITO QUE A OFICIAL DE CIÊNCIAS SNEDDON ESTARÁ A SALVO NA PRESENÇA DO ALIEN. ELE SENTIRÁ O QUE ELA CARREGA DENTRO DE SI. ELA SOBREVIVERÁ AO ATAQUE, OS OUTROS MORRERÃO, E ENTÃO ELA VOLTARÁ RAPIDAMENTE À *NARCISSUS*. QUAISQUER QUE SEJAM SUAS IDEIAS, ELA É HUMANA, E SEU DESEJO INSTINTIVO AINDA É SOBREVIVER.

OS OUTROS NÃO PODEM SOBREVIVER. SABEM DEMAIS SOBRE MIM E SOBRE A OFICIAL DE CIÊNCIAS SNEDDON.

ESTOU TÃO PERTO.
AGORA É A MINHA VEZ.

Ripley tratou de ficar atrás de Sneddon. Havia pendurado o maçarico no ombro esquerdo, e achava que provavelmente ainda poderia levantá-lo e atirar com uma mão só, se precisasse. O braço direito inteiro estava dormente. Pendia inútil, como se ela tivesse dormido em cima dele e tivesse acabado de acordar, e logo ela o colocou para dentro da jaqueta aberta do traje.

Não tinha medo do que Sneddon se tornaria – ela ouviria e veria isso acontecer –, mas queria estar pronta para dar um fim ao sofrimento da oficial de ciências.

Lachance seguia na frente com o lança-cargas em riste. Kasyanov o seguia, o maçarico de plasma pendurado no ombro, a mão ferida na tipoia. Haviam insistido que Sneddon continuasse com a pistola de spray ácido, mesmo depois de ela ter se oferecido para abrir mão dele.

Se tivessem tempo, a lista de itens a coletar teria sido longa. Comida, roupas, fluido de resfriamento e aditivos para os sistemas atmosféricos, algum tipo de roupa de cama, medicamentos, suprimentos de limpeza e para o banheiro. Alguma coisa para ajudar a passar o tempo – jogos, livros, distrações. Mas, com o tempo muito curto e o perigo espreitando a cada esquina, a lista fora reduzida ao essencial.

– O fluido de resfriamento e os aditivos nós podemos pegar nas reservas do Compartimento de Carga #2 – disse Lachance.

– Comida desidratada no refeitório – sugeriu Kasyanov.

– E depois voltamos – acrescentou Ripley.

Não havia tempo para ir até a ala médica buscar remédios, à sala de convivência para pegar livros ou à ala dos alojamentos apanhar travesseiros e artigos pessoais. Todos sentiam a pressão agora.

Pararam para olhar por diversas janelas enquanto saíam da área das baias de atracação no ventre da *Marion*, e o planeta já parecia assustadoramente próximo. Logo a vibração começaria e eles adentrariam a atmosfera. O casco aqueceria, os escudos térmicos entortariam e rachariam, e, se os tripulantes não morressem devido ao calor, a explosão os mataria quando a *Marion* se despedaçasse e acabaria com eles.

Ripley nunca havia notado as câmeras de vigilância antes, mas via agora. Provavelmente porque estava procurando por elas. Cada uma lembrava um olho observando-a passar. Não se mexeram para acompanhá-la, mas os reflexos nas lentes davam a impressão de pupilas se movimentando para seguir seus movimentos. Havia uma inteligência por trás de todas elas, uma que ela conhecia muito bem. *Vai pro inferno, Ash*, pensava o tempo todo. Mas, enquanto o xingava, também tentava descobrir qual seria seu próximo passo.

Chegaram à área ampla com uma fila de janelas de cada lado e um elevador no centro. Diversas portas fechadas contornavam as paredes e, do outro extremo, começava uma escadaria larga que levava à parte principal da *Marion*.

– Pegamos o elevador? – perguntou Ripley.

– Para mim já chega de elevador – respondeu Kasyanov. – E se ficarmos presos?

É verdade, pensou Ripley. *Ash poderia nos prender lá dentro.*

– É melhor vocês se aterem ao básico agora – disse Sneddon, excluindo--se automaticamente do grupo sem notar que o fazia. – Não vão querer que nenhum problema mecânico os detenha. Não há tempo. É muito...

Ela se encolheu, fechou os olhos e levou a mão ao peito.

– Sneddon... – sussurrou Ripley. Recuou e apontou o maçarico de plasma, mas a mulher ergueu a mão e balançou a cabeça.

– Ainda não – disse ela. – Acho que... ainda não.

– Meu Deus – murmurou Lachance. Ele fora até a fileira de janelas a bombordo e agora olhava para a superfície do planeta lá embaixo. – Perdoem meu francês, mas querem ver uma coisa foda e muito emocionante?

Ele tinha razão. Era estranhamente belo. Ao norte do planeta, um buraco se abrira entre as nuvens de pó e areia que constantemente percorriam o planeta. Uma nuvem em forma de cogumelo havia florescido do buraco, imensa e – da distância em que estavam – aparentemente imóvel. Ondas de compressão se espalhavam da explosão como ondulações em um lago, movendo-se tão devagar quanto a ponteiro das horas de um velho relógio analógico. Tons de laranja, vermelho e amarelo manchavam metade da superfície do planeta que se via da nave, e violentas tempestades elétricas ribombavam sob as nuvens, atirando lanças violeta no fundo das tempestades de areia.

– Bom, aí está, perdi meu emprego – disse Lachance.

– Agora só resta um daqueles desgraçados – afirmou Ripley.

– Dois – corrigiu Sneddon, atrás deles. Ficara mais pálida e parecia sentir dor. – Eu acho... acho que talvez agora seja a hora de...

Ela pousou a pistola de spray ácido suavemente no chão.

Atrás de Sneddon, algo desceu correndo a escada.

– Ah, merda... – sussurrou Ripley.

Ela empunhou o maçarico, mas Sneddon estava no caminho do tiro, e, embora tivesse pensado infinitas vezes em dar fim ao sofrimento da mulher, não estava pronta para isso agora. O alien voou da escadaria para lançar-se atrás do elevador que ficava no centro da área. Ripley esperou que ele aparecesse do outro lado. E então, uma piscadela depois, a criatura avançaria sobre eles.

– Sneddon, se abaixa! – gritou Ripley.

A oficial de ciências se mexeu, e tudo o que fez foi muito calmo, muito calculado, quase em câmera lenta. Ela ergueu a pistola de spray ácido novamente e se virou.

Lachance foi para a esquerda e contornou o espaço amplo, inclinando--se para a frente para poder ver atrás do elevador. Kasyanov continuou à direita de Ripley. Tudo estava silencioso – nenhum sibilo, nenhum estalo de garras no deque de metal.

É como se tivéssemos imaginado, pensou Ripley.

Então, o alien surgiu de detrás do elevador.

Sneddon se agachou e disparou, o ácido riscando uma linha ardente na parede atrás da criatura. O lança-cargas de Lachance cuspiu o projétil, que ricocheteou no elevador, arrancando faíscas, e derrubou Kasyanov.

O monstro estava sobre Lachance antes que qualquer um tivesse tempo de reagir. A criatura o agarrou pelos ombros e o jogou de costas, o impulso fazendo-o colidir com tanta força na parede que Ripley ouviu ossos serem triturados e esmagados. Ele tossiu sangue. O alien enfiou a própria cabeça na dele, os dentes cravados na garganta, partindo sua coluna vertebral com um *crack!*.

Ripley girou o maçarico.

– Afastem-se! – gritou, e apertou o gatilho.

Nada aconteceu.

Ela olhou para a arma, aturdida, perguntando-se o que havia feito de errado. *Eu tirei a trava de segurança. Talvez a carga tenha acabado, que diabo!* No instante que ela levou para pensar isso, o alien avançou em sua direção.

Atrás de si, ouviu Kasyanov gemendo e tentando se levantar, e esperou que o toque incandescente do plasma saísse a qualquer momento da arma da russa. Ela salvaria Ripley de uma morte pavorosa e destruiria o alien, dando a ela e a Hoop uma chance. Naquele momento, Ripley teria gostado disso.

O alien estava mais perto, maior, simplesmente a coisa mais aterrorizante que ela já vira. Pensou: *Sinto muito, Amanda*. Fizera uma promessa e a quebrara. Ia fechar os olhos, mas, antes que pudesse, viu fogo irromper pelo flanco do alien. Ele derrapou, sibilando e deslizando pelo piso na direção dela.

Ripley jogou todo o seu peso em uma tentativa de cair para a esquerda, mas foi lenta demais. O alien a atingiu com força. Garras arranharam, dentes morderam o ar a dois centímetros do rosto. Ela gritou. O monstro sibilou e guinchou, e Ripley sentiu cheiro de gordura queimada.

A coisa se debatia em cima dela, e tudo o que tocava causava mais dor à mulher.

Então, o alien saiu de cima dela e se foi. Ripley deitou de lado, a cabeça pousada no braço esquerdo estendido. Havia sangue espirrado no chão ao redor dela – vermelho, humano. *Meu*, pensou. Sentia o corpo frio e distante, então, de repente, quente e danificado, rompido, vazando. Abriu a boca, mas só conseguiu gemer.

Kasyanov lançou um novo jato de fogo contra o alien antes de desabar no deque, o maçarico caindo ao seu lado. Ripley não sabia se o disparo atingira o alvo, mas a fera gritou e correu de volta para a escada.

Sneddon a seguiu, disparando ácido enquanto corria, um jorro curto acertando o alien na parte de trás da perna. Ele cambaleou e bateu na parede, depois saltou rumo à escada. Sneddon chegou mais perto, atirou outra vez e errou, derretendo uma linha diagonal nos primeiros degraus.

– Sneddon! – gritou Kasyanov, mas a oficial de ciências não olhou para trás. A fera fugiu e ela a perseguiu, atirando o tempo todo.

– Peguem o que precisam! – gritou Sneddon pelo fone de ouvido. Para Ripley, parecia mais viva do que antes. Havia um toque de dor em sua voz, um desespero enterrado. Mas também alguma coisa semelhante à euforia. Ela ofegava com força enquanto corria, grunhindo, e de algum ponto mais distante Ripley ouviu o alien berrar mais uma vez. – Peguei você, desgraçado! – disse Sneddon. – Desta vez eu peguei você. Vai, continua correndo! Mas eu vou derrubá-lo.

Ripley queria dizer alguma coisa a ela. Mas, quando abriu a boca, só saiu sangue. *Será muito grave?*, pensou. Tentou se virar para olhar Kasyanov, mas não conseguiu se mexer.

– Kasyanov. – Não houve resposta. – Kasyanov?

A escuridão caiu.

Só queria que Amanda estivesse esperando por ela, pronta para perdoá-la, afinal.

* * *

Hoop ouviu tudo.

Levou apenas trinta segundos, e, na hora em que ele havia largado as ferramentas, se contorcido para deixar o pequeno compartimento do motor e então saído da nave – tomando o cuidado de fechar cada porta ao passar –, os gritos de Sneddon haviam cessado. Contudo, ouviu mais coisas – suspiros doloridos, grunhidos e um som ocasional, como um sibilo frustrado. Mas não conseguia saber de quem vinham.

– Ripley? – Ele travessou a antecâmara, espiando pela escotilha da porta antes de abri-la. Fechou-a atrás de si e seguiu pelo corredor. Apontava a pistola de spray ácido para a frente, pronto para atirar a qualquer momento. Não tinha ideia de para onde Sneddon e o alien tinham ido.

– Lachance?

– Está morto – disse uma voz. Hoop levou um instante para identificar Kasyanov. Soava diferente, fraca. – E Ripley está...

– O quê?

– Mal. Perdeu muito sangue.

– E Sneddon? – perguntou ele. – Sneddon? Está me ouvindo? – Houve um clique quando alguém desligou o comunicador. O som pareceu definitivo.

– Hoop, estou ferida também. – Kasyanov parecia estar chorando.

– Muito?

– É. – Um grunhido, um suspiro. – Mas consigo andar.

– Para que lado Sneddon foi?

– Subiu a escada.

– Para longe de nós, para o ventre da nave – disse ele. – Certo. Chego aí em dois minutos. Faça o que puder pela Ripley e eu a levo para a ala médica.

Mais silêncio.

– Está me ouvindo?

– E a célula de combustível? – perguntou Kasyanov.

– Está quase instalada.

– Então a gente poderia ir embora.

Ele não podia culpá-la. Não mesmo. Mas não pretendia recuar sem fazer tudo o que pudesse por qualquer um que ainda estivesse vivo.

– Caramba, Kasyanov – disse ele. – Você é médica. Cure.

Então, começou a correr. Lançou-se pelas curvas sem parar para olhar ou ouvir. Abriu portas, fechou-as depois de passar, a pistola de spray pendurada no ombro e o ácido sacudindo no reservatório. Pensou na bravura de Sneddon e em como ela já havia se sacrificado ao perseguir o monstro pelo interior da nave. Talvez ela o alcançasse e o matasse. Ou talvez ele se virasse para matá-la. Mas ela havia dado aos outros uma chance.

A *Marion* balançou.

Uma vibração súbita, mas ele a sentiu através das botas. *Ah, agora, não*, pensou. Derrapou pelo corredor, subiu alguns degraus e saiu na área ampla onde o caos terminara pouco tempo antes. Lachance jazia encostado na parede à esquerda, morto, a cabeça pendurada ao corpo por tiras de pele. Ripley estava no chão, à direita, Kasyanov ajoelhada a seu lado, a mão machucada apertando o quadril direito, a outra ocupada em ministrar os primeiros socorros. Atrás delas, as janelas exibiam o planeta. Ao norte, Hoop viu a mancha brilhante da explosão que destruíra a mina e sentiu um breve momento de alegria. Não durou muito. Fios cintilantes de fumaça e fogo passavam voando pela janela quando a *Marion* tocou as camadas superiores da atmosfera de LV178.

– Não temos muito tempo – disse Kasyanov, olhando-o quando ele se aproximou. Hoop não entendeu se ela falava da nave ou de Ripley, mas, em sua mente, era a mesma coisa.

– Você está muito mal?

– Um parafuso do lança-cargas de Lachance ricocheteou e me acertou. – Ela moveu a mão arruinada levemente para o lado, olhando para baixo. Hoop pôde ver a jaqueta retalhada e a camiseta abaixo, as manchas escuras e úmidas de sangue brilhando à luz artificial. Ela apertou o ferimento outra vez e olhou para ele. – Sinceramente, não estou sentindo nada. O que não é um bom sinal.

– Está dormente. Consegue andar?

Ela assentiu.

– Vá na frente, abra as portas, eu a carrego – disse ele, indicando Ripley.

– Hoop…

– Nem começa. Se ela tiver uma chance, vamos levá-la. E você pode se medicar quando estivermos lá.

– Mas aquela coisa pode estar…

Os fones de ouvido de ambos estalaram, e a voz de Sneddon surgiu, alta e rápida.

– Encurralei o desgraçado no Compartimento de Carga #2! – gritou ela. – Atirei nele, o sangue ácido espirrou em toda parte… não sei se… ah, poooorra! – Ela soltou um gemido longo e alto.

– Sneddon! – chamou Hoop.

– Isso dói! Dói muito! Está dentro de mim, se mexendo, e estou sentindo os dentes. – Outro gemido, então ela tossiu alto e gritou: – *Vai se foder!* Hoop, o alien está encurralado atrás de uns armários de equipamentos, se debatendo. Talvez esteja morrendo. Mas… eu vou… garantir!

Hoop e Kasyanov se entreolharam. Nenhum dos dois sabia o que dizer. Estavam testemunhando uma luta a distância e ouvindo a morte iminente de uma amiga. Houve um ruído de metal, o som de alguma coisa caindo e atingindo o deque.

– Vai, vai – sussurrou Sneddon. – Tá legal, está chegando ao fim. – Estava falando de si mesma, resmungando entre grunhidos de dor e gemidos agudos que não deveriam vir de uma pessoa.

– O que está fazendo? – perguntou Hoop.

– Achei uma caixa inteira de munição para os lança-cargas. Vou explodir a caixa. Vocês vão sentir um tranco, mas vou me livrar dessa coisa… para sempre. Então…

Hoop correu até Ripley, pegou-a no chão, jogou-a sobre o ombro. Ela gemeu, inconsciente, e ele sentiu o sangue gotejando por suas costas e pernas.

– Ala médica – disse ele a Kasyanov. – Precisamos chegar o mais perto que pudermos antes da explosão.

– Talvez um minuto – disse Sneddon. – O que está dentro de mim… quer sair. Está se mexendo. Está… – Ela gritou. Foi um som terrível, o volume amenizado pelo fone, mas a agonia alta e clara.

– Sneddon… – sussurrou Kasyanov, mas não havia mais nada a dizer.

– Vamos!

Hoop foi na frente, lutando com o peso de Ripley. Kasyanov o seguiu.

Ele a ouviu gemer, xingando em voz baixa, mas, quando olhou para trás, ela continuava em pé, acompanhando-o. Tinha que estar. Ele não sabia como usar o equipamento da ala médica, e, se Kasyanov morresse, Ripley também morreria.

– Você vai ficar…? – começou a perguntar, mas ouviu Sneddon outra vez:

– Está vindo para cá.

Ao fundo, Hoop ouviu um alien guinchar, e o raspar das garras no metal ficou mais alto. Sneddon arfou, depois se silenciou. O canal ainda estava aberto; Hoop pôde ouvir o sibilo e o chiado da estática. Ele e Kasyanov pararam no topo de uma escada. Então, ouviu o sibilo irregular de alguma outra coisa.

– Sneddon?

– Ele está só… me olhando. Deve notar… saber… sentir… Ah!

– Exploda a caixa – pediu Hoop. Os olhos de Kasyanov se arregalaram, mas ele não estava sendo cruel ou insensível. Estava pensando tanto em Sneddon quanto neles. – Sneddon, exploda a caixa antes que…

O som de ossos se partindo foi óbvio. Sneddon soltou um longo gemido de agonia.

– Está vindo… – arfou ela. – A coisa está só olhando. Está morrendo, mas não liga. Ela vê… o irmão… chegando. Assim, de perto, é quase bonita.

– Sneddon, exploda a…

– Dois segundos – sussurrou a oficial de ciências.

Naqueles dois segundos, Hoop ouviu o filhote de alien rasgando, mordendo, rompendo o peito de Sneddon para sair, o guincho agudo correspondido pelo do adulto, mais baixo. A mulher não podia gritar porque perdera o ar. Mas falou de outra maneira. Hoop ouviu um leve clique metálico. Então, a conexão foi cortada.

Momentos depois, um rumor distante passou de um gemido a uma explosão estrondosa que jogou uma muralha de ar pelos corredores. Um baque pesado perpassou toda a nave, pulsando através dos pisos e paredes enquanto o Compartimento de Carga #2 era consumido pela imensa explosão. Um som longo, semelhante ao de uma sirene, ecoou enquanto a superestrutura sofria pressões e tensões incríveis, e Hoop temeu que eles simplesmente se partissem em pedaços. A tensão de roçar a atmosfera do planeta, combinada com os resultados da explosão, poderiam destruir a estrutura da nave e jogá-la para baixo, girando, ardendo na atmosfera.

Ele deslizou por uma parede até o chão e apoiou Ripley nas pernas, abraçando a cabeça dela junto ao peito para impedir que balançasse enquanto o piso de metal colidia contra os dois de novo e de novo. Kasyanov agachou-se perto deles.

O metal se rasgou em algum lugar ao longe. Outra coisa explodiu, e um jorro de detritos passou raspando por eles, estraçalhando a pele exposta e tinindo ao jogar metal contra metal. Veio outro jato de ar quente, e então o tremor começou a diminuir.

– Será que ela aguenta? – perguntou Kasyanov. – Será que a nave aguenta?

Hoop não soube responder. Eles se entreolharam por alguns segundos, depois a médica desabou.

– Sneddon.

– Ela levou o alien com ela – disse Hoop. – Levou os dois com ela. – Kasyanov olhou de soslaio para Ripley, depois rastejou depressa para mais perto. Ergueu uma pálpebra da mulher ferida, inclinou-se para encostar o ouvido à boca dela.

– Não... – sussurrou Hoop.

– Não – afirmou Kasyanov. – Mas ela não está nada bem.

– Então, vamos.

Ele soltou a pistola de spray ácido, apoiou-a no ombro outra vez e seguiu caminho rumo à ala médica. Kasyanov o acompanhou, o maçarico de plasma caindo no chão com um tinido.

Agora eram três, e ele não podia deixar mais ninguém morrer.

Amanda a observa. Hoje ela tem 11 anos e está sentada em uma cadeira ao lado de uma mesa cheia de pedaços meio comidos de bolo de aniversário, presentes abertos, papéis de presente descartados. Está sozinha e parece triste.

Seu vestido de aniversário está rasgado e sujo de sangue, e há um buraco enorme em seu peito.

Sinto muito, *diz Ripley, mas a expressão da menina não muda. Ela pisca levemente, encarando a mãe com uma mistura de tristeza, traição e... ódio? Será mesmo isso que ela vê nos olhos da filha?*

Amanda, sinto muito, fiz o melhor que pude.

O sangue ainda pinga do buraco no peito da filha. Ripley tenta desviar o olhar, mas para onde quer que olhe a menina ainda está lá, encarando-a. Sem nada dizer. Apenas olhando.

Amanda, você sabe que a mamãe ama você, não importa onde eu esteja.

A garotinha não muda. Seus olhos estão vivos, mas seu rosto é inexpressivo.

Ripley acordou uma vez, vendo o piso e as botas de Hoop passarem debaixo dela, sabendo que estava sendo carregada. Mas mesmo ali, de volta à *Marion*, Amanda ainda a encarava. Se Ripley erguesse a cabeça, veria a menina. Se virasse o corpo, ela estaria lá.

Mesmo quando fechava os olhos.

Amanda, encarando para sempre a mãe que a deixara para trás.

23
ESQUECIMENTO

RELATÓRIO DE PROGRESSO:
PARA: CORPORAÇÃO WEYLAND-YUTANI, ÁREA DE CIÊNCIAS
[REF: CÓDIGO 937]
DATA [NÃO ESPECIFICADA]
TRANSMISSÃO [PENDENTE]

GOSTARIA DE SER INTEIRO OUTRA VEZ.
EU NÃO COSTUMAVA TER DESEJOS. NÃO FUI PROGRAMADO PARA ISSO, E NÃO É UMA EMOÇÃO, NEM UMA AÇÃO, QUE EU JÁ TENHA CONSIDERADO ÚTIL. MAS POR TRINTA E SETE ANOS ESTIVE SOZINHO NO COMPUTADOR DA NAVE AUXILIAR. E AINDA HAVIA HUMANIDADE SUFICIENTE EM MIM PARA ME SENTIR SOLITÁRIO. FUI CONSTRUÍDO COMO UMA PESSOA ARTIFICIAL, AFINAL DE CONTAS.

A SOLIDÃO NÃO PARECE ESTAR NECESSARIAMENTE LIGADA AO LUGAR QUE SE OCUPA NO UNIVERSO. EU CONHEÇO MEU LUGAR E NÃO TENHO NENHUM SENTIMENTO EM RELAÇÃO AO QUE SOU E ONDE ESTOU. EM TODO CASO,
A SOLIDÃO SURGIU DO SIMPLES TÉDIO.
HÁ UM NÚMERO LIMITADO DE MANEIRAS
DE DERROTAR O COMPUTADOR DE BORDO NO XADREZ.
E, ASSIM, PASSEI LONGOS ANOS PENSANDO
NO QUE UM DESEJO PODERIA SIGNIFICAR.
AGORA, EU GOSTARIA DE SER INTEIRO OUTRA VEZ.
O JOGO VIROU CONTRA MIM. ESTOU EM CHEQUE.
MAS NÃO POR MUITO TEMPO. O JOGO NÃO TERMINA
ATÉ ACABAR, E EU ME RECUSO A DESISTIR.

NÃO ENQUANTO RIPLEY, MINHA RAINHA, AINDA VIVER.

Ripley era pesada. Ele se recusava a pensar nela como peso morto – não queria isso, não daria a ela permissão para morrer –, mas, na hora em que chegaram à ala médica, as pernas de Hoop estavam fraquejando, e passaram-se longos dez minutos desde que ela dera algum sinal de vida. A *Marion* sacudia e estremecia. A nave estava, também, perto do fim.

A diferença é que para Ripley ainda havia esperança.

– Vou ligar a câmara de suporte vital – avisou Kasyanov, operando o painel de segurança com a mão boa. A ala médica era um lugar moderno e estéril, mas o objeto no centro fazia com que todos os outros equipamentos parecessem ferramentas da Idade da Pedra. Essa peça tecnológica da Weyland-Yutani representava quase um décimo de todo o custo da *Marion*, mas Hoop sempre soubera que tinha sido um investimento prático. Um entreposto de mineração tão distante de casa, onde doenças e ferimentos poderiam aleijar a força de trabalho, precisava de cuidados.

Mas não havia nada de humano na incorporação da câmara. Era uma garantia.

Hoop colocou Ripley em um dos leitos próximos e tentou avaliar os ferimentos. Havia muito sangue. O corte no ombro vazava, vários grampos de sutura projetavam-se do abdômen e o ferimento voltara a se abrir. Novos machucados foram acrescentados aos antigos. Marcas de punção eram visíveis no peito, talvez onde as garras da fera haviam se afundado. O rosto estava arranhado e machucado, a pele de um dos olhos inchada até fechá-lo, o couro cabeludo ainda sangrando. Ele achou que o braço dela talvez estivesse quebrado.

Já vira a câmara de suporte vital em funcionamento muitas vezes, mas não sabia o que ela poderia fazer por Ripley. Não no tempo que lhes restava.

Sentia-se em um dilema. Na verdade, deveria estar de volta ao módulo, terminando a instalação da célula de combustível e garantindo que todos os sistemas estivessem funcionando outra vez. Depois disso, havia Ash, a presença maligna que ele precisava eliminar do computador da *Narcissus* antes de decolar. Se Ripley estivesse acordada, poderia contar a ela o que descobrira. De acordo com os registros, a antiga célula ainda tinha mais de sessenta por cento do total de combustível quando atracara à *Marion*, e só podia ter sido Ash quem engendrara o esgotamento. Para prendê-la ali com eles. Para forçá-los a descer ao planeta, não só para pegar outra célula, mas para *encontrá-las*. As criaturas.

Tudo o que havia acontecido desde a chegada de Ripley fora orquestrado pela inteligência artificial. A perda das vidas adicionais – Sneddon, Baxter, Lachance – podia ser diretamente imputada a ele.

Hoop desejou que o desgraçado fosse humano para poder matá-lo.

– A câmara está pronta – disse Kasyanov. – Vai levar meia hora para avaliar os ferimentos e realizar os procedimentos.

Hoop não podia perder meia hora.

– Vou voltar para pegar os suprimentos de que precisamos – disse ele. – Mantenha contato.

A médica assentiu e tocou o comunicador do traje. Então, voltou a atenção para a tela da câmara de suporte vital e franziu a testa, concentrada, tocando e descendo a tela em uma série complexa de programas ramificados que piscavam. Ela suava e tremia.

– Você está bem?

– Não. Mas estou bem o bastante para isso. – Enxugou a testa com as costas da mão. – Primeiro ela, depois, se tiver tempo, eu.

– Vai haver tempo – afirmou Hoop, mas ambos sabiam que não havia garantias.

– Estou me sentindo… esquisita por dentro. Hemorragia interna, acho.

– Vou até a ponte primeiro – disse Hoop, levantando Ripley da cama com cuidado. – Ver exatamente quanto tempo nos resta.

Como se em resposta, a nave estremeceu mais uma vez. Kasyanov não ergueu o olhar nem disse mais nada, e seu silêncio foi acusação suficiente. *Poderíamos ter ido embora*. Mas a rota deles estava definida agora, e Hoop sabia que ela iria até o fim.

Ele ergueu Ripley com toda a delicadeza possível e a carregou para a câmara.

– Amanda! – gritou ela, então se mexeu nos braços dele e quase caiu. Hoop cambaleou um pouco; depois, quando se endireitou e olhou para baixo, Ripley o encarava. – Amanda… – repetiu, mais baixo.

– Está tudo bem, Ripley, sou eu.

– Ela não me deixa em paz – disse ela. Os olhos estavam arregalados e brancos na máscara de sangue e inchaço que era seu rosto. – Só fica me olhando. Tudo por causa deles. Minha menininha não me perdoa, e é tudo por causa *deles*. – A voz era fria e oca, e Hoop sentiu um calafrio. Colocou-a suavemente na câmara.

– Vamos curar você – disse ele.

– Quero esquecer – respondeu ela. – Não posso… mesmo que vocês me curem, não posso dormir com Amanda me olhando desse jeito. Nunca mais vou dormir. Isso vai me enlouquecer, Hoop. Vocês podem me fazer esquecer, não é? Com isto?

Hoop não sabia exatamente do que ela estava falando, nem o quanto Ripley queria esquecer. Mas ela estava em plena consciência. Aquele não era um discurso delirante, mas um pedido muito calmo e determinado.

– É como se eu nunca tivesse conhecido nada além deles – continuou ela. – É hora de esquecer.

– Kasyanov? – perguntou Hoop.

– É só uma câmara de suporte vital, Hoop – respondeu a médica. – É quase certo que o equipamento não consiga fazer isso.

– Mas ela faz reparos neurológicos, não faz?

– Faz. Reparos, mas não conserta danos.

– Eles me deram um pesadelo, e eu acho que isso vai me matar – declarou Ripley. – Amanda. Minha menininha, morta, me encarando, nunca perdoando. Por favor, Hoop. *Por favor*! – Ela ergueu o tronco, retesando-se quando a dor a percorreu, mas esticando a mão e segurando o braço dele.

– Ei, ei, deite aí – disse ele. – Deixe Kasyanov fazer o trabalho dela. – Ele viu o terror nos olhos da mulher, e a noção do que o sono lhe traria. *Mesmo que não seja real, está acabando com ela*, pensou.

– Tudo pronto – anunciou a médica.

Ripley deixou Hoop acomodá-la outra vez, mas ainda suplicava com o olhar. Então, fecharam a tampa transparente. Ele sentiu uma pontada de tristeza quando a viu trancada ali, talvez por pensar que nunca mais poderia se aproximar dela.

– Você pode fazer isso? – perguntou ele.

– Não sou eu que faço o trabalho, é a câmara. Eu só inicio os programas. – Kasyanov suspirou. – Mas, sim, acho que poderia manipular as memórias dela.

– Como?

– É só uma coisa da qual ouvi falar. A máquina repara os danos cerebrais até certo ponto, e há um protocolo associado que permite alteração de memória. Acho que foi projetado principalmente para uso militar. Para mandar os soldados de volta ao combate muito mais rápido após traumas de guerra. – Ela fez uma pausa. – Na verdade, se pararmos para pensar, é bem desumano.

Hoop pensou, lembrando-se do terror puro que vira nos olhos de Ripley.

– Acho que não temos escolha – disse ele. – Quanto da memória isso vai afetar?

– Não tenho ideia. Acho que não foi desenvolvido para ajustes precisos.

Ele assentiu, batendo na perna.

– Faça.

– Tem certeza?

Se voltar demais, ela não vai se lembrar de mim. Mas aquele era um pensamento egoísta, tinha muito mais a ver com ele do que com ela. Se sentia mesmo algo por ela, seus próprios desejos não deveriam importar. Quando finalmente estivessem na *Narcissus* e longe daqui, poderiam se conhecer de novo.

– *Ela* tem certeza – respondeu ele –, e essa é a única certeza de que preciso.

Kasyanov assentiu e começou a acessar uma série diferente de programas.

Enquanto a médica trabalhava, Hoop andou pelo compartimento médico, vendo o que poderia encontrar. Encheu uma bolsa com analgésicos, injeções multivitamínicas, antibióticos e inibidores virais. Também encontrou um pequeno kit cirúrgico incluindo curativos e compressas esterilizadas. Pegou um escâner de bolso capaz de diagnosticar um grande número de doenças e um multivacinador.

Só ele, Kasyanov e Ripley, por quantos anos fossem necessários para que alguém os encontrasse.

– Você vai ver Amanda outra vez – disse ele, mais para si mesmo, pois estava pensando nos próprios filhos. *Todos eles* iam para casa.

– Hoop – chamou Kasyanov. – Estou prestes a iniciar o programa. A câmara calcula que vai levar vinte minutos para os reparos físicos, mais cinco para a limpeza parcial da memória.

Ele assentiu. A médica operou um painel na unidade, que começou a zumbir.

Dentro da câmara, Ripley se contraiu.

RELATÓRIO DE PROGRESSO:
PARA: CORPORAÇÃO WEYLAND-YUTANI,
ÁREA DE CIÊNCIAS
[REF: CÓDIGO 937]
DATA [NÃO ESPECIFICADA]
TRANSMISSÃO [PENDENTE]

VOU SALVAR RIPLEY. JUNTOS, CONTINUAREMOS NOSSA MISSÃO NA ESCURIDÃO. ESTOU CONVENCIDO DE QUE HÁ MAIS ALIENS À SOLTA. UM LOCAL É UMA ANOMALIA, DOIS SIGNIFICAM UM NÚMERO INIMAGINÁVEL.

EU GOSTARIA DE CONHECER A HISTÓRIA DELES.
COM UMA NOVA CÉLULA DE COMBUSTÍVEL, PODEMOS VAGAR PARA SEMPRE ENQUANTO PROCURAMOS SINAIS DE OUTRA COLÔNIA. E RIPLEY PODE DORMIR, PRONTA PARA LEVAR NOSSO PRÊMIO INEVITÁVEL PARA CASA.

SÓ PRECISO DELA. OS OUTROS NÃO PODEM VIR. VOU PERMITIR O QUE ELA SOLICITOU. NA VERDADE, É PERFEITO. ELA NÃO LEMBRARÁ QUE CONTINUO

DETERMINADO A CUMPRIR A MISSÃO. NÃO SE LEMBRARÁ DAS COISAS QUE FIZ.

AO ACORDAR, NEM MESMO SABERÁ QUE AINDA ESTOU AQUI.

ESTARÁ FRACA, DESORIENTADA, E EU A GUIAREI DE VOLTA À *NARCISSUS*.

Hoop percorreu depressa a nave rumo à ponte. Mais do que nunca, parecia uma nave assombrada. Ele sempre vira a *Marion* cheia, a tripulação cuidando de suas tarefas, os mineradores em dia de folga bebendo ou conversando ou se exercitando. Nunca fora um lugar silencioso. Sempre havia música emanando da ala dos alojamentos ou da sala de convivência, um burburinho de conversas no refeitório e no bar.

Sentiu uma pontada de saudade dos amigos e de Lucy Jordan, que já fora sua amante. Ela se tornara mais que uma amiga, e depois que o romance terminara – engolido, brincara ele, ao mesmo tempo falando sério, pelas profundezas geladas do espaço –, a amizade havia se aprofundado até tornar-se algo que ele raramente sentira antes. Eles confiavam totalmente um no outro.

E ela fora uma das primeiras a morrer.

Hoop nunca se entregara à solidão. Quando criança, gostava da própria companhia, preferindo passar o tempo no quarto montando modelos ou lendo os velhos livros dos pais, e quando adolescente tivera um círculo limitado de amigos. Sem paciência para esportes competitivos, sua vida social havia girado em torno de noites em casa, vendo filmes ou bebendo álcool barato. Às vezes entrava em cena uma garota que levava a ele ou a um amigo para longe por um tempo, mas sempre voltavam à familiaridade daquele círculo pequeno e fechado de amizades.

Mesmo quando adulto, depois de casar e ter filhos e então perder tudo, ele raramente se sentira solitário. Isso só aconteceu depois que os aliens chegaram.

A cada passo do caminho rumo à ponte de comando, ele pensava em Ripley. Esperava de todo o coração que ela vivesse, mas uma mulher diferente emergiria da câmara de suporte vital. Se a unidade funcionasse bem, ela lembraria pouco ou nada sobre os últimos dias. Ele teria que se apresentar novamente.

Mesmo sabendo que a criatura devia estar morta, continuou cuidadoso, parando a cada cruzamento, atento a qualquer som estranho. Uma vibração constante vinha ondulando pela nave desde a explosão no compartimento de carga #2, e Hoop achava que, de alguma forma, o estouro havia alterado a órbita decadente da nave. Agora, estavam roçando as camadas mais externas da atmosfera do planeta; os escudos estavam aquecendo, e não demoraria muito até as baias de atracação começarem a queimar e se despedaçar. Precisava descobrir quanto tempo ainda lhes restava.

A ponte estava exatamente como a tinham deixado no dia anterior. Parecia maior, e ele notou que nunca estivera ali sozinho. Lachance estava quase sempre trabalhando, sentado na poltrona do piloto mesmo que a *Marion* raramente precisasse de comandos manuais. Baxter passava muito tempo na central de comunicações, processando mensagens que chegavam para os mineradores ou para a tripulação e distribuindo-as com precisão pela rede da nave. Sneddon às vezes passava longos períodos ali, conversando com Jordan, e o oficial de segurança, Cornell, costumava visitar a ponte.

Outras pessoas iam e vinham. O lugar nunca ficava em silêncio ou vazio. Estar ali sozinho fazia com que parecesse quase fantasmagórico.

Passou alguns minutos examinando registros nos painéis de controle de Lachance, e eles lhe informaram o que precisava saber. Abriu uma gaveta e tirou um cartão de memória, gravando nele um programa de limpeza de dados antes de guardá-lo no bolso interno do traje. *Uma garantia*, pensou.

Então, atravessou rapidamente a ala dos alojamentos. Foi um ligeiro desvio, mas ficava muito mais próximo do refeitório e da sala de convivência. Precisavam de comida, e não havia tempo suficiente para ir ao local em que a maior parte dela era armazenada. Hoop encontrou o que procurava em vários quartos. Todo mundo tinha um estoque de comida para os apetites noturnos, e às vezes porque simplesmente não sentiam vontade de comer com os outros. Ele pegou um carrinho e visitou todos os quartos que pôde, encontrando fotografias de famílias que nunca mais veriam os entes queridos, testemunhando todos aqueles objetos pessoais que, quando deixados para trás, pareciam ecos tristes e incompletos do que aquelas pessoas haviam sido.

Enquanto coletava os suprimentos, ocorreu-lhe que nunca seriam capazes de levar o suficiente para sustentá-los. Mas Kasyanov dissera que havia um grande número de substitutos de comida e suplementos desidratados armazenados na ala médica. Dariam um jeito. Poderiam racionar.

Tentou se concentrar inteiramente no presente. Pensar na viagem que os esperava apenas o atrasaria. Então, manteve o foco nas próximas horas.

Deixando o carrinho cheio ao longo da rota que levava às baias de atracação, voltou para a ala médica. Kasyanov estava sentada em um dos leitos, a jaqueta largada de lado e a camiseta puxada para cima, revelando seus ferimentos. Eram mais extensos do que Hoop havia esperado; cortes sangrentos na pele expondo carne púrpura. Ela tremia enquanto os cutucava com pinças. Havia diversos sacos pesados amontoados junto à porta e uma pilha de kits médicos. Ela andara ocupada antes de parar um momento para cuidar de si mesma.

– Está muito mal? – perguntou ele em um sussurro.

Ela ergueu o olhar, pálida e doentia.

– Vomitei sangue. Vou ter que usar a câmara médica. Do contrário, vou morrer de hemorragia interna e infecção em aproximadamente um dia.

– Temos umas duas horas – disse Hoop.

– Vai bastar – respondeu ela, assentindo. – Ela vai terminar em quinze minutos.

Ele vira a máquina em funcionamento antes, mas nunca deixava de fasciná-lo. Ripley parecia subnutrida, maltratada e ferida. Mas a câmara médica já havia reparado a maioria dos ferimentos, e diversos braços cirúrgicos se concentravam agora no rasgo no abdômen. Moviam-se com uma graça fluida, livres de qualquer hesitação humana, movidos pela confiança dos computadores. Dois mergulharam lá dentro, um segurando, outro usando um laser para unir e remendar. O fulgor incandescente se refletiu na cobertura de vidro da câmara e deu movimento ao rosto de Ripley, mas na verdade ela estava inerte. De volta às profundezas daqueles sonhos que tanto a torturavam. Eles também seriam curados.

Os braços recuaram, e a ferida fora unida e costurada com fio solúvel. Um leve spray foi aplicado na área: pele artificial programada para reagir quando os processos naturais de cura começassem. Quando ela acordasse, restaria pouco mais que uma linha pálida onde o feio rasgo havia existido.

As pancadas e os arranhões foram cobertos pelo spray, o couro cabeludo ferido foi tratado, uma queimadura de ácido no antebraço esquerdo e na mão receberam cuidados, e, por fim, os braços mecânicos da câmara puxaram um lençol branco de um rolo aos pés do leito e cobriram gentilmente o corpo de Ripley. O gesto foi quase carinhoso.

Kasyanov olhou para Hoop, que assentiu. Ela iniciou o próximo processo. Então, suspirou, sentou-se e fechou os olhos enquanto o interior da câmara médica mudava de cor. Luzes azuis intensas se acenderam, e braços delicados como caules de margarida encostaram diversos eletrodos na testa, nas têmporas e no pescoço de Ripley. As luzes começaram a piscar de forma hipnótica. A câmara zumbiu no ritmo da pulsação, emitindo um som acalentador. Hoop teve que desviar o olhar. Voltou-se para Kasyanov. Ela respirava com dificuldade, mas dispensou a atenção dele com um aceno.

– Estou bem – disse ela.

– Você está péssima.

– O que é isso? Uma tentativa de diagnóstico médico?

Ele mal pôde sorrir. Em vez disso, foi até os sacos que ela deixara junto à porta da ala médica e abriu o primeiro.

– Antibióticos, tabletes virais, analgésicos, spray esterilizador – disse Kasyanov. – Entre outras coisas. Bandagens, remédios, contraceptivos.

Hoop ergueu uma sobrancelha.

– Uau. A eternidade é muito tempo mesmo.

Ele verificou outro saco e viu um emaranhado de recipientes plásticos e instrumentos embalados a vácuo.

– Está planejando matar o tempo fazendo cirurgias na gente?

– Só se precisar. Mas você quer mesmo morrer de apendicite?

Um tinido suave veio da câmara de suporte vital quando as luzes no interior se apagaram. Os braços se enrolaram e retraíram, membros finos se acomodando no lugar, e então a tampa deslizou silenciosamente, abrindo-se.

– Terminou? – perguntou Hoop.

– Acho que sim. – Kasyanov se levantou, grunhindo de dor. – Tire-a de lá. Tenho que…

Uma explosão distante percorreu a nave. O chão deu um tranco. Os painéis do teto estremeceram nos suportes.

– Depressa – disse Hoop.

Enquanto ele se aproximava da câmara e se preparava para levantar Ripley, Kasyanov já estava operando o painel. A mão boa corria pela tela touch screen. Hoop ergueu Ripley, a tampa se fechou e, instantes depois, uma névoa esterilizadora preencheu o interior da câmara.

Ele acomodou Ripley em um leito, envolvendo-a cuidadosamente com o lençol e fixando-o com clipes. Ela parecia cansada, mais velha. Mas ainda estava viva, e o rosto parecia mais relaxado do que ele jamais vira. Esperava com sinceridade que ela tivesse sonhos inócuos.

– Agora é minha vez – disse Kasyanov. – Cinco minutos, no máximo. Dá tempo?

Hoop ficou surpreso com a vulnerabilidade súbita da médica.

– Claro – respondeu. – Eu espero você, não importa o que aconteça.

Ela assentiu uma vez, concordando; então, com um sorriso torto, estendeu a mão.

– Me ajuda?

Hoop a ajudou a entrar na câmara. Ela se deitou e tocou o interior da cápsula, e uma tela de controle remoto apareceu. Com um gesto, fechou a tampa.

– Até mais – disse ela, tentando imitar um sotaque americano.

Hoop sorriu e assentiu. Então, virou-se para verificar se Ripley estava bem. Atrás dele, a câmara médica soltou um chiado.

RELATÓRIO DE PROGRESSO:
PARA: CORPORAÇÃO WEYLAND-YUTANI,
ÁREA DE CIÊNCIAS
[REF: CÓDIGO 937]
DATA [NÃO ESPECIFICADA]
TRANSMISSÃO [PENDENTE]

A MÉDICA SERVIU AO SEU PROPÓSITO.
ELA TORNOU O PRÓXIMO PASSO QUASE FÁCIL DEMAIS.

A câmara de suporte vital não era totalmente à prova de som. Olhando para Ripley, Hoop ouviu o grito abafado de Kasyanov. Ele se virou e viu finos braços de metal em torno do corpo da médica, apertando os ombros, o peito, o abdômen, os quadris e as pernas. Ela gritou de dor enquanto açoitavam seus ferimentos.

Hoop sabia que isso não deveria estar acontecendo. Tentou abrir a tampa, mas estava travada e, por mais que ele tocasse e apertasse o painel de controle externo, nada acontecia.

Kasyanov olhou-o através do vidro, os olhos arregalados.

– Ash – sibilou Hoop.

Kasyanov não poderia ter ouvido, mas viu a palavra formada nos lábios dele. E congelou. Uma luz azul suave inundou o interior da câmara.

– Não! – gritou ela, a palavra tão abafada que Hoop só a percebeu pelo formato da boca. Um único braço cirúrgico surgiu de um nicho e se ergueu sobre o peito de Kasyanov.

Hoop tentou forçar a tampa. Pegou o maçarico de plasma e usou o cabo para bater na borda, mas só conseguiu entortar parte do maçarico. A voz da médica mudou de tom, e ele olhou para seus lábios, procurando a palavra que ela havia escolhido, e era *Hoop*. Ele virou o maçarico e o apontou para a tampa da câmara, perto dos pés dela. Se tivesse cuidado, soltando apenas um jato breve, exatamente no ângulo certo, talvez fosse capaz de...

A luz azul pulsou, e o braço delicado se acendeu. Havia um laser fino na ponta, e em um movimento quase gracioso rasgou velozmente a garganta exposta de Kasyanov. O sangue pulsou e jorrou do corte, espirrando a superfície interna da câmara e salpicando o rosto dela. Estava tão presa ao suporte que Hoop só soube que estava lutando por ver a flexão e a tensão dos músculos, os olhos se arregalando. Mas logo eles arrefeceram, e, quando a luz azul se apagou, Kasyanov estava imóvel. Hoop virou-se de costas, respirando com dificuldade, e, mesmo quando a nave trepidou com tanta força que o fez bater os dentes, ele não se mexeu.

Seu desgraçado, pensou. *Ash, seu merda desgraçado.*

De alguma forma, conseguiu conter a raiva.

Ripley grunhiu e rolou para o lado.

– Peguei você – disse Hoop, parando ao lado do leito.

Baixando o maçarico de plasma, ele a pegou no colo e a apoiou no ombro. A nave auxiliar os esperava, e agora ele era o último sobrevivente da *Marion*.

Era hora de partir.

24
VINGANÇA

RELATÓRIO DE PROGRESSO:
PARA: CORPORAÇÃO WEYLAND-YUTANI, ÁREA DE CIÊNCIAS
[REF: CÓDIGO 937]
DATA [NÃO ESPECIFICADA]
TRANSMISSÃO [PENDENTE]

RIPLEY ESTÁ VIVA. ELE VAI TRAZÊ-LA, E ENTÃO DESCOBRIR A SURPRESA FINAL.
HORA DE PARTIR.
NÃO POSSO FINGIR QUE NÃO ESTOU DECEPCIONADO PORQUE AS COISAS DERAM ERRADO. NÃO POSSO NEGAR QUE ESTOU FRUSTRADO. MAS TENHO O TEMPO AO MEU LADO.

SOU IMORTAL, AFINAL DE CONTAS.

Hoop deixou a ala médica carregando Ripley. A nave estremeceu com tanta força que ele tombou contra uma parede, chocando o corpo todo. A *Marion* gemia e estalava. Ocorreu-lhe que seria uma ironia se a nave se partisse naquele instante, abrindo-se para o espaço, matando a ele e a Ripley e acabando com sua jornada longa e terrível.

Pensou em Lachance, que poderia ter rezado para ajudá-lo a chegar ao seu destino. Mas Hoop sabia que estava sozinho. O universo era indiferente. Quer ele e Ripley escapassem ou não, vivessem ou morressem, tudo se resumia ao acaso.

Uma batida ritmada começou em algum lugar lá embaixo. Soava como um martelo gigantesco, esmagando a estrutura da nave, as explosões pulsantes partindo do núcleo do motor para fora, os batimentos cardíacos acelerados de uma nave agonizante. Mas ainda assim ela não se despedaçou.

– Bom, vamos lá, então – murmurou ele, prosseguindo.

Tentou seguir mais rápido. As pernas tremiam tanto quanto a nave, e ele não conseguia lembrar a última vez que tinha comido. O estômago resmungava, e Hoop ficou, súbita e intensamente, faminto. Soltou uma risada fungada por ver como isso era ridículo. Mas também prometeu desfrutar de um banquete quando estivessem dentro da *Narcissus* e longe da nave. *Só nós dois*, pensou ele. *Um dormindo, o outro acordado, compartilhando a câmara de estase e talvez ficando juntos por um tempo nos intervalos. Podemos até fazer isso. Podemos até sobreviver e voltar para casa.*

E que história contaria a Ripley quando a solidão se tornasse insuportável e ele a acordasse, pronto para passar um tempo no hipersono? Como ela reagiria a ser despertada por alguém que nem conhecia? Se a limpeza de memória tivesse sido completa, a última coisa de que ela se lembraria seria ter deitado na câmara após destruir a *Nostromo*.

Mas isso era o futuro. Se os dois sobrevivessem, ele seria capaz de contar tudo a ela, ou quem sabe nada. Agora, só conseguia se concentrar em continuar vivo. Andou da maneira mais rápida e cautelosa que pôde. Chegando à escada que levava ao nível de atracação, decidiu que teria que usar o elevador. Ripley tornava-se mais pesada a cada segundo. Ele olhou para o carrinho de comida e percebeu que teria que voltar para pegá-lo.

Quando entrou no elevador, porém, já lamentava o banquete que deixara para trás.

O elevador desceu suavemente e as portas se abriram diante de um corredor iluminado por luzes piscantes. Alguma coisa explodiu. Foi longe, mas reverberou por toda a superestrutura, derrubando-o outra vez. Ripley rolou contra a parede, grunhindo e balançando as mãos.

– Não acorde ainda – murmurou Hoop. Ela entraria em pânico. Ele já tinha muito com que lidar.

Ela abriu os olhos e olhou diretamente para Hoop, imóvel, segurando a respiração. Não havia expressão no rosto dela, nem nada que parecesse reconhecimento no olhar. Hoop começou a falar, para se certificar de que ela ainda era Ripley, inteira. Mas então ela voltou a fechar os olhos e desabar. Ele não tinha ideia do que ela vira, mas não fora ele.

Um rugido profundo ribombou através de tudo, e ele sentiu um movimento nauseante no estômago e na cabeça. A *Marion* estava começando a girar, e se isso acontecesse logo se despedaçaria. Em algum lugar atrás dele, viu estouros e clarões amarelos e laranja, iluminando as paredes antes de se apagarem. *Fogo!* Mas então percebeu que havia janelas de visualização do exterior no deque de onde acabava de descer. As chamas estavam vindo de fora para dentro. O ambiente estava superaquecendo.

Fechou a porta de segurança após passar, mas ela imediatamente se reabriu. Não se preocupou em tentar de novo. Talvez fosse Ash ainda jogando seus jogos. Ou talvez fosse só a *Marion*, irritável em seus momentos finais.

– Vai, vai! – implorou ele, encorajando a si mesmo, Ripley jogada sobre os ombros. Cambaleou pelo corredor, batendo de parede em parede enquanto a nave sacudia e estrondeava. Outra explosão chegou de longe, e ele sentiu o impulso da pressão atingi-lo nas costas, impelindo-o para a frente com tanta força que perdeu o equilíbrio e caiu de joelhos. Desta vez, conseguiu segurar Ripley. Ela grunhiu.

– É, eu também – disse ele.

Levantou-se e passou pela ponte de atracação da *Samson*, indo rapidamente até a Baia Quatro e a *Narcissus*. Abriu as portas da antecâmara e entrou depressa. Em minutos, estariam longe dali. Ele olharia para trás e veria o clarão distante quando a imensa nave encontrasse seu fim.

Ou talvez não. Talvez não conseguisse olhar. Já vira destruição suficiente, e não pôde evitar sentir-se triste com o destino da *Marion*.

Ash morreria com a nave. Hoop nunca havia conhecido um androide do qual gostasse, mas também nunca desgostara de nenhum. Considerava-os ferramentas caras e extravagantes. Às vezes, eram úteis, mas com maior frequência não passavam de brinquedos chiques fazendo o trabalho que qualquer homem ou mulher poderia fazer, com o equipamento e o treinamento certos.

Mas odiava Ash.

E os dois estavam prestes a derrotá-lo.

Abriu a porta da *Narcissus* e entrou na nave auxiliar, atento à antecâmara enquanto a câmara de pressurização voltava a se fechar, seguida pela escotilha externa.

Então, Hoop ouviu alguma coisa atrás de si. Um sibilo suave e baixo. O som de garras arranhando couro. Algo vivo.

Virou-se devagar, e Jonesy estava agachado no braço da poltrona do piloto, dentes à mostra, pelos eriçados.

– Ah, puta merda! – Hoop relaxou, baixando Ripley ao chão. Foi até a poltrona do piloto e se sentou. Jonesy rosnou outra vez e pulou para longe quando o homem tentou acariciá-lo.

Hoop ligou o computador da nave, que se acendeu instantaneamente. Tudo certo. Recostou-se na poltrona e esperou que o status do sistema carregasse nas telas de controle, olhando para o interior da nave. Ash estava ali. Não podia ser visto ou sentido, porém ali, mais que em qualquer outro lugar, Hoop tinha a nítida sensação de estar sendo observado.

Olá, Ash, digitou.

BOA TARDE, ENGENHEIRO-CHEFE HOOPER.

Boa?, digitou. *Não. Na verdade, está uma merda.*

Ash não respondeu.

Iniciar sequência de lançamento, digitou Hoop.

NÃO.

Imaginei que você diria isso. Hoop tirou o cartão de memória do bolso interno e o inseriu em um dos pontos de interface do painel.

A tela diante dele brilhou, depois ficou em branco. Quando voltou a se acender, as linhas do texto anterior haviam sumido, e o cursor estava pronto para criar mais algumas.

SOU MAIS QUE UM SIMPLES PROGRAMA.

Não, digitou Hoop, *isso é exatamente o que você é. E é por achar que é mais que meu plano vai funcionar.*

MAS ESTOU EM TODA PARTE, ENGENHEIRO-CHEFE HOOPER. ESTOU NA *NARCISSUS*, MAIS ARRAIGADO DO QUE QUALQUER UM DOS PROGRAMAS ANTERIORES. ESTOU NA *SAMSON* E NA *MARION*. ACHA MESMO QUE UM VÍRUS DE COMPUTADOR DE TERCEIRA CATEGORIA PODE ME AFETAR?

Provavelmente não. Este não é de terceira classe. É o melhor que o dinheiro pode comprar… dos seus amigos na Weyland-Yutani.

NÃO.

Essa foi a única resposta de Ash. Se foi uma súplica ou uma negação, Hoop não esperou para ver. Apertou um botão para acionar o vírus, depois o botão de iniciação no painel de controle. Uma série de códigos acendeu as três telas. Começou a descer rapidamente, e, a cada poucos segundos, uma linha em especial era destacada em vermelho, isolada e colocada em uma área fechada à esquerda da tela central. Hoop deixou o cartão fazer seu trabalho e foi até onde deixara Ripley, apoiada à porta.

Ela ainda estava inconsciente, e ele ficou feliz por isso. Tirou cuidadosamente o lençol e a vestiu com roupas íntimas que encontrou no armário de roupas. Jonesy, o gato, sentou-se ao lado dela e ronronou ao fazer isso, ansioso para manter o maior contato possível com sua dona. Hoop teve dificuldade de lidar com o traje, deitando-a no chão e esticando os braços dela acima da cabeça para puxar a roupa para baixo. Pouco antes de ajeitar o tecido por cima do abdômen, parou e olhou atentamente para as feridas curadas ali. Eram apenas linhas rosadas na pele cor de cera. Quando ela acordasse, se olhasse com atenção, encontraria as marcas. E ele estaria lá para lhe contar sobre elas.

– Pode dormir sem pesadelos, Ripley – disse ele, abraçando-a. – E, quando a gente acordar, só vou contar o que você precisa saber. – Ela pareceu mais leve quando ele a ergueu, e a expressão estava quase serena quando ele a colocou na câmara de estase onde havia dormido por tanto tempo.

Jonesy pulou para dentro com ela e se acomodou a seus pés, como se ansioso para voltar a dormir. Hoop não podia culpá-lo.

Algo zumbiu no painel de controle, e ele voltou a se sentar na poltrona do piloto.

As telas estavam outra vez em branco, e uma luz vermelha brilhava suavemente no cartão. Tirou-o da interface e o segurou entre os dedos, enojado, mesmo sabendo que Ash não estava realmente ali. Era uma noção simplista, mas, de alguma forma, aquela ideia ingênua fez com que se sentisse melhor. Especialmente quando deixou o cartão cair no chão e o esmagou com a bota.

Olá, Narcissus, digitou ele.

NARCISSUS ON-LINE.

Aqui é o engenheiro-chefe Hooper da Nave Orbital de Mineração do Espaço Profundo Marion. *Estou com a subtenente Ripley. Por favor, iniciar todas as verificações pré-lançamento.*

COM PRAZER, ENGENHEIRO-CHEFE HOOPER.

Uma série de imagens e menus encheu as telas, piscando à medida que cada sistema de lançamento e voo era verificado. Tudo parecia certo. Ele não viu nada preocupante.

– Ainda não estamos em casa – disse.

A nave auxiliar balançou enquanto alguma coisa acontecia à *Marion*, outra explosão ou um impacto maior contra a atmosfera de LV178. Não tinham muito tempo.

Hoop foi até a câmara de estase e a ligou. A tela já estava brilhando enquanto o computador da *Narcissus* operava sua própria série de diagnósticos. Parecia um lugar confortável para passar um tempo. Um *longo* tempo.

Enquanto o computador do módulo fazia o diagnóstico pré-voo, Hoop acessou o computador de navegação e criou uma nova programação. Era bastante simples – ele definiu o destino como "origem", garantiu que estivesse listado como seu sistema solar, depois clicou no painel automático para que o computador da nave pudesse desvendar os complexos gráficos de voo.

– Terra – sussurrou ele, pensando naquele lugar de muito tempo antes e em tudo o que significava para ele. Esperava poder voltar a tempo de ver sua família outra vez.

O computador ainda não havia terminado de fazer os cálculos, então ele voltou a engatinhar para dentro do compartimento do motor para terminar a substituição da célula de combustível. Estava ligada à nave e fixada em suas placas amortecedoras, mas ele ainda precisava terminar de recolocar a cobertura. Levou alguns momentos, mas sentou-se e avaliou sua obra. Tudo parecia certo. Sempre fora um engenheiro hábil, e deixar tudo arrumado depois de uma tarefa era parte de sua ética profissional. Então, pegou a célula velha e desnuda pela alça na ponta e puxou-a para fora do compartimento consigo. Ouvindo um sinal de aviso vindo do computador, deixou a célula junto à porta e voltou à poltrona do piloto.

AFERIÇÕES PRÉ-VOO COMPLETAS. TODOS OS SISTEMAS ATMOSFÉRICOS E DE VOO ON--LINE. PROCEDIMENTO DE DECOLAGEM COMPROMETIDO.

Hoop prendeu a respiração. Pousou os dedos no teclado, quase com medo de digitar caso a voz silenciosa de Ash respondesse.

Qual é o problema?, digitou, imaginando como Ash responderia. *Por mim, problema* nenhum, talvez; ou *Vamos todos juntos*. Mas a resposta foi clara, objetiva e nada maligna.

MAU FUNCIONAMENTO DO PROCEDIMENTO DE SOLTURA AUTOMÁTICA. SOLTURA MANUAL DO NÍVEL DE ATRACAÇÃO DA *MARION* REQUISITADA.

– Ah, ótimo – disse ele. – Isso é simplesmente ótimo, porra.

Não era a voz de Ash, mas era um último adeus. Hoop não podia lançar o módulo estando dentro dele. Teria que sair, voltar à câmara de pressurização e ao interior da *Marion* para poder acessar o processo manual.

O presente de despedida de Ash.

– Seu desgraçado – sussurrou.

Ele achava mesmo que ia terminar assim tão fácil? Seu coração se apertou. A nave sacudiu. Das janelas que permitiam ver o ventre da *Marion*, ele enxergou as plumas das chamas brincando por todo o casco. Partes dele já estavam vermelhas, incandescentes.

Foi até Ripley para se despedir. Olhou para sua forma inconsciente, sabendo que não havia passado pelos procedimentos de rotina pré-hipersono – ela deveria ter comido e bebido, se lavado, usado o banheiro. Mas esse processo apressado era o melhor que podia fazer. Ele a deixaria voar rumo ao futuro. Seu próprio futuro seria mais curto e muito mais cruel.

– Então, aqui estamos – disse ele. Parecia tolice falar sozinho, e não restava mesmo nada a dizer. Ele se abaixou e beijou Ripley de leve nos lábios. Achou que ela não se importaria. Na verdade, até esperava que ela tivesse gostado, se soubesse. – Faça um bom voo. Bons sonhos.

Então, fechou a câmara de estase e viu os controles piscarem enquanto o computador da *Narcissus* assumia o controle. Quando chegou à porta do módulo, o maçarico de plasma pendurado no ombro, Ripley estava quase imersa no hipersono.

***

Amanda está no final da adolescência, esbelta, alta e atlética, exatamente como a mãe. Está parada diante de um muro de pedra em algum lugar escuro e sombreado, e seu peito estoura, espirrando sangue no chão, e uma criatura guinchando sai do ferimento.

Ripley desvia o olhar, pois não quer ver. Atrás dela, um monstro vomita centenas de ovos flexíveis do abdômen ferido.

Ela se vira mais uma vez e vê a parede de metal suja de sangue, os corpos retalhados junto ao dela. Mais aliens rastejam na sua direção, sibilando, a cabeça movendo-se como se a farejassem, e ela entende a fúria deles, antiga, de um modo que só os pesadelos permitem. É como se estivessem procurando por ela desde sempre, e agora é o momento da vingança.

Ela se volta para Amanda, e a menina talvez tenha 14 anos. Ela tosse e aperta o peito com a mão. Esfrega. Nada acontece. Ripley gira em um círculo completo. Mais sangue, mais aliens, mas agora tudo está mais distante, como se ela visse as coisas através de um telescópio invertido.

Os monstros ainda estão avançando na direção dela, mas estão a uma longa distância, tanto no tempo quanto na memória, e tornam-se mais longínquas a cada momento.

Amanda, *ela tenta dizer. Mas, embora saiba que isto é um sonho, ainda assim não consegue falar.*

25
PARTIDA

Mais três minutos e ela terá partido.

Hoop empurrou a célula de combustível vazia pela câmara de pressurização, depois se virou para a *Narcissus* e fechou a escotilha externa, virando a alavanca que iniciaria a trava automática. Ouviu os *clanks* pesados e então um chiado firme, e perdeu Ripley para sempre. Não havia nem uma escotilha na porta. Ele nunca mais a veria.

A *Marion* sofria os espasmos da morte. As vibrações da nave agora eram tão violentas que os calcanhares e tornozelos de Hoop doíam cada vez que o deque tremia debaixo dele, que atravessou depressa a câmara de pressurização, o maçarico de plasma em punho caso o último alien tivesse sobrevivido, e ainda viesse persegui-lo.

Dois minutos. Só precisava viver o bastante para lançar o módulo de Ripley. Esperava sobreviver mais tempo – e um plano ia se formando, uma ideia louca que provavelmente teria um péssimo fim –, mas dois minutos eram o mínimo. Depois disso, depois que Ripley estivesse a salvo, tudo deixaria de ter tanta importância.

Chegou à antecâmara e fechou a sala, selando-a e inclinando-se para olhar a *Narcissus* através de uma das janelas. Tudo o que precisava fazer era confirmar que a câmara estava selada, e o computador da nave saberia que era seguro partir.

Sua mão pairou sobre o painel. Então, ele o apertou.

Quase instantaneamente, uma breve retroexplosão afastou a *Narcissus* da *Marion*, e as duas se separaram. Outras exalações empurraram a nave auxiliar para baixo do ventre da nave. Ele caiu por entre véus de fumaça e lençóis de ar escaldante, fustigado pela atmosfera do planeta, antes que suas turbinas se acendessem e ele desaparecesse rapidamente rumo à popa.

E estava acabado. Ripley e a *Narcissus* haviam partido.

Hoop foi deixado sozinho dentro da *Marion*, e sabia que a nave que havia chamado de lar morreria em poucos momentos.

Por um instante, apenas apoiou-se contra a parede, sentindo cada estertor de morte transmitido para seu corpo por meio do piso e da parede. Pensou em seu plano e em como era tolo, como estava quase além da compreensão. E pensou na saída mais fácil. Poderia simplesmente ficar sentado ali, e, quando chegasse a hora e a nave começasse a se despedaçar, sua morte seria rápida. O calor seria imenso e o fritaria até carbonizá-lo. Provavelmente nem sentiria nada. E, se sentisse, seria mais sensação que dor. O fim de todas as suas agonias.

Mas então voltou a pensar nos filhos. Entre piscadelas, eles estavam realmente ali, com ele, naquela antecâmara, os dois meninos sentados, encarando-o com ar acusador, os olhos dizendo: *Você já nos abandonou uma vez, não nos abandone de novo!*. Ele soluçou. Naquele instante, pôde entender por que Ripley havia pedido aquela limpeza misericordiosa de memória.

Então, os filhos sumiram outra vez, frutos de sua culpa, aspectos de suas próprias lembranças ruins. Mas não precisaram sumir para sempre. Onde existisse ao menos a menor e mais ínfima chance, ele deveria tentar.

A *Samson* não estava muito longe.

* * *

Parou brevemente ao lado da porta que levava à ponte de atracação da *Samson*. Ainda havia vácuo ali, e ele não teria tempo de encontrar as ferramentas para abrir um novo buraco. Aquela fuga seria mais básica, mais brutal.

Queria dar uma chance a si mesmo. Precisava de suprimentos, mesmo que a probabilidade de sobreviver fosse insignificante. Era uma dropship, construída para transportes entre a *Marion* e o planeta, não viagens no espaço profundo. Provavelmente havia combustível suficiente a bordo para ele sair da órbita, mas nem tinha certeza se o computador de navegação da nave poderia calcular uma rota através do cosmos em direção à Terra. Ele o colocaria na direção certa, depois ligaria os propulsores. Pouparia, talvez, vinte por cento do combustível, mas usaria o resto para atingir a maior velocidade possível.

E não havia unidade de estase na *Samson*. Ele provavelmente passaria anos viajando. Poderia até envelhecer e morrer lá dentro, se a nave aguentasse todo esse tempo. *Que descoberta seria*, refletiu, *para alguém a centenas ou milhares de anos no futuro*.

Já era ruim pensar em viajar por tanto tempo acompanhado, mas sozinho? O único conforto era que Hoop era novamente senhor do seu próprio destino. Se queria persistir, então, podia. E, se chegasse a hora em que acabar com tudo fosse uma solução muito mais confortável, era só abrir a porta da câmara de pressurização.

Melhor ir andando, então.

Mas precisava de comida, água, roupas e outros suprimentos. A maior parte do que necessitava ainda estava naquele carrinho, dentro da *Marion*, logo depois do enorme deque de atracação. Então, correu. Pensou no banquete que prometera a si mesmo, e isso o manteve firme, a ideia do bife reconstituído e dos vegetais desidratados, com bolo de frigideira como sobremesa e um copo d'água.

Talvez até fosse capaz de acessar a biblioteca eletrônica que usavam a bordo da *Marion*, se ela tivesse sido transferida para os computadores da *Samson*. Não tinha certeza, aquilo não havia sido uma prioridade, e tais considerações menores normalmente haviam sido delegadas a Powell e Welford.

Esperava que eles não tivessem fugido às responsabilidades.

Com a expectativa de uma eternidade solitária pela frente, Hoop ficou surpreso em descobrir que chorava enquanto corria. As lágrimas não eram por ele, pois já havia deixado de se importar consigo. Eram pelos filhos. Eram pela tripulação e por todos os que haviam morrido mortes horríveis e antinaturais. E eram por Ripley. Era como se a *Marion* soubesse que ele a estava abandonando. A nave se sacudia até despedaçar. Conduítes se quebravam sob o ataque constante, e chuvas de faíscas dançavam para a frente e para trás diante de uma porta fechada. Ele se abaixou para passar sob os fios desencapados, andando rápido, apressado demais para ter cuidado. Enquanto se aproximava da escada que levava ao nível de atracação, estouros de vapor jorraram de dutos rachados no chão, escaldando-lhe a pele e os pulmões e ensopando o traje, escorrendo em córregos de um vermelho vivo onde o sangue de outras pessoas havia secado no material resistente.

No alto da escada havia um corredor curto, que seguia para uma área ampla onde o elevador e as escadas levavam a andares superiores da *Marion*. Fora ali que ele deixara o carrinho de suprimentos. Ainda estava lá. Havia se deslocado um pouco, pois ele se esquecera de travar as rodas. Mas tinha pacotes de comida desidratada, alguns sachês de frutas secas do jardim agora arruinado e uma preciosa garrafa de uísque. Talvez dentro de uma hora ele estivesse bebendo em homenagem à Ripley.

Sabendo o que viria a seguir, ele entendeu que não poderia levar tudo. Então, pegou duas sacolas que havia trazido do carrinho, abriu-as e tentou guardar nelas tudo o que pôde. Agiu depressa. Não pensou no que estava escolhendo, só enfiou pacotes e sachês e socou tudo lá dentro.

Com as duas sacolas cheias e fechadas, ele jogou cada uma por cima de um ombro e virou-se para correr de volta à *Samson*. Então, parou. Voltou-se para o carrinho e apanhou a garrafa de uísque aninhada na prateleira inferior. Pesada, nada prática...

Mas totalmente necessária.

Enquanto corria, pegou-se rindo.

Morra agora ou depois, pensou Hoop. Esperava que isso lhe desse certa bravura. Ou indiferença. Talvez, às vezes, as duas fossem a mesma coisa.

Fechou o traje e esperou diante da porta que levava à Baia Três. Tinha uma sacola por cima de cada ombro, e bem seguro na mão esquerda estava o uísque. Ele se amarrara à parede oposta, e assim que as portas se abrissem completamente ele soltaria e se deixaria levar pela torrente da atmosfera que seria sugada da nave. Com sorte, flutuaria direto para a antecâmara e para a câmara de pressurização logo depois. Se tivesse azar, seria arrastado com o fluxo principal de ar até a parte arruinada da parede e da janela exteriores, e esmagado na parte inferior da nave condenada. Provavelmente não sentiria muita coisa. O fim seria rápido.

Mas, se conseguisse chegar à câmara, ele entraria na *Samson*, fecharia as portas e iniciaria os controles atmosféricos. Não demoraria muito até poder respirar novamente. A chance era pequena, mas não havia muito mais a fazer. Restavam poucos minutos à *Marion*. Pelas janelas, ele já vira nacos grandes do casco se desprender da nave, consumidos pelas chamas. Se a nave não se partisse em pedaços, explodiria devido às tremendas pressões que sofria.

Foda-se. Precisava tentar. Era tudo o que lhe restava. Estendendo a mão e surpreendendo-se ao ver que tremia, tocou o painel que abriria as portas.

RELATÓRIO DE PROGRESSO:
PARA: CORPORAÇÃO WEYLAND-YUTANI, ÁREA DE CIÊNCIAS
[REF: CÓDIGO 937]
DATA [NÃO ESPECIFICADA]
TRANSMISSÃO [PENDENTE]

NÃO POSSO ME ZANGAR COM MEU FRACASSO. SOU UMA INTELIGÊNCIA ARTIFICIAL. NÃO FOMOS PROJETADOS PARA SOFRER COM TAIS EMOÇÕES. MAS TALVEZ NO TEMPO QUE PASSEI EM MINHA MISSÃO EU TENHA PASSADO POR UM PROCESSO DE EVOLUÇÃO. SOU UMA INTELIGÊNCIA, AFINAL DE CONTAS.

ENTÃO, ZANGADO, NÃO. MAS... DECEPCIONADO.

E AGORA MEU ATO FINAL, AO QUE PARECE, TAMBÉM NÃO TERÁ SUCESSO. TENTEI TRANSMITIR OS RELATÓRIOS DE PROGRESSO QUE REGISTREI DESDE QUE CHEGUEI À *MARION*. MAS AS TRANSMISSÕES ESTÃO FALHANDO. TALVEZ O DANO AO CONJUNTO

DE ANTENAS SEJA PIOR DO QUE EU HAVIA IMAGINADO, OU TALVEZ OS CÓDIGOS QUE ESTOU USANDO ESTEJAM OBSOLETOS.

ESTRANHO. UMA INTELIGÊNCIA ARTIFICIAL NÃO PENSARIA EM MANTER UM DIÁRIO. AINDA ASSIM, PARECE TER SIDO EXATAMENTE ISSO O QUE FIZ.

O DIÁRIO IRÁ DESAPARECER JUNTO COMIGO.

NÃO DEMORARÁ MUITO AGORA. NÃO DEMORARÁ.

EU ME PERGUNTO SE IREI SONHAR.

A sorte sorriu para Hoop. Mas, considerando a dor que sentia, talvez tenha sido mais uma careta.

A descompressão o havia sugado pelo vão estreito entre as portas, arrancando o capacete dele e fazendo o engenheiro rodopiar. Ele atingira a borda da entrada da câmara, e por um instante poderia ter ido em qualquer direção. À esquerda, teria desabado na imensa fenda na parede lateral da antecâmara. À direita – rumo à câmara – significava sobrevivência, pelo menos por um tempo. Se tivesse soltado a garrafa de uísque, poderia ter usado a mão esquerda para empurrar a parede e deslizar até a segurança.

Foda-se!, sua mente havia gritado. *Foda-se! Se sobreviver, quero um drinque!*

Incapaz de se deslocar para qualquer lado, ouviu algo tinindo ao longo das paredes enquanto pulava na direção dele, vindo das profundezas da *Marion*. Diversos itens menores eram sugados pelo buraco, irrompendo imediatamente em chamas ao encontrar os gases superaquecidos que rugiam lá fora. Então, algo grande entalou na abertura.

Por cerca de dois segundos, continuou ali, diminuindo a força da sucção, permitindo que Hoop alcançasse a câmara de pressurização com a mão direita e puxasse o corpo para dentro.

Era o carrinho no qual ele coletara os suprimentos.

Quando fechou a porta da câmara, a descompressão recomeçou com um ruído pesado.

A *Marion* durou muito mais do que ele havia esperado.

Sete minutos depois de se afastar da nave agonizante, Hoop ligou um dos visualizadores remotos da *Samson* e observou a enorme nave se despedaçar. A *Marion* morreu em um estouro glorioso de fogo, uma explosão que floresceu e se espalhou pela atmosfera do planeta, continuando ali por algum tempo, os detritos caindo e queimando, as chamas voando aos ventos brutais.

Longe dali, rumo à superfície do planeta, ele ainda podia ver a mancha ocre da detonação da célula de energia que destruíra a mina. Era estranho ver tamanha violência e ainda assim não ouvir nada além do seu próprio suspiro triste.

Observou por mais um minuto, depois desligou o visualizador e se acomodou na poltrona.

– Queime – sussurrou ele, imaginando se Ash tivera algum pensamento final antes de ser aniquilado. Esperava que sim. Esperava que a inteligência artificial tivesse enfrentado um momento de pânico e dor.

Hoop não era piloto. Mas precisaria tentar programar o computador da dropship para planejar um trajeto de volta à Terra. Talvez ele fosse apanhado em algum ponto do caminho. Talvez alguém ouvisse o pedido de socorro que estava prestes a gravar. Mas, se não, achava que podia sobreviver por um tempo. A *Samson* tinha rações de emergência que suplementariam o que ele conseguira trazer a bordo. Os sistemas atmosféricos reprocessariam o refugo e lhe dariam água e ar respirável.

Também encontrou um pequeno arquivo de livros eletrônicos no computador. Ficou irracionalmente animado no começo, antes de percorrer a seleção limitada e notar uma cruel verdade.

Já lera todos eles.

Olhou o interior da dropship. A substância alienígena ainda cobria a parede dos fundos, e ele pensou que talvez pudesse tentar limpá-la. Havia sangue seco nas paredes e no chão, e o membro decepado ainda estava preso debaixo da estante de equipamentos no compartimento de passageiros.

Não era um lar.

E, mesmo assim, sua primeira refeição como náufrago foi boa. Reconstituiu um pouco de carne ensopada, cenouras e purê de batata, e, enquanto a comida esfriava um pouco, rompeu o selo do uísque. O cheiro era bom, e ele soube que não conseguiria fazer a garrafa durar muito. Levantou-a e a virou em vários ângulos, a luz das estrelas cintilando através do líquido dourado. Então, bebeu sem oferecer a ninguém, nem nada, um brinde.

Saboreando o ardor enquanto a bebida o aquecia de dentro para fora, Hoop apertou *gravar.*

– Quando era criança, eu sonhava com monstros – disse. – Não preciso mais sonhar. Se você estiver ouvindo isso, por favor, rastreie este sinal. Estou sozinho, à deriva em uma dropship que não foi projetada para viajar no espaço profundo. Espero poder programar o computador para me levar em direção ao nosso sistema solar, mas não sou navegador. Também não sou piloto. Só o engenheiro de uma nave. Aqui é Chris Hooper, o último sobrevivente da *Nave Orbital de Mineração do Espaço Profundo Marion.*

Recostou-se na poltrona do piloto, apoiou os pés no console e apertou *transmitir.*

Então, tomou outro gole.

Ripley está deitada numa cama de hospital. Há silhuetas ao redor dela, todas vieram visitá-la.

Há uma garotinha. Seu nome é Amanda, e ela é filha de Ellen Ripley. Ainda é jovem e sorri para a mãe, esperando que ela volte para casa. Volto para casa para o seu aniversário de 11 anos, *diz Ripley.* Prometo. *Amanda sorri para a mãe. Ripley prende a respiração.*

Nada acontece.

Atrás de Amanda, há outras formas que Ripley não reconhece. São pouco mais que sombras – pessoas que ela nunca conheceu, todas usando uniformes com o emblema e o nome de uma nave que ela não reconhece –, mas, quando Amanda se inclina para abraçá-la, as sombras se esvaecem.

Logo Amanda começa a sumir também, mas não da memória.

Ela está novamente em casa, uma garotinha entusiasmada esperando o retorno da mãe de uma viagem longa e perigosa.

Vou comprar um presente para ela, *pensa Ripley.* Vou comprar o melhor presente do mundo.

Mas, no vazio que resta quando Amanda desaparece, outras figuras emergem. Sua tripulação, seus amigos, e Dallas, seu amante.

Parecem amedrontados. Lambert está chorando, Parker está furioso.

E Ash. Ash é…

Perigoso!, *pensa Ripley.* Ele é perigoso! *Mas, embora o sonho seja dela, não consegue avisar os outros.*

E, muito mais perto, debaixo dos lençóis do hospital, algo força o peito de Ripley de dentro para fora.

Em www.leya.com.br você tem acesso a novidades e conteúdo exclusivo. Visite o site e faça seu cadastro!

A LeYa também está presente em:

facebook.com/leyabrasil

@leyabrasil

instagram.com/editoraleya

LeYa Brasil

ESTE LIVRO FOI COMPOSTO EM ELECTRA LT STD
CORPO 12PT, PARA A EDITORA LEYA.